同姓同名

下村敦史

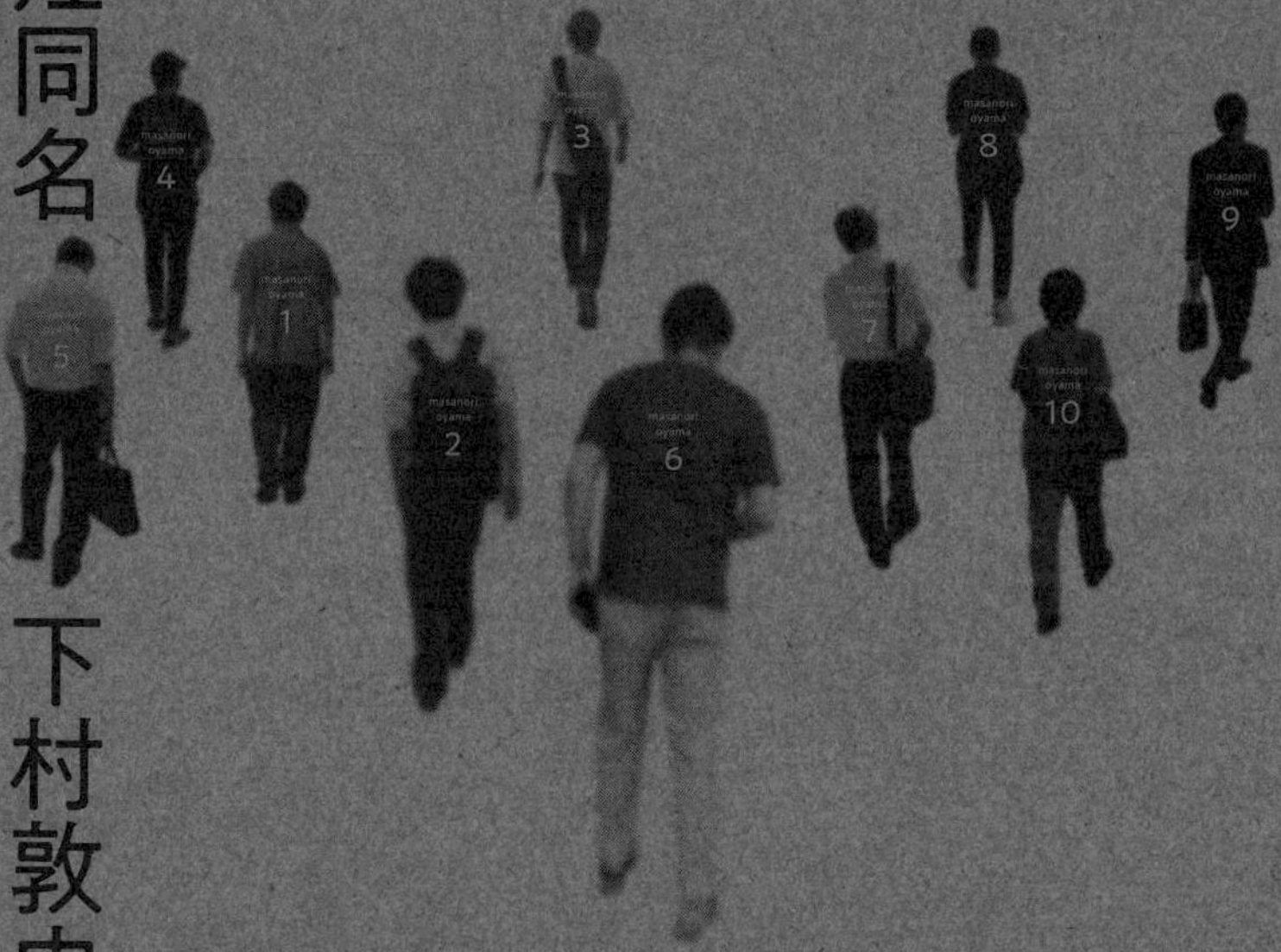

幻冬舎

25日夜、東京都××区××に住む男性が警察に、人を殺したとして出頭しました。

警察によりますと、25日午後8時ごろ、東京都××区××にある警察署に男性が出頭し、「廃ホテルの屋上で揉み合いになり、相手が転落死してしまった」と話したということです。

警察は、大山正紀さんを死なせたとして、出頭した大山正紀容疑者を傷害致死の容疑で逮捕し、事情聴取をしています。同姓同名の二人のあいだには何か事情があったものとして、慎重に捜査しているとのことです。

2021年1月26日

同姓同名

ブックデザイン＋装画　鈴木成一デザイン室

登場人物

〝犯人〟の大山正紀

その他数人の大山正紀

〝大山正紀〟同姓同名被害者の会

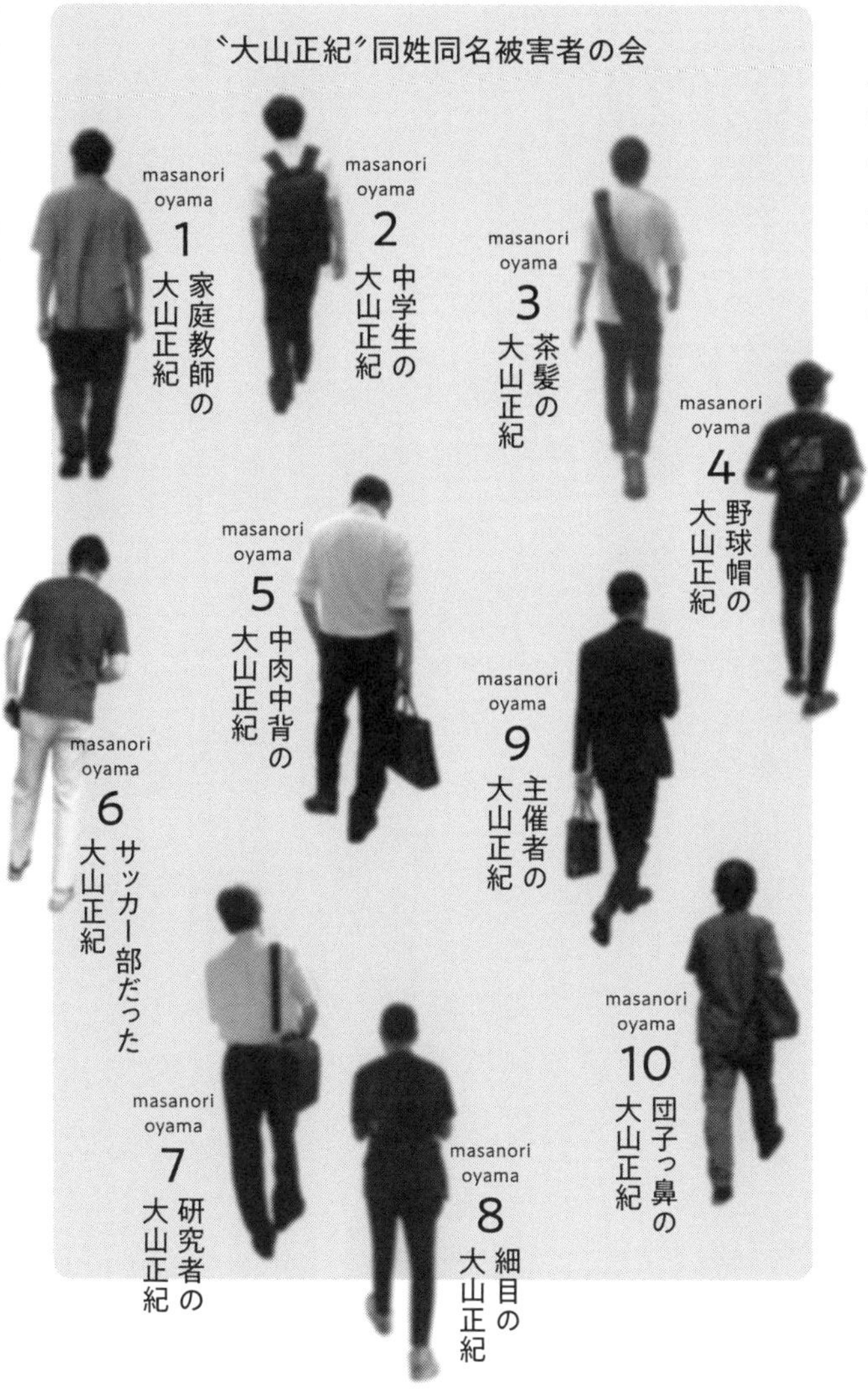

masanori oyama 1 家庭教師の大山正紀

masanori oyama 2 中学生の大山正紀

masanori oyama 3 茶髪の大山正紀

masanori oyama 4 野球帽の大山正紀

masanori oyama 5 中肉中背の大山正紀

masanori oyama 6 サッカー部だった大山正紀

masanori oyama 7 研究者の大山正紀

masanori oyama 8 細目の大山正紀

masanori oyama 9 主催者の大山正紀

masanori oyama 10 団子っ鼻の大山正紀

プロローグ

九月のＩＯＣ総会で東京での開催が決まったオリンピックの話題に世間が沸く中、大山正紀《おおやままさのり》は他人に知られるわけにはいかないどす黒い感情を押し隠し、血の色の夕日に照らされた公園の草むらに潜んでいた。

大山正紀は影と化して公園内の様子を覗き続けた。呼吸するたび、白い吐息が湿った葉を揺らす。

木製ベンチの上で女児が飛び跳ねていた。弟らしき男児が紙飛行機を掲げ、その周りを走り回っている。

「ほら、危ないから下りて」

母親が女児を抱き上げ、砂地に下ろした。膨れっ面で抗議する女児。駄目、と言い聞かせる母親――。

男児が母親のスカートの裾を握り締め、呼びかけた。

「僕、ブランコで遊びたい！」

母親はブランコを見た。一つだけのブランコは、小学校低学年の女の子が揺らしている。

「お姉ちゃんが遊んでるでしょ」

「やだやだやだ！　僕もブランコ！」

男児はブランコを見つめながら、全身でスカートの裾を引っ張った。

「我がまま言わないの！」

夕暮れ時の公園に響き渡る母親の怒声。何人かの少年少女が振り返ったものの、すぐ自分たちの世界に戻った。

大山正紀は公園にいる人間の一挙手一投足を観察していた。

ブランコの女の子が漕ぐのをやめ、降り立った。可愛らしい顔立ちだ。男児に近づき、ブランコを指差す。

「使っていいよ」

男児の顔がぱっと明るくなった。

「ありがとうね」母親が女の子にほほ笑みかけた。「いいの？」

「……うん。飽きたから」

男児はブランコに駆けていき、立ち漕ぎしはじめた。

母親が男児のもとに駆けつける。

「ほら、危ないから座って乗りなさい！」

男児はぶーぶーと文句を言いながらも従った。母親がそばで見守る中、おとなしくブランコで遊びはじめる。

大山正紀は草むらの中でじっとしたまま、女の子を目で追った。乾いた唇を舌で舐める。

女の子は公園の片隅でしゃがみ込み、散らばった枯れ葉の中で咲く一輪の白い花を突っついている。

大山正紀は女の子を眺め続けた。目の前の草を蜘蛛が這《は》っている。身じろぎせずにいると、蜘蛛は葉から大山正紀の顔に移った。皮膚を這う脚の感触――。

蜘蛛は頬を這い回ったあげく、ぽとっと土の上に落下した。大山正紀は視線を落とすと、指で蜘蛛を押し潰《つぶ》した。体液が弾け、指先にこびりついた。親指と人差し指をこすり合わせながら、また女の子に目を戻す。

そのうち公園から少しずつ人が消えていく。

母親が女児と男児を連れて帰ると、女の子はまた一人でブランコに座った。錆《さ》びた鎖を軋《きし》ませながら漕ぎはじめる。

午後四時半になると、公園に残っているのは子供たちだけになった。

大山正紀は、ブランコで遊ぶ女の子を見つめた。奥の砂場では、幼稚園児と思《おぼ》しき女児と男児が仲良く小山を作っている。

大山正紀は、ふー、ふー、と息を吐いた。腐葉土のような臭気が鼻をつく。

纏《まと》わりつく草が冷気を遮っているからか、体そのものが熱を持っているからか、寒さは全く感じなかった。むしろ、ジャンパーが暑く、高熱を出しているようだった。

閑静な住宅街の片隅にある公園だ。十メートル走をするまでもなく反対側に出られる木立があり、その入り口の横にコンクリート造りの公衆トイレがある。

近所の人たちはみんな顔見知りで、事件などもなく、暗くなるまで子供たちだけで遊ばせておいても心配がない。

だからこそ、狙い目だった。

大山正紀は意を決し、草むらから姿を現した。ジャンパーやジーンズに付着した葉っぱを払い落とす。

ブランコに近づき、女の子に声をかけた。

「ねえ。ちょっといい？」

女の子は揺らしていたブランコの速度を落としていき、停止した。ワンピースから伸びる両脚をぶらぶらさせながら、不思議そうな顔で大山正紀を見上げる。

「一人で遊んでるの？」

尋ねると、女の子は小さくうなずいた。

「お母さんは？」

「夜までお仕事だよ」

「友達はいないの？」

「……学校にはいるよ」

夕暮れの公園同様、寂しげな表情を覗かせた。そこに付け入る隙があると思った。

「面白い物を見せてあげよっか？」

具体的に何かの名前を出したら、『別にいい』と言われたときに困る。抽象的な台詞《せりふ》で興味を引けば、食いつくはずだ。

案の定、女の子は身を乗り出した。

「面白い物って何？」

「それは秘密だよ。こっちには持ってこられないんだ」

「大きいの？」

大山正紀は両腕を目いっぱい使って大きさを表現してみせた。何なのか分からないほど想像が膨らむものだ。

「魔法みたいに不思議な物だよ」

「魔法！」

女の子は目を輝かせていた。

「そうだよ。本当は誰にも見せちゃ駄目なんだけど、君だけは特別だよ」

「どこにあるの？」

「あっちだよ」

大山正紀は公衆トイレの方向を指差してみせた。四本の常緑樹の陰に建っているので、公園の中からは死角になっている。

女の子は迷いを見せた。

「……見たくないなら他の子に見せるよ」

大山正紀は他の子を探すそぶりを見せた。女の子にはもう興味をなくしつつあるように装う。立ち去る気配を匂わせると、女の子がブランコから立ち上がった。小さな手で大山正紀のズボンの腰部分を握る。

「何？」

素っ気なく訊《き》いてやる。

「……あたし、見たい」

——食いついた。

大山正紀は唇の端が緩むのを感じながら、女の子に手を差し伸べた。

昼間の通り雨による水溜まりは、泥水の中に夕日を飲み込み、血溜まりに見えた。

I

雲一つない青空にサッカーボールが弧を描き、落下してくる。グラウンドに掛け声が飛んだ。

大山正紀は背中と両腕を巧《うま》く使って敵ＭＦ《ミッドフィルダー》を押さえ込み、ポジションを確保した。相手も負けじと押し返してくるが、決して譲らなかった。

正紀は足首を柔らかく保ち、ボールをトラップした。足元にぴったりおさめるのではなく、ワンタッチで後方に流れるようにコントロールし、同時に身を反転させて敵ＭＦを置き去りにした。出遅れた相手がユニフォームを引っ張るも、腕で振りほどき、ドリブルに入る。

敵ＤＦ《ディフェンダー》が即座にカバーに入り、前に立ちはだかった。瞳の隅に味方ＦＷ《フォワード》の姿が映る。ディフェンスラインの裏側に飛び出そうとしている。

正紀はドリブルのスピードを緩め、ボールを跨《また》ぐシザースフェイントで幻惑し、重心を大きく左へ移した。相手が進路を塞ぐように足を踏み出した瞬間、反対側に切り返す。マークが外れると同時にスルーパスを出した。乱れたディフェンスラインの裏側へ通す、必殺のパス――。

絶妙のタイミングで飛び出した味方ＦＷのスピードを殺さず、敵ＧＫ《ゴールキーパー》も間に合わないスペースへのパスだ。ＧＫと一対一になった味方ＦＷは、相手の股下を抜くシュートを放った。ボールはゴールネットに突き刺さった。

「よっしゃ！」

味方ＦＷが両手でガッツポーズし、雄叫びを上げた。練習でも気合い充分だ。

「ナイッシュ！」

正紀は味方ＦＷに駆け寄り、手のひらを掲げた。ハイタッチすると、小気味いい破裂音が青空に響いた。

「ナイスパス！」

「おう！」

仲間の祝福を受け、自陣へ戻る。

練習試合が再開されると、正紀はボールを保持する敵ＭＦにプレッシャーをかけた。相手がパスで逃げる。

相手はパスワークで崩しにかかった。だが、味方ＤＦが奪取し、ＭＦに繋《つな》ぐ。

正紀は一気に駆け上がった。カウンターだ。相手が戻り切る前に攻め込む。

「ヘイ！」

手を上げながらパスを要求する。

味方ＭＦがちらっと正紀を見た。敵ＤＦが距離を詰め、マークについた。

正紀は外に開くフェイントをかけ、中央に切り込んだ。敵ＤＦのマークが外れる。その瞬間にパスが来た。パスを受け、ドリブルする。勢いに圧倒されて真正面の敵ＤＦが棒立ちになる。

正紀はスパイクの裏でボールを転がし、フェイントをかけた。右、左、右――。

ＤＦの脚が開いた隙にボールを股に通した。屈辱的な股抜き――。抜き去る瞬間、相手がやられたという顔をしたのが見えた。

GKと一対一になった。シュートコースを狭めるために距離を詰めてくる。

正紀はシュートモーションを見せた。GKがそれに反応して動きを止める。その刹那《せつな》、ドリブルでGKを抜き去った。

後はゴールに蹴り込むだけ――。

ボールを思いきりネットに突き刺そうと脚を振り上げたとき、猛スピードで戻ってきた敵DFが必死のスライディングをしてきた。シュートコースをブロックする。

正紀にはその動きがスローモーションのように見えた。

シュートを打たず、切り返した。敵のスライディングは目の前を滑っていった。

眼前にゴールが広がっている。

「あーっと、見事なフェイント！ まるでメッシ！ 大山正紀、無人のゴールに――」正紀は自分で実況しながら軽くボールを蹴り、余裕のゴールを決めた。「流し込む！」

振り返り、親指を立てた両手を掲げる。

「大山正紀、ハットトリック！」

自画自賛して盛り上がる。

フェイントにしてやられた敵DFがグラウンドを叩き、「クッソ！」と悔しがる。

朝練はレギュラーチームの大勝で終わった。

正紀はチームメイトと共に更衣室へ向かった。ユニフォームを脱ぎながら、練習試合のプレイ内容で盛り上がる。

「正紀、マジ、天才だわ」

チームメイトがスポーツドリンクを飲みながら言った。

正紀はタオルで上半身の汗を拭《ぬぐ》った。試合《ゲーム》の余韻を残し、全身から心地よい熱が立ち昇っている。

「プロを目指してるからな」正紀はそう言ってから、悔しさを噛《か》み殺した。「そのためにも全国で結果出したかったたな……」

別のチームメイトが同調した。

「あと一歩で涙呑んだもんなあ、俺たち」

冬の選手権は全国出場が叶わず、後は引退を待つだけだ。悔しさを忘れられず、大会前と同じ量の練習をしている。

「正紀はスポーツ推薦、話、来てんだろ」

「監督からそれとなく誘われてる」

名門大学だ。入学できれば——そして信頼できる監督の下で成長すれば、プロへの道が開ける。

「正紀だけだもんなあ、可能性があんの」

「お前は進路どうすんの？」

「親戚のおじさんがやってる町工場に就職」

「マジかあ……」

胸に一抹の寂しさが兆した。一緒にプロになり、名コンビとして名を馳せよう、と約束していたのだ。だが、高校三年になり、卒業も近づいてくると、嫌でも現実と向き合わねばならない。

彼は正紀の肩を叩き、そのままぐっと摑んだ。

「お前は俺らの希望の星なんだ。俺らはさ、夢を諦めなきゃなんなくなったけど、お前は夢を叶えてくれよ」

普段の軽いノリとは打って変わって、真剣な眼差しで言われ、胸が詰まった。

「……任せろ」正紀は彼の二の腕を叩き返した。「本田圭佑とか中田英寿みたいに、名前を聞いただけで誰もが分かるように、世界で活躍してやる」

「絶対諦めんなよ。自分を信じろ」

「俺の名前を日本じゅうに知らしめてやるさ。大山正紀って言えば、日本のスーパースター、みたいな――」

日本代表として大活躍し、新聞の一面に自分の名前が載るのが夢だ。

大舞台の決定機でスタジアムのサポーターが総立ちになり、『大山！』と叫び、興奮する。テレビの実況も名前を呼ぶ。期待に応えるドリブルからのスルーパス。あるいはミドルシュート。そして――ゴールが決まり、大逆転の立役者になる。

数え切れないほど妄想した光景だ。実現への第一歩は、名門大学のスポーツ推薦からはじまる。

システマティックな現代サッカーでは過去の遺物と化した〝ファンタジスタ〟――文字どおり、創造的なプレイで観客を魅了する選手――を蘇らせたい、という夢がある。往年の名選手、イタリア代表のロベルト・バッジョのようなファンタジスタに憧れる。

「ワールドカップ、楽しみだよな」

正紀はチームメイトたちに言った。

来年六月に開催される二〇一四年ブラジルワールドカップだ。日本は今年六月に、五大会連続五回目のワールドカップ本選出場を決めている。

三年前の二〇一〇年南アフリカワールドカップのグループリーグで見せた日本のサッカーは――特に三戦目のデンマーク戦は、ファンタスティックだった。中学時代、夜中に一人で興奮して大声を上げげたことを覚えている。

「対戦国はどこになるかな」チームメイトの一人が言った。「抽選、待ち遠しいな」

「初戦が鍵だな」

本選のメンバーは誰が選ばれるのか、どういうシステムが最適なのか、出場国の戦力分析などで仲間たちと盛り上がった。

正紀は制服に着替えると、教室へ向かった。登校してきた生徒たちと共に階段を上がる。

三年二組の教室に入ると、部活の更衣室とは違って誰もが〝事件〟の話をしていた。中央で固まっている女子グループも、片隅で机を挟んで向き合っている二人組も、黒板の前に集まっている男子たちも。

隣町で起きた猟奇的な殺人事件だから、気になるのは当然だ。

正紀は席に着き、鞄を机の上に放った。友人二人がすぐに駆け寄ってくる。

「毎日すっげぇニュースだよな」

野球部の友人が開口一番、言った。坊主頭で、眉が薄く、ジャガイモっぽい顔立ちだ。

正紀は鞄から教科書を出し、机の中に移し替えながら答えた。

「『愛美《まなみ》ちゃん殺害事件』だろ」

二週間近く前に発生した惨殺事件のことだ。テレビでも連日報道されている。公園で遊んでいた六歳の女の子が公衆トイレでめった刺しにされた。衣服に乱れがあったという。性的暴行を加えようとして抵抗され、殺したのだろうと言われている。

「そうそう」野球部の友人がうなずく。「二週間近く経ってんのにまだ捕まんねえし、警察は無能かよって」

「なあ、正紀は知ってっか？」天然パーマの友人が顔を寄せ、声を潜めた。まるで自分が体験した怪談でも囁《ささや》き聞かせるように。「被害者の女の子がどんな状態だったか」

「どんなって——二十八カ所も刺されてたんだから、そりゃ、ひどい状態だったんじゃないの？」

「想像以上のひどさだぞ。首もめちゃくちゃ刺されて、皮一枚で繋がってるありさまだったって」

首が皮一枚で——。

想像したとたん、おぞけが這い上がってきた。生々しい血の臭いを嗅いだ気さえした。

「それ、マジ？」

正紀は眉を顰《ひそ》めながら訊き返した。

「週刊誌に載ってた」

天然パーマの友人が答えると、野球部の友人が意外そうな顔をした。

「週刊誌なんて読んでんの？　オヤジ臭くね？」

「いやいや、そんなんじゃなくってさ。SNS《ツイッター》で記事の画像が貼られてて、共有《リツイート》で回ってきて
……ヤバイよ」

正紀はスマートフォンを取り出し、興味本位でツイッターを開いた。検索すると、八千五百リ

ツイートもされているツイートがヒットした。

『今日発売の「週刊真実」の記事、衝撃！　「愛美ちゃん殺害事件」の詳細が載ってる。胸糞。首の皮一枚って、マジかよ。早く逮捕して八つ裂きにしろよ』

ツイートには記事の画像が添付されており、ページの半分以上が読めるようになっている。


『東京都××区××町の公園の公衆トイレで津田愛美ちゃんの遺体が発見されてから十二日。親族によって通夜が営まれた。

愛美ちゃんは、卑劣で残忍な犯人によってわずか六年の短い人生を絶たれた。公衆トイレで二十八カ所もナイフでめった刺しにされ、遺体となって発見されたのである。

捜査官によると、愛美ちゃんは首の皮一枚で繋がっているような惨状で、あまりに凄惨な光景に言葉を失ったという。聞き込みの最中に涙をこらえきれなくなる捜査官もいたそうだ』

ネット上では猟奇殺人犯への怒りが噴出し、『#愛美ちゃん殺害事件』『#犯人を捜せ』『#絶対死刑』というタグで情報提供や推測、義憤のツイートがあふれていた。

「これって猟奇殺人ってやつだよな」野球部の友人が身震いするように言った。「ヤバイよな、マジで」

正紀はスマートフォンを置き、言った。

「六歳の女の子が恨みを買ったりするわけないし、怨恨じゃないのに、こいつ、これだろ？」

「犯人はサイコパスだろ、サイコパス」

「どんな奴なんだろうな、犯人」

「どこのニュースもトップで報じてるよな」

「ワイドショーも凄いぞ」

「ワイドショーは観たことないな。ってか、昼間だろ、やってんの。わざわざ録画してんの？」

「俺じゃないって。母さんが録画して毎日夜に観るんだよ。晩飯のときに。だから嫌でも詳しくなっちゃって」

「マジ？　どんな話してた？」

友人二人が興味津々の顔を向けてくる。

正紀は頭にこびりついているワイドショーの映像を思い返した。

陰惨さを強調するＢＧＭがバックに流れる中、再現ＶＴＲや、近所の住民へのインタビュー、専門家による犯人像の分析など、興味を引く構成だった。毎日のようにいくつものワイドショーを観ていると、同じような内容を繰り返していることが分かる。だが、何か新情報があるように匂わせるので、結局、両親と共に最後まで観てしまう。

サスペンスドラマでも観ている感覚で推理するのはいつも母だ。父は相槌《あいづち》を打ちながら聞き役に回る。

「ワイドショーだと、犯人像を追ってたかな。近所に聞き込みをしたり……」

社会学者の中年女性は、テレビで『現実社会で女性と関わることができない中年の小児性愛者の仕業だと思う』と犯人像を分析していた。

「新情報あった？」野球部の友人が訊いた。

「怪しいおっさんが目撃されてるってさ」

「怪しい？」

「近所の子供が声をかけられたんだってさ。女の子が『誰々さんの家知ってる？』って訊かれて、『知らない』って答えたら、『捜すの手伝ってくれたらお菓子をあげるよ』って言われたとか」

「うわあ、絶対そいつじゃん。何で逮捕されねえんだよ。そこまで分かってんならさ、似顔絵を作って全国に指名手配しろよ」

天然パーマの友人が「マジでキレてんじゃん」と笑った。

野球部の友人は唇をひん曲げた。

「当たり前だろ。七歳の妹いるしさ、心配だよ。最近は母ちゃんが送り迎えしてる。公園で遊ぶのも禁止だし、今は俺の携帯ゲーム機貸してるわ」

「公園も禁止？　親がついてたら別に大丈夫じゃね？」

「相手は刃物持った猟奇殺人鬼だぞ。切り裂きジャックとか、レクター博士みたいなヤバイ奴」

「レクター博士はフィクションだろ」

「揚げ足取んなよ。とにかく、そんだけヤバイ奴ってこと。そんな奴が野放しになってんだぞ。目をつけた女の子を手に入れるためなら、邪魔な親の一人や二人、殺すかもしれねえじゃん。母ちゃんも外に出るのが怖いってさ」

「でも、お前の妹は大丈夫じゃね？」

「何でだよ？」

「だって――」天然パーマの友人は思わせぶりに間を置いた。「可愛くねえじゃん」

「おい！」野球部の友人は相手の胸を突き飛ばし、声を荒らげた。「ふざけんなよ、ぶっ殺すぞ！」

天然パーマの友人はあっけらかんと笑っている。

二人が本気ではないことが分かっていたので、正紀は釣られて笑った。場の空気が弛緩した。

「――でもさ」正紀は言った。「目撃情報があるのにまだ捕まってないってことは、近所に住んでないんだろうな。そう考えたら、今どこに潜んでいてもおかしくないよな。この町かもしれないし……」

黒板の前のグループの一人がスマートフォン片手に、「なあなあ！」とクラス全員に呼びかけた。「今から遺族が記者会見するってよ！」

教室がざわめいた。周りから囁き交わす声が聞こえてくる。

「観たら泣きそう」

「何でマスコミは遺族を引っ張り出すの？」

「でも気になるじゃん」

「子供を殺されたばっかりなんだし、まともに喋れないんじゃない？」

数人がスマートフォン片手に中継を観はじめた。

正紀は友人たちとスマートフォンを囲んだ。

パイプ椅子には愛美ちゃんの両親が座っていた。右側には胸に弁護士バッジをつけた中年男性が渋面で座っている。長テーブルにはマイクが何本も並んでおり、女の子が笑顔で写っている額縁入りの写真が立てられている。

司会者による進行があり、父親が沈鬱な面持ちで記者たちに挨拶した。感情が死んだような声で語りはじめる。

「娘が殺され、私たちは地獄のような苦しみと悲しみに打ちひしがれています。朝、仕事に行く私を元気よく見送ってくれた姿が最後になりました。なぜこんなことになったのか……」

父親が嗚咽をこらえるように下唇を嚙み、黙り込んだ。母親はハンカチで目元を拭っている。

「……私たち家族は、大事な娘と最後の別れもできていません。遺体を〝整える〟のも困難で、棺を開けないままの葬儀だったからです」

重苦しい沈黙が降りてくる。誰もが女の子の惨状を思い浮かべただろう。

母親が濡れた声で語りはじめた。

「愛美が生まれたときの体重は三千百五十グラムでした。未熟児だった長女と違って、手に余るほど元気でした。全身で泣いて、暴れて――。手がかかったことを昨日の出来事のように覚えています。愛美は好き嫌いもなく、すくすく育ちました。体重が増えてくると、ねだられる抱っこも大変で――」

父親は顔をくしゃっと歪《ゆが》めた。

「こんなことになるなら、もっと抱いてやれば……」

震える声は次第に弱々しくなっていき、最後まで言い終える前に途絶えた。

再び沈黙が降りてくる。それを破ったのは母親だった。

「犯人が――憎いです」絞り出すような声だった。「この手で同じようにして殺してやりたい……」

強烈な言葉に記者会見場がどよめいた。

父親は母親に何かを言おうと口を開いた。だが、結局何も言わず、視線を机に落とした。

「犯人を捕まえてください！」母親がわめき立てた。「犯人を捕まえて、死刑にしてください！」

母親が取り乱し、騒然としたまま記者会見は終わった。

正紀は詰まっていた息を吐いた。喉に圧迫感があり、胃も重かった。

遺族の悲嘆が纏わりついてくるようだった。

担任の先生がやって来るまでは、友達同士で「早く捕まえろよな」「遺族の言うように同じ目に遭わせろよ」と犯人への憎しみを吐き出し合った。

だが、さらに二週間が経っても犯人は逮捕されなかった。大きな進展がなくても報道がトーンダウンすることはなく、連日何かしらの情報や推測と共に報じられていた。

ネットでも犯人への怒りがあふれていた。蓋をした巨大な鍋から熱湯がぼこぼこと噴きこぼれるように。

2

大山正紀は女友達からメールを貰い、待ち合わせ場所に向かった。約束の時間より二十分早く着いてしまったので、公園に埋められた遊具のタイヤに座って時間を潰した。

保育園の子供たちが若い保育士と一緒に遊んでいる。

正紀はその光景を眺めた。子供たちは元気よく走り回ったり、縄跳びをしたり、それぞれ楽しんでいる。無垢な姿は、穢《けが》れを知らないアニメのキャラクターと同じで、美しい。

正紀の前にワンピースの女の子がやって来た。

「これ、あげる」

泥だらけの両手に泥団子を載せている。初対面の人間に対して全く警戒心がなく、人懐っこい。

正紀は「ありがとう」と受け取った。むしゃむしゃ、と食べる真似をすると、女の子が笑顔になった。

保育士がその様子に気づき、「すみません……」と恐縮しながら頭を下げた。

「子供は好きですから。無邪気で、天使ですよね」

「そうなんです」保育士がほほ笑んだ。「本当に可愛らしいです」

同年代とはうまく付き合えない。三人以上で集まれば、必ず自分一人がはみ出る。話も無理やり合わせているだけだ。本当の自分をさらけ出せるのは、匿名のＳＮＳだけ——。

「どうせなら、子供に関わる仕事に就きたかったなあ、って思っています」

不純な動機が透けて見えないように注意した。

「目が離せなくて大変ですけど、楽しい仕事ですよ。自分には天職だと思ってます」

正紀は相槌を打ちながら話を聞いた。非モテをこじらせた冴えない外見の人間にも笑顔で接してくれる優しさに、惚れそうだった。保育士の包容力だろうか。アイドルが握手券を買ったファンなら誰にでも向けているビジネスの笑顔ではない。

楽しい時間はあっという間に過ぎた。

腕時計を確認すると、約束の時間になっていた。正紀は保育士に別れを告げ、女の子に手を振ってから公園を出た。

待ち合わせ場所は通りの反対側にあるカフェの前だ。女友達はすでに待っていた。

「正紀、遅すぎ。待たせないでよね」

「ごめん。早く着きすぎて公園にいたら、遅れて……」

「言いわけはいいよ。時間がもったいないし」

女友達はさっさと歩きはじめた。今日は、一人暮らしをはじめる彼女のマンション探しに付き合う約束だった。

彼女が一方的に話をしながら歩き、最初に目についた不動産屋に入った。雑居ビルの一階に入っているような小さな事務所ではなく、結構な広さがあり、十人前後の人間が働いている。

不動産屋の中年男性が応対に現れた。ガラステーブルを挟み、ソファに座って向き合う。

「マンションを探しているんですけど――」

女友達が切り出し、諸々の条件を説明した。中年男性が資料を繰りながら、物件を説明しはじめる。彼女は今日じゅうに契約したいと言っていたが、譲れない条件が多く、話は簡単に纏まらなかった。

三十分も経つと、正紀は手持ち無沙汰になった。スマートフォンをいじりながら時間を潰した。

中年男性が事務所内を振り返り、「お茶を！」と呼びかけた。スカートスーツの女性が「はい」と立ち上がり、流しで茶を淹れ、お盆に載せて運んできた。

「どうぞ」

黒いショートヘアの髪はさらさらで、アーモンド形の目は大きく、唇は柔らかそうだった。上着を羽織っていても胸の豊かさは一目瞭然で、ウエストは絞られたようにくびれている。

――美人だし、スタイルいいなあ。

まじまじ見つめると、女性は笑みを残し、去っていった。露骨な視線にも嫌な顔一つしない。隣を見ると、女友達が不快そうに眉を顰めていた。嫉妬でもしているのだろうか、と考えながら、マンションの相談が終わるまで付き合った。

美人が淹れてくれたお茶はそれだけで美味しかった。

中年男性は物件を示しながら、「いかがでしょう?」と訊いた。

彼女は不満げに嘆息を漏らし、静かにかぶりを振った。

「ちょっと、ね……」

「お気に召しませんでしたか」

「……少し考えさせてください」

不動産屋を後にすると、女友達は終始不機嫌だった。気分屋の彼女に不用意に踏み込むと、延々と愚痴を聞かされることになる。あえて触れなかった。

正紀は彼女と別れ、自分のアパートに帰宅した。部屋の五段の本棚には漫画が詰まっており、入りきらない分があちこちに山積みになっていた。壁にはタペストリーが何枚もあり、美少女が満面の笑みを向けてくれている。他には――パソコンとゲーム機が置かれている。

疲れたな――。

正紀はため息をつきながらテレビを点《つ》けた。ニュースが流れていた。

「――警察には四百件を超える情報提供があるようですが、依然として犯人逮捕には結びついていません。近隣住民は不安と恐怖におののいています」

司会者が現場のアナウンサーに呼びかけた。新情報がないか尋ねる。

誰も遊んでいない公園が映り、その前に立っているアナウンサーが神妙な口ぶりで喋りはじめた。

「現場は今も閑散としており、子供たちの姿は全くありません。近所でも子供たちは必ず大人と出歩いています」アナウンサーが歩きながら続ける。「住民の方々は、大きな事件と無縁の町でこのような猟奇的な殺人事件が起きたことに驚きと衝撃を隠せず、犯人の一刻も早い逮捕を願っています」

正紀はじっと画面を見つめていた。

映像がスタジオに戻り、コメンテーターたちが意見を述べはじめた。

社会学者の中年女性が憤激の面持ちで主張した。

「抵抗できない女の子を狙ったのは、大人の女性と対等に付き合えず、思いどおりにできる相手だったからです。女性を命ある人間として尊重できず、自分の欲望を満たす〝物〟と見なしているんです」

「なぜめった刺しにしたんでしょう」

「おそらく、性行為をすることができず、その〝代償行為〟だったと考えられます」

社会学者の中年女性は、素手でナイフを二度三度と突き立てる真似をした。

「ナイフで刺す行為が犯人にとっては性行為だったんです」

「そうだとすると、また繰り返す恐れがあるということですね」

「はい、間違いありません。性的欲求が抑えられなくなると、また〝獲物〟を探しはじめるでしょう。現場と離れているからと安心せず、親御さんは犯人が逮捕されるまでお子さんから目を離さず、しっかり守り、少しでも怪しい人物がいたら警戒するよう、お願いします」

「犯人像についてはどうでしょう」

「最近はアニメやゲームのキャラクターとしかコミュニケーションを取れない人間が増えています。彼らは自分の思いどおりになる〝データ〟を相手にしているので、現実の人間への共感能力が低く、感情移入することができないんです」

司会者は同意するようにうなずき、言った。

「先日は、大手書店に対し、『不健全な漫画を売るな。棚から撤去しないと、従業員の子供が第二の愛美ちゃんになるぞ』と脅迫電話をかけた疑いで、五十代の無職の男が逮捕されました。男は『脅迫はしていない。そういう漫画の悪影響で同じような事件を起こす人間が生まれるという注意喚起のつもりだった』と供述しているそうです。『愛美ちゃん殺害事件』との関係はない模様です」

司会者は一呼吸置き、沈痛な表情で続けた。

「愛美ちゃんの小学校では、事件のショックからいまだ登校できずにいる子供たちが何人もおり、精神面での長期的なケアが望まれています。特に愛美ちゃんと親しかった子は、夜におねしょをするようになるなど、ひどく怯《おび》えているそうです」

社会学者の中年女性は我慢できないという顔をしていた。長テーブルに拳を叩きつける。

「社会はこの犯人を許してはなりません！」

司会者は彼女の激昂に気圧《けお》されたように目を開いたものの、冷静な口調で纏めた。

『『愛美ちゃん殺害事件』は日本社会に深刻な影響を与えています。警察は今も目撃情報の提供を呼びかけています」

正紀はテレビを切った。見たくない情報はボタン一つでシャットアウトできる。

正紀はスマートフォンを取り上げ、さっさとゲームにログインした。食べ物を擬人化した美少女たちが闘うソーシャルゲーム――SNS上で遊ぶオンラインゲーム――だ。課金してカードを購入すれば、新しい〝娘《こ》〟が手に入る。レアな〝娘〟ほど出現率が低く、何万円も課金して一枚出るかどうかだ。

バイトの給料が振り込まれたので、目当ての〝娘〟を求めてカードを引くつもりだった。

とりあえず、ゲーム内で五千円分のカードを購入する。そして『スタート』をタップした。画面に十枚のカードが配られ、一枚一枚めくられていく。美少女のイラストが次々に現れた。五千円分ならそれを十回引ける。

ピンク髪に桜の髪飾りをした美少女、黄色い髪をツインテールにした美少女、銀髪に軍帽の美少女――。

目当ての〝娘〟は出なかった。

意地になって引きまくり、ものの三十分で三万円を溶かしていた。

正紀はスマートフォンをベッドに放り投げた。

自分にとって外れのキャラクターでも、チームの主力の強化に使えるので、決して無駄になるわけではない。しかし、目当ての〝娘〟が全く出ないのはつらい。

正紀は目を閉じ、両手のひらをこすり合わせた。ぶつぶつと念じ、神に祈る。そして――スマートフォンを取り上げた。五千円を課金し、スタートする。

配られたカードがめくられるたび、数え切れないほど見た〝娘〟たちが現れた。もう駄目かと諦めそうになったとき、画面に金色の光が広がった。UR《ウルトラレア》カードが出るときの演出だった。

目が釘付けになった。スマートフォンを握る手に力が入る。

カードがめくられ――目当ての〝娘〟が現れた。金髪のロングヘアが風に舞っているようにふわっと広がっている。メイド服をモチーフにしたへそ出しの衣装で、胸はつぼみのような膨らみだ。フリルが付いたひらひらのミニスカートから細い脚が伸びている。

苺のショートケーキが載った皿を持つロリっ子だ。

正紀は興奮の声を上げた。

ツイッターでさっそく感動を伝えよう。

趣味アカウントを開いた。名前は『冬弥《とうや》』だ。好きな漫画のキャラクターから取った。プロフィールは――。

『飯娘／金髪ロリは嫁／オタ／アニメ／ゲーム／ロリの泣き顔は至高！』

同じ趣味のアカウントが百二十一人、フォローしてくれている。

正紀は〝娘〟が現れたシーンの動画をコメント付きでアップロードした。

『ついに出た！　悲鳴ボイスに萌える　#飯娘』

〝お気に入り〟が十二個付いた。

その後、正紀は公園で交流した幼女の姿を思い出しながら――あのときは抱き上げたい衝動と闘った――、『今日は公園でもリアルロリと出会った。萌えた！』とツイートした。

同好の士たちが『写真希望』『二次元のほうがいいだろ』と反応してくる。

匿名の世界だからいくらでも本音を口にできる。現実《リアル》の友人知人には明かせない趣味や性癖でも。

正紀は夜遅くまでインターネットの世界にどっぷり浸かった。

3

大山正紀はコンビニの制服に着替えると、レジに立った。バイト仲間の女性に挨拶する。

「おはようございます」

「おはよう」

快活な笑顔を返してくれた彼女は二歳年上だ。髪は豊かでウェーブがかかっている。小さめの桃色の唇が印象的だ。第一印象で好感を持ったが、実際に話してみると、穏やかで、どんな話題でも笑ってくれる優しさにますます惹かれた。

客が来るまで彼女と雑談を楽しんだ。ルーティンワーク同然の退屈なバイトの唯一の癒しだ。

話が途切れると、正紀は話題を探した。レジカウンターの正面に置いてある抽選ボックスが目に留まる。

「このアイドル、知ってます？」

彼女が「ん？」と抽選ボックスに顔を向けた。男性アイドルの顔がプリントされている。ローカルアイドルの青年が地元のコンビニとコラボレーションしており、対象商品を購入すると、抽選でブロマイドが当たる企画が昨日からはじまっていた。

「結構イケメンだよね。地元出身ってだけで親近感持てる」

「俺は何だか羨ましいっす」

「正紀君、芸能人に憧れてるの？」

「いや、そうじゃないんですけど……」正紀は苦笑いした。「俺は〝何者〟でもないんで、こんなふうに何かになれた人を見ると、自分の小ささを思い知らされるっていうか……」

困惑顔が返ってくるかと思ったが、意外にも納得したようにうなずいてくれた。

「人と比べちゃうこと、あるよね。私も中学とか高校のころは、自分は何者なんだろう、って思うことあったし」

「何者かになりたいっす」正紀は嘆息交じりに言った。「そうしないと、人生が脇役のまま終わりそうで」

「自分の人生は自分が主役だよ」

「主役ってほど活躍してないっすけどね」

正紀は乾いた笑いを漏らし、卑屈すぎたと後悔した。自分の好感度が下がってしまう。

「これからっすよね、きっと！」

彼女は笑顔で応じた。

「そうそう。負けるな！」

「はい！」

　正紀は彼女にレジ業務を任せ、商品の陳列チェックを行った。最近は日が落ちるのが早く、午後六時はもう暗い。窓や自動ドアのガラスは、闇を映して鏡と化している。

　正紀はガラスの反射を利用して彼女をときおり盗み見た。丁寧に接客している。

　陳列チェックが終わると、正紀はレジに戻った。

「代わりますよ」

「ありがとう」

　正紀はレジに立った。この時間帯ということもあり、少しずつ客が増えてきた。五分刈りの中年男性が週刊誌と缶ビール、赤貝の缶詰をレジに置いた。

「さっさと頼むわ」

「ポイントカードはお持ちですか？」

　中年男性は舌打ちした。

「持ってたら出すだろうが。早くしろよ」

　正紀は不快感を抑え、努めて冷静に謝罪した。

「申しわけありません」

　商品をレジに通していく。

　取り上げた週刊誌の表紙には、『警察は愛美ちゃん殺害事件の容疑者をマーク』『近々逮捕か』と大文字で書かれている。

あの猟奇的殺人事件の犯人か――。

興味を引かれ、後で立ち読みしてみよう、と思った。

千円札を受け取り、お釣りを返した。中年男性がまた舌打ちをしてコンビニを出ていく。

「感じ悪いよね」

彼女が苦笑しながら話しかけてきた。

「短気っすよね」

「……たぶん、レジ係が私じゃなかったのが不満なんだと思う」

「え？」

「あの人、お釣り渡すときに手をべたべた触ってくるから」

「最悪っすね」

彼女は困ったような笑いを漏らした。

買い物籠を持った女性客がやって来たので、正紀はしっかり愛想よく対応した。

客がいなくなると、正紀は商品の品出しを口実にして雑誌コーナーに近づいた。

テレビでも連日報道しているので、猟奇的な『愛美ちゃん殺害事件』の犯人には人並みに関心があった。週刊誌は、テレビでは踏み込めない部分まで書いてくれるから面白い。

流し読みすると、四十代の無職の男がマークされているという。隣人トラブルを頻繁に起こしており、大声ではしゃいでいた小学生の女の子が怒鳴られたり、怖い思いをしていたらしい。

早く逮捕されればいいのに――。

「こら。何サボってんの」

背後から彼女の声がし、正紀は振り返った。

「すみません、気になっちゃって、つい」

彼女は週刊誌の記事をちらっと見た。大文字の見出しが毒々しく、目立っている。

「その事件、私も気になってる。ひどい事件だよね、本当。遺族の会見を観て、泣いちゃった」

「俺も観ました。テレビでやってましたよね」

「犯人の情報、書いてある？」

「四十代の無職の男らしいっすよ」

「何で野放しなのかな」

「そうっすね」

話していると、自動ドアが開き、親子連れが入ってきた。正紀は彼女と一緒にレジに戻った。

親子連れが弁当やカップラーメン、菓子パンを買い物籠に山積みにして向かったのは、反対側のレジだった。中年バイトが無愛想な顔で立っている。

同じシフトで入っていると、いつも気まずい。特に二人きりだと、会話がない。

今日は彼女が一緒だから、彼は飲食店で離れた席にいる赤の他人と同じく、単なる背景だ。

また客がいなくなり、店員だけになると、彼女に話しかけた。SNS《ツイッター》で話題になった子猫の動画の話をした。前に彼女が猫好きだと言っていたので、興味を持ってもらえると思った。

案の定、彼女は「見たい見たい」と食いついた。

正紀はスマートフォンを取り出し、ツイッターを開いた。アカウント名は適当に付けた『しゃもじ』だ。

猫の動画を探し出そうとしたとき、国内のトレンドワードがふと目に入った。ツイッター上で多くつぶやかれている単語のランキングだ。

1　逮捕
2　16歳
3　愛美ちゃん殺害事件

正紀は目を瞠《みは》った。

四位以下には芸能人の名前や新作映画のタイトル、サッカーチーム名が並んでいる。

一位から三位のワードの並びで事態を悟った。

『愛美ちゃん殺害事件』の犯人が逮捕されて、そして――その年齢が十六歳だったのではないか。

無関係な並びとは思えない。

画面を覗き込んでいた彼女も、「ねえ……」と真剣な声を漏らした。トレンドワードを人差し指で指す。

「これ、犯人のことじゃない?」

正紀はトレンドワード一位の『逮捕』をタップした。その単語が含まれているツイートが並んだ。一番上には最もリツイートされているツイートが表示されている。

最大手の新聞社のツイートだった。

『××町の公園の公衆トイレで津田愛美ちゃんを殺害したとして、S署は28日、殺人容疑で高校1年生の少年（16）を逮捕した。少年は「ナイフで刺して殺したことは間違いありません」と容疑を認めているという』

ツイートには記事へのリンクもある。逮捕の速報以外に目新しい情報はなく、事件の概要が繰り返されているだけだ。

正紀は唖然とした。自分より年下の少年が六歳の女の子をめった刺しにして殺害したのか。信じられない。

「十六歳じゃ、死刑はないよね？」

彼女の声は怒気と嫌悪がない交ぜになっていた。

「そうっすね、たぶん」

「最悪」

「十六とは思わなかったっすね」

「犯人、少年法で守られるんでしょ。ありえない。こんなひどい事件を起こして、死刑にならないなんて――。絶対間違ってるよ。正紀君もそう思うでしょ？」

残酷な事件だと思うし、連日のニュース報道で人並みに関心はあったものの、所詮は他人事《ひとごと》だから、そこまで強い怒りは抱いていなかった。だが、正義感にあふれる姿を見せたほうが――もっと正直に言えば、彼女に共感を示したほうが好感を持たれると思い、正紀は大真面目な顔に若干の怒りを乗せて答えた。

「こんな非道な犯人、生きてる価値なんてないっすよ」

「だよね。少年だからって罪が軽くなるなんておかしいよ。殺された女の子や遺族の無念はどうなるの？」

「許せないっすよ。性犯罪とか、女の子の尊厳を踏みにじる犯罪、大嫌いなんです」

「凶悪犯罪は少年でも死刑にしたほうがいいと思う。そうしないと、犯罪、なくならないよ」

「同感です。死刑ですよ、死刑」

「実際は数年で世の中に戻ってくるんだよ」

「しかも、服役中は税金で養われるんっすよ。法律っていつも加害者の味方っすよね」

そのとき――。

「死刑は非人道的な悪法だよ」

突然、会話に神経質そうな声が割って入ってきた。

声の主は反対側のレジに立っている中年バイトだった。前髪が少なく、唇は分厚い。眼鏡の奥の目は陰湿そうに細められている。

「えっと……何すか？」

正紀は当惑しながら訊いた。

「死刑の話だよ。簡単に死刑死刑、言ってるからさ。人権意識ってどうなってるのかな、って思ってね」

「いや、いきなり人権意識なんて言われても……そんな話、してないですし。鬼畜な犯人は死刑が当然だっていう話です」

「知ってるよ。だからね、安易に、死刑にしろ、なんて言える人間の人権意識を問題にしてるんだよ」

——面倒臭。

ツイッターによくいる『説教おじさん』や『説教おばさん』かよ——とうんざりした。ツイッターでは、他人の個人的な会話やつぶやきにいきなり嚙みついて、説教したり、持論をまくし立てたり、馬鹿にしたり、攻撃したりする人間がいる。

正紀は彼女と顔を見合わせた。彼女の目にも戸惑いがあった。

「先進国のほとんどじゃ、死刑は廃止されてる」中年バイトは言った。「ましてや、少年を死刑にする？　言語道断だ」

会話したこともないのに、急に割り込んでくる。最低限の空気を読む能力もない。人間関係の距離感が摑めないのは、生まれたときからネットがあった『デジタルネイティブ』の世代より、四十代以上のおじさんおばさんに多い気がする。

「でも——」彼女が不機嫌そうに反論した。「小さな女の子をめった刺しにして惨殺した異常者ですよ。犯人を庇《かば》うんですか？」

「庇うとかじゃなくてさ。何で分かんないかなあ。少年の過ちは、反省と更生を促して、社会に戻る機会を与えることが大事でね。成人扱いすることが間違ってる」

「こんな残酷な事件の犯人は、死刑でも生温《なまぬる》いと思います。被害者と遺族の無念はどうなるんですか」

「感情で死刑死刑って、中世だよ、そんなの。死刑ってのは、更生の可能性も奪う、国家による深刻な人権侵害だよ。死刑制度を認めてる日本は野蛮な国だ」

「事件の重大性を考えたら、そんなこと、言えないです。人の命を残忍に奪ったんだから、命で償うべきです」

「へえ。理由があったら人殺しも許されるってこと？　それは殺人を認めるのと同じだよね」

「死刑は人殺しじゃないでしょ。何言ってるんですか」

「国家による殺人だよ。同じでしょ。じゃあさ、遺族が復讐で犯人を殺すのはありってわけ？」

彼女は眉を顰めた。

中年バイトは露骨に大きなため息を漏らした。

「ヒステリックに感情論で叫ばれてもねえ。法律のほの字も知らないでしょ、君」

正紀は彼女を庇うため、「あなたは知っているんですか」と助けに入った。彼はその台詞を待っていたかのように、どこか誇らしげな薄ら笑いを見せた。

「司法試験に挑戦していたことがあってね。弁護士を目指してたんだよ。素人じゃない」

――いや、素人だろ。

口から飛び出そうになったツッコミは、辛うじて呑み込んだ。中途半端に何かを齧《かじ》っていた人間の見栄やプライド、劣等感は面倒だ。

正紀は舌打ちしそうになるのを我慢した。

きっと彼はツイッターでも同じように赤の他人に絡んでいるのだろう。目に浮かぶ。

赤の他人にツイッターで絡まれた経験がある友人たちは、『今まで社会で自分の発言に見向きもされなかった人間が、簡単に持論を拡散できるオモチャを手に入れて、承認欲求モンスターになったんだろ』と言っていた。当たっているかもしれない。司法試験に挑んでいた程度の過去で〝マウント〟を取って、冴えない人生の憂さ晴らしか。

「もういいです」吐き捨てるように言ったのは、彼女だった。「こんなことで言い争いたくないんで」

「……あっそ。別にいいけど」

彼は鼻で笑うと、横を向いてしまった。黙りこくったままレジの前に立っている。

好き放題言い捨てて満足したのは彼だけで、絡まれた側はただただ不快感と居心地の悪さが残った。

今さら彼女に『猫の動画、見ます？』とは言えず、正紀は勤務時間が終わるまで気まずいまま仕事した。

4

テレビの画面では、スペインリーグの『リーガ・エスパニョーラ』の試合が流れていた。

「よし、行け！」

深夜、大山正紀は贔屓《ひいき》のバルセロナを応援しながら、自室で盛り上がっていた。

時代と共にサッカーの放送は地上波から衛星放送に移っている。将来的にはネット配信になるのでは、という声もあった。だが、パソコン画面だと迫力に欠けるから、試合はテレビで観たいと思う。

選手のスーパープレイのたび、正紀は興奮した。

中学生のころは、クライフターン、ヒールリフト、エラシコ、マルセイユルーレットなど、スーパースターの必殺技のような大技ばかり練習し、試合で挑戦しては監督に怒られたものだ。

実力をつけ、不動の地位を確立すれば、遊び心のあるプレイも観客を魅了する武器になる。

いつか、大舞台で大勢の度肝を抜いてみたい。

目を閉じ、イメージトレーニングという名の妄想に浸《ひた》った。日の丸を背負ったワールドカップの大一番。相手は強豪ブラジル。ロナウジーニョやネイマールのようなプレイで相手国の観客にも感嘆のため息をつかせる。そして——ゴール!

妄想の中では常に大歓声が聞こえていた。

『オオヤマ、オオヤマ!』

『マサノリ、マサノリ!』

大舞台での活躍で全世界に『Masanori Oyama』の名前が知れ渡り、ヨーロッパ四大リーグの名門クラブチームからオファーが殺到するシンデレラストーリー。

妄想の世界から帰還すると、スマートフォンでニュースサイトにアクセスした。スポーツの項目を見る。欧州サッカーの速報や、試合の記事が上がっている。

読んで他の試合の動向を知ってから、ブラウザバックした。国内ニュースの項目が目に入る。


『「愛美ちゃん殺害事件」で浮き彫りになる少年法の限界』

サッカーの興奮に冷や水を浴びせられるようなニュースだ。母がワイドショーを好んで観るから、嫌でも目に入る。クラスメイトと話題にするうち、普段から記事が気になるようになった。不快になりそうだから読まずにおこうと思ったものの、好奇心に負けて記事を開いてしまった。目を通してみる。

六歳の愛美ちゃんがめった刺しにされた経緯に触れた後、少年犯罪の問題点について語っている。

家庭裁判所は、十四歳以上で罪を犯した犯罪少年のうち、死刑、懲役、または禁錮に当たる罪の事件について、刑事処分が相当と認めるときは、検察官に送致することになっている。それを逆送と呼ぶ。

検察官に逆送された犯罪少年は、起訴されると、家庭裁判所ではなく、成人と同じ刑事裁判で裁かれる。

また、十六歳以上の少年が被害者を死亡させた場合は、原則として逆送される。

『愛美ちゃん殺害事件』の容疑者である少年Aは、十六歳だ。精神疾患などがないかぎり、逆送され、成人として裁かれるであろう。だが、全てにおいて成人として扱われるわけではない。

少年の実名報道を禁じた少年法第六十一条が立ちはだかり、本名も明かされず、守られている。少年法は、少年の更生の機会を守ることが趣旨ではあるが、残虐な殺人事件を起こした少年が世に戻った後、反省も更生もなく、また非道な犯罪に手を染めているケースもあり、そこに少年法の限界がある。

少年A――。

少年B――。

少年C――。

実に記号的な響きではないか。

窃盗を犯した少年も、強制わいせつを犯した少年も、子供を連れ回した少年も、殺人を犯した少年も、全員が全員、報道では少年Aと呼ばれる。複数犯なら、B、C、D――とアルファベットが増えていく。

逮捕された犯人が少年だと分かった瞬間から、犯人の〝顔〟はなくなり、単なる記号と化してしまう。世間の記憶に残るのは、残虐な犯行内容だけで、犯人は忘却の彼方に――いや、名前がないのだからそもそも最初から記憶すらされない。

事件の風化を手助けする法律に何の意味があるのか。

一方、被害者の実名や個人情報は、遺族がどれほど傷つこうが、懇願しようが、『実名報道でなければ、その事件が真実かどうか（本当に起きたかどうか）保証できない』『公共性と公益性のため』として実名を出している。

それならば、犯人の実名こそ公表しなければいけないのではないか。

世の人々の大半は、実名報道を求めている。

たとえば、コンビニや飲食店で〝悪ふざけ〟動画を撮影した中高生や、SNSで差別的な発言をした中高生が炎上したとき、アカウントの過去の発言から個人が特定されるケースは枚挙にいとまがない。本名どころか、学校名、バイト先、時には自宅の住所まで突き止められている。

個人情報は恐るべき速さで拡散される。誰もが実名を明らかにすべきだと考えている証左である。

目を覆うばかりの凶悪な少年犯罪が相次ぐ昨今、加害者を守る少年法第六十一条は時代遅れと言わざるを得ない。法もアップデートが必要であろう。

市民団体により、加害者少年の実名公表を求める署名運動が行われ、現在、一万二千人が署名しているという。

少年法は変わらなくてはいけない。

文章から怒りが滲《にじ》み出ている。

サッカーの興奮は鎮火してしまったものの、クラスで事件がまた話題になったときに話す材料が手に入った。サッカーの試合同様、自分が主役になることが好きだ。

正紀は部屋の電気を消すと、そのままベッドに入った。

昼休みになり、正紀は六人グループの中で喋っていた。机を椅子代わりにし、サッカーの話で盛り上がる。東京予選でハットトリックをした試合の思い出話だ。

「大山君、チョー恰好《かっこう》良かった」当時、応援に来てくれていたギャル系女子の一人が興奮気味に言った。「マジ、泣いちゃったもん。試合後にインタビューも受けてて、凄いよね」

「ま、格下だったし、あれくらいはな。俺が目指してんのは、もっと上だったし」

「でも、めっちゃ感動した。周りの人も、みんな、大山君の名前を呼んで興奮してたし」

「俺としては、二回戦の逆転アシストのほうが印象に残ってるな。ロスタイムの高速カウンター」

「だよね、だよね。私も感動した」

彼女があのアシストの妙を理解しているようには思えなかったが、褒められて悪い気はしない。しばらくはサッカーの話を楽しんだ。

そのうち、友人の一人が『愛美ちゃん殺害事件』の話を持ち出し、自然と話題が事件に移った。

「愛美ちゃんのためにも死刑にしなきゃ駄目だろ」

野球部の友人が義憤に駆られたように言った。天然パーマの友人が「でもさ――」と反論する。

「十六歳じゃ、死刑は無理だろ。殺したのも一人だし」

「それは法律が甘すぎだって。あんなむごい殺し方して、すぐ世に戻ってくるとか、ありえねえだろ。許せねえよ。正紀もそう思うよな？」

他人事ではあるものの、許せない事件だと思う。何の罪もない六歳の女の子が二十八カ所もナイフでめった刺しにされ、首の皮一枚で頭部が繋がっているようなありさまで公衆トイレに放置されていたのだ。誰でも犯人に怒りを感じるだろう。被害者は夢も希望も、将来味わえるあらゆる楽しみも、理不尽に奪われた。

「思う思う」

正紀はすぐ同意した。サッカー部のエースの10番で、正義感にあふれるキャラ、、、で売っているのだ。

「でもさ、実際は死刑どころか、名前も顔も明かされないんだぜ。女の子を惨殺しておきながら、〝少年A〟だってさ。こんなの記号だし、事件の風化を手助けするだけだろ」

一昨日の記事の受け売りだった。だが、クラスメイトたちは感心したようにうなずいている。

野球部の友人が声を荒らげた。

「名前公表しろよなあ、マジで」

「それな」正紀はうなずいた。「被害者ばっかプライバシーを公開されるの、不公平じゃん」

「お姉ちゃんと一緒に仲良く飼い犬の散歩をしてたとか、子供向けの雑誌で読者モデルをしてたとか、将来の夢はお花屋さんだったとか、どうでもよくね?」

そんな被害者の情報は、ニュースで何度も報じられていた。母もテレビを観ながら犯人に対して憤っていた。

クラスメイトたちが言い合う。

「そのほうが被害者が同情されやすいからかもな。こんなふうに加害者の名前も顔も出ない事件だと、その差が際立つよな」

「犯人はクソだよ、クソ。人を殺しておきながら、十六歳って年齢の陰に隠れやがって」

「——犯人の部屋から漫画やアニメグッズが見つかったってさ」

「俺なんかさ、母ちゃんから『あんたは大丈夫?』とか真顔で言われちゃったよ」

「今時、漫画やアニメくらい誰でも見るじゃん」

「分かる分かる。でもさ、親の世代とか偏見あるし、漫画やアニメも色々だって分からないんだよな。ゲーム機は全部ファミコンだって言うしさ」

陰惨な事件の話題は常にヒートアップする。

結局、サッカーの話題は『愛美ちゃん殺害事件』の犯人の話題に取って代わられた。

5

大山正紀は女友達とカフェで向かい合っていた。彼女は世の中の理不尽に対する愚痴を喋り続けている。

正紀は聞き役に徹し、相槌を打ったり、同情や慰めの言葉を返したり、彼女のご機嫌取りに終始した。

不満の捌《は》け口にされている自覚はあったものの、文句を言ったりはしなかった。

一時間ほど経つと、彼女はすっきりしたらしく、「そろそろ行こ」とショルダーバッグを取り上げた。

正紀はテーブルに置かれた伝票を確認し、彼女と一緒にレジへ向かった。自分の分の代金——五百円を財布から取り出した。

彼女は伝票を一瞥《いちべつ》すると、わずかに眉を顰めた。

「高……」

彼女は店員の前でうんざりしたようなため息を漏らし、二千円と小銭を支払った。

二人でカフェを出ると、駅に向かって歩く道中、彼女は何かを思い出したように言った。

「そういえばあたし、いつも支払いで納得できないことがあるんだけどさ……」

不愉快そうな口ぶりだったので、正紀は警戒した。

割り勘にしておくべきだっただろうか。しかし、彼女が注文したのはパンケーキに抹茶パフェ、コーヒーだ。二千円分も食べている。割り勘では割に合わない。

だが――そういう話ではないようだった。

「女と一緒に食事に行ったら、男が奢《おご》るべきでしょ。その程度の気遣いもできない奴は一生童貞」

辛辣な言いざまについ反論の言葉が漏れた。

「いや、それはイーブンでしょ」

彼女が「は？」と顔を歪めた。「女は化粧したり、お洒落したり、そういう部分でお金がかかってんの。投資額が違うんだから、男が奢るのが当然でしょ」

漫画やアニメのヒロインなら決してそんな発言はしないのに――と思った。早く帰宅して〝飯娘〟の世界で癒されたい。

不機嫌の矛先が自分に向いても嫌なので、正紀は「正論！」と同意しておいた。

彼女は、ふん、と鼻を鳴らした。彼女の機嫌を損ねると、何週間もぐちぐちと恨み節を聞かされる。

正紀は話を変えようと話題を探し、ふと思い至った。

「そういや、部屋は見つかったの？」

彼女は一人暮らしするための部屋を探していた。一緒に不動産屋を訪ねたときは、話が纏まらなかった。その後、進展はあったのだろうか。

彼女はため息交じりに答えた。

「全然見つかんなくてさ……最悪」

「この前、結構いい部屋も紹介してもらってたけど、あれは？」

「あの不動産屋は駄目。三流だから」

「そうなの？」

「……事務所でお茶飲んだでしょ。覚えてる？」

真っ先に思い出したのは、スタイルがいいスカートスーツの美人の姿だった。

「ああ、美人のお茶は美味しかったな……」

しみじみ言うと、彼女は露骨に顔を顰《しか》め、舌を鳴らした。彼女の反応に正紀は困惑した。

「何か変なこと言った？」

「……時代錯誤じゃん。お茶を要求したとき、女性だけが立って、お茶淹れて」

「立場が一番下だったとかじゃない？　若かったし」

「何言ってんの。若い男はいたじゃん。男は全員座ったまま、腰を上げる気配もなかったし。昭和かよって。ああいう会社、駄目。受け付けない」

「そうかなあ……担当者は感じ良かったけどなあ」

「女性にお茶汲《く》みさせてる時点でアウト」

正紀はいまいち共感できず、首を捻《ひね》った。

「何？」

女友達の表情が一瞬で険しくなる。

「……いや、だってさ、おっさんの脂ぎった手で淹れられたお茶より、可愛い子の淹れたお茶のほうがいいじゃん」

「はあ？　ありえない。何その差別。この際だから言わせてもらうけどさ、あんた、よく『嫁が――』とか言ってんじゃん。〝嫁〟なんて時代遅れの単語使ってる時点で、もう、あたしの中じゃ、あんたの知性は最低ランクに落ちてるから」

彼女は荒ぶるブルドッグのような顔で吐き捨てた。

――それくらい、普通に言うじゃん。

内心で反発が湧き起こった。

オタク趣味がある人間なら日常的に使っている単語を口にしただけで、他人の知性をナチュラルに見下せる人間性のほうが差別的ではないか、と思ったものの、反論は我慢した。

「もうあんたとは会わないから」

彼女は絶縁宣言をして歩き去った。

あまりに唐突な感情の爆発に、正紀は愕然《がくぜん》とした。

帰宅してからも彼女の動向が気になり、ベッドに腰掛けながらSNS《ツイッター》の〝リア垢〟――現実《リアル》の交友関係を築いているアカウント――を開いた。フォロー数もフォロワー数も一桁で、知り合いと芸能人数人をフォローしているだけだ。

彼女がさっそくツイートしていた。

『お茶は男より美人の女が淹れるべきだ、なんてクソ発言されて、リアルに絶縁考えてる。何だ、あいつ』

動揺し、心音が乱れはじめた。

相互フォローだから、互いのツイートが相手のタイムラインに表示されることは知っているくせに、悪意たっぷりに印象操作して悪口をつぶやいている。

いくら腹が立ったとしても、ありえない。あえて本人に見せて傷つけるための嫌みにしか見えない。

正紀はため息を漏らした。直接反論したら口論になるのが分かり切っている。だが、黙ったままだとストレスが溜まる。

それなら——。

正紀は、好きな漫画のキャラクターから名付けた『冬弥』という〝趣味垢〟に切り替えた。ハンドルネームだから気兼ねなく好き勝手にツイートできる。性癖丸出しのツイートでも何でも。

『おっさんと美人の女性なら、美人の淹れたお茶のほうが嬉しいし、美味しいと思うのが当たり前だと思うんだけど、女友達にそう言ったら、人間性を疑われて、差別だってキレられたあげく、相互フォローのリア垢で陰口叩かれた……陰険すぎて女怖い（震え声）』

愚痴を吐き出すと、少しすっきりした。気を取り直してスマートフォンのゲームで遊んだ。

ゲームに課金し、キャラクターカードを引いた。目当てのカードが出ず、いらいらしはじめたころだ。突如、スマートフォンの通知音が止まらなくなり、ゲームをまともにプレイできなくなった。

何事かと思いながら確認すると、四百件以上の通知があった。慌ててツイッターを開いた。先ほどの愚痴ツイートがあっという間に三百八十も共有《リツイート》され、二十五件も返信《リプライ》があった。

戦々恐々としながらリプライに目を通してみた。

『考え方古すぎ！　昭和脳』

『女性蔑視　最低のクソ男じゃん』

『アニメが好きなら表に出てくんな』

『あなたの存在は女性を不幸にするので、現実の女性には一生関わらないでください』

『自分が非常識な女性蔑視発言をしたくせに、それを批判されたら、陰険すぎて女怖い、とか、馬鹿だろ。死ね！』

攻撃的な中傷が刃物となって胸をえぐっていく。動揺のあまり視野が狭まり、動悸がおさまらなかった。スマートフォンを握り締める手が震えていた。

一件一件読んでいるあいだにも、どんどんリツイートとリプライが増えていく。

どうやら、先ほどのツイートが声の大きい誰かに晒《さら》し上げられ、注目を浴びているようだった。

ツイッターの世界では、四桁、五桁――あるいはそれ以上のフォロワーを持つアカウントに目をつけられ、『こんな非常識な人間がいたぞ』と断罪するコメントと共に拡散されると、同調する者たちが怒りに駆られて次々リツイートし、〝大炎上〟するのだ。

まさに誹謗《ひぼう》中傷のゴーサイン――。

今、自分に起こっているのがそれだった。

パニックに陥り、頭の中がぐちゃぐちゃになりはじめた。炎上した人間が反応したら、それが〝油〟になるのは分かっていた。当時の会話の流れや、真意を説明しようとしても、感情的になった集団には保身の言いわけにしか見えないだろう。

謝罪すべきなのか、無視すべきなのか――。

娯楽のように罵詈雑言《ばりぞうごん》の石を投げつけてくる連中も、次の炎上事件が起きれば、そっちへ流れていく。それまで黙って耐え忍ぶのが最善かもしれない。

正紀はスマートフォンをスリープさせると、深呼吸し、室内を見回した。見慣れた自室だ。漫画本や、アニメのＤＶＤ、美少女キャラクターのタペストリーなど――趣味のコレクションであふれている。

現実――だ。

顔の見えない大勢から誹謗中傷を浴びている空間ではなく、誰からも危害を加えられない場所――。

だが、誰とも繋がりはない。

動悸が少しおさまってきても、スマートフォンの通知は一向に鳴りやまなかった。

気になって確認せずにはいられず、正紀はスマートフォンを取り上げた。暴れる心臓を押さえながら一呼吸し、スリープを解除した。

リア垢のほうにも数件の通知があった。

なぜ？

額に冷や汗が滲み出る。

数人にしかフォローされていない弱小アカウントだから、数日に一件程度しかリプライが来ない。それなのになぜ？

疑問符が頭の中を駆け回り、不安に押し潰されそうになった。震える親指で通知をタップする。

『冬弥って奴の本垢、こいつだろ？』

どうしてリア垢がバレたのだろう。ハッキングでもされたのではないか、と恐れおののいた。だが、理由はすぐに分かった。愚痴のツイートが拡散されて元凶の女友達の目に入り、彼女から趣味垢の『冬弥』に『正紀だろ、お前。なに匿名であたしの悪口言ってんの？』とリプライがあったのだ。それを見た誰かが彼女のアカウントのフォロワーを調べ、『大山正紀』のアカウントを発見した。そして『冬弥』イコール『大山正紀』だと結びつけた――。

考えてみれば、職場やプライベートの場で受けた理不尽な体験をツイートして何千、何万ものリツイートされると、知り合いの目に入る可能性がある。特定されて当然だ。そんな当たり前のことに気づかなかった。今さら後悔しても遅い。知人や同僚が見たら内容で誰か気づくバズツイートを匿名アカウントでしている人間は、実は全て〝作り話〟をしているのかもしれない。そうでなかったら、すぐアカウントがバレてしまうだろう。

正紀は躊躇せず『大山正紀』名のリア垢を削除した。続けて『冬弥』名の趣味垢の設定をタップする。しかし、『アカウントを削除しますか』の問いに『削除する』は押せなかった。

リア垢に未練はないものの、趣味垢は違う。

匿名で運用していた趣味垢には、四年間の思い出が詰まっている。何千も〝お気に入り〟をした神絵師の美少女イラストも、共通の趣味を持つ仲間との会話も――。

ためらっているあいだにも誹謗中傷のリプライは増えていく。百、百五十、二百――。

『こいつ、ツイート調べたら、「幼女」とか「ロリ」とか、すげえ。現実でも事件起こすんじゃねえの？』

『社会に出てくんなよ』

『部屋に引きこもってろ』

『アカウント削除まで追い込め！』

『お前は差別主義者だ。お前が存在するかぎり、私たちはこの先お前を批判し続ける。覚悟しろ！』

『控えめに言って死んでほしい』

自分はここまで誹謗中傷されることをしたのだろうか。

人々の憎悪がそら恐ろしく、胃壁を無数の針で突き刺されているような激痛を覚えた。

東南アジアの一国で、不倫や同性愛行為をした者に対して、石を投げつけて死亡させる〝石打ち刑〟が執行されているというニュースを思い出した。

正紀は自分の胸を押さえた。

もし心に形があるなら、今は群衆から投げつけられる石つぶてでひび割れ、いたるところが欠けているだろう。

正紀は覚悟を決め、『削除する』をタップした。

一瞬でアカウントが削除された。三万以上のつぶやきも、四千五百の〝お気に入り〟の記録も、全て無に帰した。

あらゆる思い出が消え失せ、自分が〝社会〟から追い出された瞬間だった。

肉体的な暴力を伴わないいじめによる自殺事件が報道されると、みんな『言葉も暴力だ』『暴言による心の傷は、体の傷と違って治らない』と声高に怒りを叫ぶのに、同じ口でなぜ〝暴力〟を振るうのか。

いじめでも、叱られた加害者たちは色んな理由を口にする。あいつが悪いんだ、あいつに原因があるんだ、と――。

顔が嫌い。

喋り方がキモい。

誘いを断った。

人気の男子と仲良くしている。

根暗。

オタク。

気に食わない発言をした。

第三者から見たら理不尽な理由でも、いじめの加害者は、それが相手を攻撃し、排除する正当な理由だと信じている。リアルな社会で行えば、いじめの加害者として処罰される言動でも、SNSの中では問題視されない。

趣味のコレクションに囲まれている部屋が急に色褪《いろあ》せて見えた。

ふいに涙がボロボロとあふれはじめた。

社会との唯一の繋がりを失った。

インターネットの世界だけが全てで、人との繋がりを実感できた。リアルな世界では他人とうまくコミュニケーションが取れず、常に疎外感を覚えていた。

これからどうすればいいのか。

正紀は外に出た。

ふらふらとぶらつくうち、以前にも来たことがある公園に着いた。保育園児たちが笑顔で元気よく遊んでいた。

正紀は誘われるように公園に踏み入った。

6

「いらっしゃいませー」

自動ドアが開くたび、大山正紀は声を上げた。だが、客からは軽い会釈すら返ってこない。コンビニにやって来る者たちは一様に無表情だ。店員の挨拶などは、入店を知らせる出入り口のベル程度に思われているのだろう。

自分が無感情な機械になった気がしてくる。バイト仲間がいなければ、精神的に病んでいたかもしれない。

客がいなくなると、バイト仲間の彼女が話しかけてきた。

「正紀君、昨日のドラマ、観た？」

「何のドラマですか？」

「九時からの『私を愛して』」

観ておけば共通の話題になったのに――。

「ああ……」正紀は残念に思いながら答えた。「その時間は裏のバラエティを観てました。ゲストのお笑い芸人が好きで」

「お笑いが好きなの？」

「結構、観ます。人生、少しくらい笑いたいじゃないっすか」

熱中できる趣味らしい趣味もなく、空虚な毎日を送っている。バイトにもやり甲斐はなく、定時制高校に通いながらただアパートの家賃を含めた生活費を稼ぐために働いているだけだ。

気分が沈みそうになったので、正紀は話題を変えた。

「音楽なんかは好きですか？」

彼女は「うーん……」と考える仕草をした。

「あまり聴きません？」

「……クラシックならよく聴くかな」

「ベートーベンとか、そういう？」

「……全般、かな」

「優雅ですね、何か」

「そんなんじゃないの。私、ピアノやってたから」

「ピアノ！　恰好いいっすね。上手いんですか？」

「一応、高校のころにコンクールで優勝したことあるよ」

「凄いじゃないっすか。俺、そういう活躍とか無縁だったから、憧れます。ギターを練習してた時期もあるんですけど、その道に進もうなんて思うほど情熱があったわけでも、上手かったわけでもなく、結局、趣味の範囲でした」

彼女はどこか寂しさを含んだ笑みを見せた。

「……私だって同じだよ。才能があるピアニストはたくさんいるから。正紀君がこの前言ってたけど、私も〝何者〟にもなれなかった人間なの」

「でも、コンクールで優勝したんでしょ？　ネットにも名前とか出てるんじゃないっすか」

「うん、まあ……出てるよ」

即答できるということは、彼女自身、インターネットで名前を検索したことがあるのだろう。

「調べてみていいっすか？」

スマートフォンを取り出すと、彼女は苦笑いしながら「いいよ」と答えた。

検索サイトに彼女の名前を打ち込むと、結果が大量に並んだ。一番上は『今を輝く人』という記事だ。タイトルと彼女のフルネームが記載されている。

記事にアクセスしてみた。

『本特集では毎回「今を輝く人」を紹介する。第28回は、本場でフレンチを学び、新宿にレストランを開いた女性を特集する』

料理人として彼女の名前が紹介されていた。だが、横に表示されている顔写真は、別人だ。

「その人、有名なお店のコックさん」

横から彼女が言った。

「同姓同名の人?」

「そう。顔写真も一番よく出てくる。同じ名前の別人が世の中にいるって、何だか不思議な感じ。私からしたら向こうが偽者みたいなのに、向こうからしたら私のほうを偽者って感じるのかな」

あまりピンとこなかったものの、「そういうの、ありますよね」と共感を示しておいた。

次の記事もその次の記事も、フレンチの料理人の〝彼女〟だった。四つ目の記事は、体操の全国大会に出場した女子高生の〝彼女〟だ。

「これは?」

彼女は笑いながらかぶりを振った。

「私、吹奏楽部だったから」

正紀は彼女の名前に検索ワードを付け加えた。『ピアノ』と入力する。すると、高校のピアノコンクールの記事がヒットした。新聞記者によるインタビューが掲載されている。

「それそれ」

記事を読むと、彼女は音楽に対する熱意を語った後、『今回のコンクールの優勝で私の存在を知っていただけたら嬉しいです』と結んでいた。

「優勝してピアニストとしての道が大きく開けるかと思ったけど、ステージが上がれば上がるほど周りは天才ばかりで……結局、夢を諦めて、ピアノは趣味に留めておくことにしたの」

インタビューされたり、記事になったり、注目されたり――。そんな輝かしさとは無縁で生きてきた自分にとっては、人生の一時《いっとき》とはいえ、こんなふうに〝何者〟かになれた彼女を羨ましく思う。

　正紀はそう語った。

「でも、中途半端に夢を見ちゃうと、囚われちゃうから、それはそれで苦しいよ。私も割り切れたわけじゃないし」

「本気だったからこそ、なのかもしれないっすね」

「……うん、そうかもね」

　プライベートな話を交わしたことで、彼女と少し距離が縮まった気がして嬉しい。

「正紀君は？」

「え？」

「同じ名前の人。いる？」

「あ、そっちっすか。名前がネットに出てるかって訊かれてるのかと思いました。俺は――」正紀はスマートフォンの検索欄に自分のフルネームを打ちはじめた。「どう、っすかね……」

　一番上には、歯科医のホームページのリンクが表示された。『江浪歯科医院』に勤務している歯科医のようだった。

　次には、ある高校の陸上部の実績を載せた記事があり、その中に『大山正紀』がいた。四百メートルハードルで地区大会三位になっているらしい。八年前の記録のようだ。『江浪歯科医院』の歯科医と同一人物なのか、それとも別人なのか。

　画面をスクロールすると、高校サッカーの記事がヒットした。

『大山正紀　ハットトリック！』

実際に自分の名前を調べて同姓同名の人間の存在を意識すると、彼女の気持ちが理解できた。たしかに不思議な感覚だ。別世界に存在するもう一人の自分がいるような――。

正紀は高校サッカーで活躍する大山正紀の記事を開いてみた。今年度の大会だった。東京予選でハットトリック――三ゴール――を達成したらしい。

活躍している自分を見ると、何者にもなれない自身の存在がより惨めに感じる。

同じ名前なのに、自分はなぜこうなのか。

――向こうが本物だ。

なぜかそう思ってしまった。活躍して名を馳せている〝大山正紀〟と、何者でもない〝大山正紀〟。世の中が必要としているのは――より大勢から愛されているのは、向こうの〝大山正紀〟だろう。

――検索するんじゃなかったな。

正紀は歯を噛み締めた。

同姓同名の人間を検索するのは、自分とそっくりな分身で、出会ったら死んでしまうという自己像幻視《ドッペルゲンガー》を探すようなものかもしれない。

スマートフォンの画面を覗き込んでいる彼女は、全く他意のない口調で言った。

「サッカーしてる正紀君がいるね」

正紀は胸の内側で渦巻いている感情を懸命に押し隠し、「そうっすね」と応じた。

「他には？」

彼女がスマートフォンに人差し指を伸ばし、検索結果をスクロールした。

他にも〝大山正紀〟が存在していた。医学的な研究の分野にも一人。専門的な話は分からないものの、将来、ノーベル賞でも受賞されたら、世の中の全ての〝大山正紀〟は脇役に追いやられるだろう。

検索結果のさらに下には――。


『女子児童にわいせつ行為　小学校教師（23）逮捕』


え？　と目が釘付けになった。

――逮捕？

リンクのタイトルの下に一部が表示されている本文には、『大山正紀容疑者』の文字があった。

「あ、これは嫌だよね」

彼女がフォローするように言った。

「たしかに、犯罪者と同姓同名は、ちょっと……」

正紀はそう答えながらも、内心では、この大山正紀には、勝っ、て、い、る――と自分でもよく分からない優越感を覚えていた。

「……もうやめましょう」

正紀はスマートフォンをスリープ状態にした。

同姓同名の人間の人生を覗き見していると、自分と他人の境界線が曖昧《あいまい》になり、魂が同化するような——あるいは乖離《かいり》するような、何とも言えない不安に襲われた。

午後になると、中年バイトが現れた。いきなり嚙みつかれて以来、同じ時間帯を避けようとしたものの、相手がシフトの大半に入っているのでなかなか難しかった。

だが、彼から特に話しかけてくることはなかった。挨拶もなく、彼は反対側のレジに入った。

正紀はしばらく彼女と談笑した。空気が変わったのは、彼女が唐突に切り出した話がきっかけだった。

「正紀君に協力のお願いがあるんだけど……」

楽しい誘い文句のように軽い調子だったものの、眼差しは真剣そのもので、どこか思い詰めた雰囲気があった。

「何ですか？」

「さっき、名前の話をしていてふと思い出したんだけど……。名前を貸してほしいな、って」

名前を貸す——？

犯罪的な響きがした。だが、彼女に後ろめたさは見られず、危ない話の相談ではなさそうだった。

「それはどういう——？」

「『愛美ちゃん殺害事件』の犯人、逮捕されたでしょ」

十六歳の少年の逮捕後、テレビは毎日トップニュース扱いで報じていた。人並みには観ている。

だが、続報をそこまで熱心に追ってはいない。

「されましたね。犯人が十六歳とは思いもしなかったっす」

「だよね。私、それが許せなくて」

「それ？」

「十六歳」

「年齢はどうしようもないんじゃ――」

「そうじゃなくて。年齢を盾に罰を逃れることが許せないの。六歳の女の子を無残に殺したんだよ？」

彼女の目には義憤が満ちあふれていた。口調には犯人への嫌悪と怒りが絡みついている。

「世間も同じように理不尽だって怒ってる。あんな残酷な事件を起こしておきながら、少年法で守られるなんて……。遺族の無念を想像したら胸が押し潰されそう」

「胸糞悪い事件でしたよね」

「でした、って過去形にしないで。現在進行形の事件だから」

「すみません。そんなつもりじゃ……」

「今ね、いくつかの署名活動が行われてるの。一つは、遺族が行ってる死刑嘆願。もう一つは、市民団体が行ってる実名公表を求める署名活動」

「署名――ですか」

「現地で署名できない人も大丈夫なの。署名用紙をダウンロードして、名前を書いて、郵送するだけ」

何だか面倒な話になってきた。彼女の頼みなら快諾したい気持ちはあるものの、名前を貸す行為に抵抗がある。

賛同して貸した名前がネットで公開された後、意見が通らなかった場合にその団体が過激な主張をはじめたら――？　名前が記載されている以上、その過激な主張にも賛同しているように思われる。将来、署名が就職活動の足を引っ張るかもしれない。

正直、勘弁してほしい。

躊躇を見て取ったのか、彼女が重ねて言った。

「怪しいあれじゃないし、そんなに難しく考えないで。正紀君も許せないって思うでしょ？　正紀君も腹を立ててたもんね？」

「いや、まあ、それは……」

先日、犯人に怒っていた彼女に同調し、非人道的な事件に憤る姿を見せた。ちょっと恰好をつけたらややこしいことになってしまった。

「犯人を許せないと思っているなら、意思表示しなきゃ。そうしないと司法は動かないよ。それなのに、私の周りは、署名までは、とか、どうせ意味ないし、とか、偽善者っぽい、とか、〝冷笑系〟ばかりで、ほとんど賛同してくれなかった。でも、正紀君は賛同してくれるよね？」

そうすることが絶対的に正しく、そうしなければあっち側の非道徳的な人間だ、と言わんばかりのニュアンスが感じ取れた。

正直、赤の他人の事件にそれほど感情移入はしていない。人並みに同情し、人並みに腹を立てている。その程度だ。だが、傍観者だと思われたら好感度が下がってしまう。

「たしかにそうっすね。名前がない犯人なんて、すぐ忘れられますし、残酷な事件の犯人は実名を公《おおやけ》にすべきだと思います」

「でしょ！」彼女の声のトーンが上がった。「更生なんかするわけないんだから、生きて世に出しちゃ駄目でしょ」

ピアノが得意で、穏やかで、思いやりにあふれる彼女の口から過激な表現が飛び出し、正紀は動揺した。

だが、事件の凄惨さを考えたら当然の怒りかもしれない、と思い直し、「分かります」と同調した。

そのとき、向こう側のレジのほうから舌打ちが聞こえた。ちらっと見ると、中年バイトがこちらを睨《にら》みつけていた。反射的に『何ですか』と反応しかけ、ぐっと我慢した。無視して彼女に向き直る。

彼女と話しはじめたとき、背後から大仰なため息が耳に入った。彼が「あーあ」とわざとらしい大声を発する。反応を示すまでその態度を繰り返すつもりらしく、聞き流すことは難しかった。

正紀はうんざりしながら、「何ですか」と顔を向けた。

彼は小馬鹿にするように鼻から息を抜いた。

「いやさ、また人権侵害の話で盛り上がっているみたいだからさ。見過ごせなかったんだよねえ」

嚙みついたのは彼女だった。

「しつこいですね！　私たちは正しいことをしているんです！」

眉尻が跳ね上がり、目が吊り上がっている。歯を剝き出した憤怒の表情だ。その豹変ぶりに、正紀はたじろいだ。

先週末、渋谷の駅前で大声を張り上げていた高校生くらいの少女の姿と重なって見えた。

『私は絶対に許さない！』

『犯人の実名を公表せよ！』

『犯人を死刑にしろ！』

『あたしたち女の子が安心して生きられる世界にするために協力を！』

少女は今の彼女と同じような般若の形相で、怒りを撒き散らしながらチラシを配っていた。ぞっとし、避けて通ったことを覚えている。

あまりの憤激を目の当たりにし、被害者の関係者かと思ったが、その様子をネットで話題にしている人々の情報を見ると、界隈では有名な活動家らしかった。

中年バイトは嘲笑するようにかぶりを振った。

「推定無罪の原則って、知ってる？　逮捕された段階じゃ、まだ無罪なんだよ。それなのにメディアは、逮捕イコール犯人だと決めつける。世間も信じ込んで誹謗中傷する。冤罪だったら取り返しがつかないんだよ。無実だって判明しても――」彼は人差し指と親指で小さな隙間を作った。

「メディアはこんな小さなスペースで訂正とお詫びの記事を出すだけ」

「冤罪なんて、滅多にないでしょ」

「証拠不充分で不起訴になるケースは多いんだよ」

「それは犯人が狡猾《こうかつ》で、証拠をほとんど残していなかっただけで、無実ってわけじゃないと思いますけど？」

「ほら、それそれ！」彼が喜色満面で人差し指を突きつけた。「赤の他人の素人が勝手に犯人だと決めつけてる。犯行の証拠を提示できなかった以上、無実として扱うべきだ。当事者しか真相が分からない事件でも、頭が悪い連中はすぐ全てを知った気になる。最初から悪意があれば、どんな状況証拠でも、一方の主観の証言でも、鵜呑《うの》みにして、人を犯人扱いする。そして石を投げつける。後から冤罪だったと判明しても、無実の人間を匿名で誹謗中傷していた人間は、謝罪もしないし、また別の生贄《いけにえ》を探して攻撃しはじめる。間違った相手を中傷していた人間の謝罪を見たことあるか？　せいぜい、冤罪被害者本人から直接反論されて、旗色が悪くなったときだけだ。だって、〝悪〟を攻撃するのは快感だもんな。脳汁ドバドバだもんな。自分が清く正しい人間だと思い込めるもんな。実は内面の醜悪さを露呈しているんだ、ってことに誰も気づいてない」

それはお互い様だろ――。口から飛び出しそうになった反論は喉の奥に詰まった。

お互い様、か。

全面的に彼女の味方をしたいのに、今、心の中ではどっちもどっちだと思ってしまっている。言っていることは正論でも、なぜこんなに不快に感じるのか。片やヒステリックで、片やねちねちしている。

「とにかく、容疑者段階での実名報道は害悪なんだよ」

中年バイトが吐き捨てると、彼女は言い返した。

「実名報道は公益性と、真実を保証するために必要です。匿名じゃ、事件が事実かどうかの保証もできません」

「メディアの受け売りだろ、それ。遺族が実名報道を控えてほしいって切実に要望しても、被害者の実名を容赦なく報道するメディアの昔からの言い分だ」

「……私が言ってるのは、被害者の話じゃなく、加害者の——犯人の話です！」

「真実の保証のための実名報道って意味じゃ、同じだよ」

「全然違います！」

「感情論は勘弁してくれよ」

「何が感情論なんですか！　実名を報じなきゃ、事件が本当にあったか分からないでしょ！　事件の信憑性《しんぴょう》が損なわれるんですよ！」

「へえ？　性犯罪だったら『五十歳の男性教授が女学生にわいせつ行為』なんて報じることもあるけど、作り話なのか？　この場合、加害者も被害者も実名が出てないけどな」

「それは——」

「人権を大事にするなら、国連総会で採択された人権宣言を遵守して、有罪が立証されるまでは無罪と推定すべきだろ。エセ人権活動家は二枚舌だから、逮捕で犯人と決めつけて非難する。あんたみたいなタイプが大好きな、人権意識が高いスイスやスウェーデンじゃ、判決前の容疑者段階では実名報道も顔写真の掲載も行われてない。知らなかったろ？」

彼女は下唇を嚙み、彼を睨みつけていた。だが、それ以上の反論はないようだった。


バイトが終わると、正紀はうんざりした気分のまま帰宅した。

自分と無関係の殺人事件で署名を頼まれ、バイト先の二人が実名報道の是非でいがみ合う——。

全てが面倒だった。

インターネットかよ、と思う。

誰も彼もが赤の他人の事件や発言や騒動で憤り、持論をまくし立て、意見が異なる相手と対立し、言い争い、殺伐としている。ついにはインターネット空間のノリが現実世界まで侵食し、人々の心を荒ませている。

しかし、それでもＳＮＳ《ツイッター》の利点は――現実と違って、面倒臭い人間をブロック機能で視界から消せることだ。ブロックを多用した結果、自分のアカウントは心地よい空間になっている。他人を攻撃するような連中は存在しない。

正紀は気分転換にツイッターを開いた。楽しいネタや動画を検索して癒されようと思った。ツイッターのトレンドワード――大勢がつぶやいている単語のベスト10――が目に入る。

正紀は目を剝いた。心臓がどくんと波打ち、息が止まる。

一位に表示されているのは――。


『大山正紀』

自分の名前だった。

7

目覚ましの音で起きた大山正紀は、枕元のスマートフォンを取り上げた。SNS《ツイッター》でトレンドに目を通そうと思った。

流行の話題は一日で過去のものになる。常にその日のネタを仕入れなければならないのだ。

面白いツイートはないか調べようとしたとき、それが目に飛び込んできた。

トレンド一位になっている単語《ワード》——。


『大山正紀』


一瞬、状況が呑み込めなかった。全国大会でハットトリックの大活躍をしたわけでもないのに、なぜ自分の名前がトレンド一位になっているのか。

不吉な予感と共に不安がせり上がってくる。

一体何が起こっているのか。

正紀は深呼吸で気持ちを落ち着けた。

ただの高校生の自分が日本じゅうで話題にされている錯覚に囚われ、胆が冷えた。まるで背骨が氷の棒に置き換わったような——。

まさか変な形で晒されたのだろうか。

ツイッターでは、毎日、色んな〝告発〟があり、常に誰かや何かが〝炎上〟している。理不尽な社則を強いた企業だったり、セクハラをしたカメラマンだったり、不倫した芸能人だったり、差別的な広告を制作した企業や広告代理店だったり、厨房で不潔な行為をしたバイトだったり、暴言を吐いた匿名のアカウントだったり――。

ツイッターをしていなくても、誰かに個人情報と共に晒された時点でインターネットの十字架に磔《はりつけ》にされ、大勢から石を投げられる。数ヵ月前に病院への暴言をブログで発信した岩手県議は大炎上し、メディアとネットで批判されたあげく、自ら命を絶った。

そんな事態が自分の身にも降りかかってきたのではないか、と真剣に怯えた。

正紀は恐る恐る『大山正紀』の名前をタップした。撮影された週刊誌の一面がアップロードされている。

冷酷無比　愛美ちゃんを惨殺
鬼畜な殺人犯　16歳少年の実名を公表
大山正紀

――俺が愛美ちゃんを惨殺？

禍々《まがまが》しい書体の見出しを見た瞬間、見慣れた自分の名前が呪いのように体にとり憑《つ》き、侵食してくる感覚に襲われた。自分の名前が赤の他人の名前のように遠く感じる。だがしかし、それは間違いなく自分の名前なのだった。

何とか画面から視線を引き剝がし、また深呼吸する。心臓はフィールドを自陣から敵陣まで全力で駆け上がった直後のように乱れ、今にも破れそうだった。

『非人道的な残虐さで幼い命を無慈悲に奪いながらも、16歳という年齢で少年法の陰に隠れている少年の名前は、「大山正紀」——。本誌では事件の重大性を考慮し、実名を公表する』

——被害者ばっかプライバシーを公開されるの、不公平じゃん。

近年稀《まれ》に見る凶悪な猟奇殺人事件に憤りを感じ、正義漢に見られたい打算もあって実名公表の必要性を言い立てた。

今、週刊誌が少年法の壁を破り、犯人の少年の実名を暴露した。それは本来、溜飲が下がるはずだった。〝少年A〟という記号に守られて胸を撫で下ろす悪人の素性が日本じゅうに晒され、社会的な制裁を受けるのだから。

だが、明らかになった少年の実名がまさか自分と同姓同名とは想像もしなかった。

正紀はスマートフォンに目を戻した。『大山正紀』が含まれる日本じゅうのツイートが順に表示されている。

数字を見ると、一時間に千二百五十六件もツイートされていた。恐ろしいツイート数だ。千や万単位で共有《リツイート》されているツイートもあるので、拡散速度は尋常ではない。

『愛美ちゃんを殺した殺人鬼、大山正紀っていうんだ？』

『大山正紀って奴、シンプルに死ね！』

『おおやま　まさのり。お前の名前、絶対に一生忘れねえからな』

『大山正紀な。覚えた。お前みたいなクソ野郎は四肢を引き千切られて死ね』

『大山正紀許さん。お前は生きられるかもしれないけどな、殺された愛美ちゃんはもう帰ってこないんだ！』

『外道の名前は大山正紀。徹底的に糾弾を！』

『大山正紀を許すな。八つ裂きにしてやりたい』

『大山正紀。お前は二度と社会復帰するな！』

『死刑嘆願　#大山正紀』

『大山正紀。絶対に忘れない名前』

『大山正紀死ね！』

『週刊誌、GJ《グッジョブ》！　よく名前を公表した！　#大山正紀』

『犯人の名前が判明。胸糞野郎。大山正紀』

『大山正紀っていうのか。てめー、絶対に許さねえからな』

『未成年ってだけですぐ社会に戻ってくるぞ！　#大山正紀』

『死刑も生温い！　#大山正紀』

噴きこぼれる憎悪と憤激の数々が実体を持って迫りくるようで、正紀は激しい動悸を覚えた。スマートフォンの画面以外が視界に入らないほど視野が狭まり、胃が凍りついた。血管の中を駆け巡る血液も冷水のようだった。

——俺は日本じゅうから敵視され、嫌われている。

理性では自分ではないと分かっているのに、意識の中でどうしても切り離せない。

大山正紀。

同じ名前だ。ネット上に書き込まれる文字に差はない。犯人と自分を区別する差は何一つないのだ。それならば、大山正紀に浴びせられる無数の罵倒は、自分に向けられたものと何ら変わらないのではないか。

絶望の奈落へ蹴り落とされたかのようだった。

正紀は目を閉じると、いつものように試合で大活躍する妄想に浸ろうとした。

だが――。

ゴールしたとたん、満員の大観衆から浴びせられるのは、歓喜の大山正紀コールではなく、罵詈雑言だった。ツイッターで目にした大山正紀への怒りと憎しみの文言が観客から石つぶてのごとくぶつけられる。

正紀は汗だくになりながら目を開いた。息が乱れ、部屋の空気が薄くなったように感じた。

サッカーの日本代表になり、自分の名前を――大山正紀という名前を世界に知らしめたいという夢を持っていた。だが、今この瞬間、その名前は鬼畜の象徴となってしまった。

スタジアムでレギュラーメンバーとして名前が発表されたとき、皆の頭にあるのは猟奇殺人犯の存在だ。応援してくれるファンも、名前を呼ぶたび、愛美ちゃんが殺害された陰惨な事件を思い出してしまうだろう。

自分の名前が穢されてしまった。同じ大山正紀によって。

事件が起き、実名が公表された時点で、その汚名は決してすすぐことができない。もう取り返しがつかない。

正紀はふらつきながら階下へ下り、ダイニングに入った。母が朝食を作っていた。

「おはよう、正紀」

母は普段どおりの調子で挨拶した。非現実的な世界から現実に戻ったような安堵《あんど》を覚える一方、この現実のほうが世の中から取り残されているような不安に襲われた。

「お、おはよう」

自分でも分かるほど声に動揺が忍び込んでいた。

「……どうしたの、正紀」

今はその名前を呼ばないでほしい。

「顔色、悪いんじゃない？」

説明のしようがなかった。〝大山正紀〟の名前にこの先一生、汚点が付き纏うことになったなど。

母は何も知らないのだろうか。ネットの情報によると、今日発売の週刊誌で実名が暴露され、すぐさまツイッターで拡散した。何十万人が知っただろう。

だが、考えてみれば、実名暴露は週刊誌の〝暴走〟なのだ。テレビは追随しないだろう。以前見たネット記事によると、少年の実名報道は少年法の第六十一条によって禁じられているという。

テレビが報じなければ、そこまでの拡散はしないはずだ。

自分にそう言い聞かせてみても、何の慰めにもならなかった。

「何でもないよ」

正紀は答えると、テーブルについた。母は怪訝《けげん》な表情をしながらも朝食の皿を並べていく。

栄養士の資格を持っている母は、スポーツ選手に必要な栄養バランスを考えた食事を毎日作ってくれる。プロのサッカー選手になりたいという夢を本気で後押ししてくれているのだ。

――才能以外の理由で諦めちゃったら絶対後悔するし、引きずるから、お金のことや他のことは何も気にせず、納得できるまで挑戦してみなさい。

中学校のころの母の励ましは、今でも胸に残っている。

だが、今はもう……。

〝大山正紀〟はスター選手になり得ない。猟奇殺人犯と同姓同名の有名スポーツ選手など、過去に存在しただろうか。猟奇殺人犯への罵倒が選手への罵倒になるのと同様、選手への声援が猟奇殺人犯への声援になるのだ。

正紀は自分でも名前を覚えている極悪な犯罪者を思い浮かべた。日本じゅうから憎悪を一身に集めた殺人犯たち――。無差別の通り魔事件や、毒ガステロ事件、大量毒殺事件を引き起こした彼ら、彼女らと同姓同名の有名人がいるとして、名前を呼んで応援したくなるだろうか。

想像してみると、ならなかった。

誰も気持ちよく応援できないだろう。純粋に選手を応援しているつもりでも、心の奥底では猟奇殺人犯の存在がちらつくのだ。

父が下りてくると、三人で朝食を摂った。母は普段どおり朝のニュースにチャンネルを合わせた。

『愛美ちゃん殺害事件』が論じられていた。

正紀は画面を凝視した。心臓がまた騒ぎはじめる。

少年A――。

画面下のテロップも、フリップボードも、〝少年A〟表記だった。実名は出ていない。

正紀は胸を撫で下ろした。

テレビはやはり少年法を守っている。少年Aの実名を知っているのは、ネット利用者か、週刊誌の読者だけだ。

ニュースでは、少年の通っていた高校の生徒たちの証言が読み上げられていた。

「『クラスでも浮いていて、友達はいませんでした』『いわゆるオタクで、アニメや漫画に嵌《は》まっていて、二次元のキャラクターだけが友達みたいなタイプかな』『小さな女の子への執着心は凄かったですね』」

やっぱり、という空気がスタジオ内に蔓延した。

「女子生徒によると、『現実の女の子が苦手なのは伝わってきました。絶対に目も合わせなくて、用事で話しかけても、どもって』『不気味だったので、クラスの皆も関わりを避けていました』とのことです。襲われた女子生徒もいた、という話も伝わってきています」

司会者が伝え終えると、社会学者の中年女性が厳《いか》めしい顔で語った。

「最近の若者に多い傾向ですね。意思があって、人格があって、自分の思いどおりにならない現実の女性が苦手で、架空のキャラクターに依存するんです。しかし、現実の女性への未練は捨てきれないので、未成熟な小さい女の子に欲望が向くわけです。大人の女性と違って支配しやすいですから。犯人の少年もそうだったと考えられます」

司会者が「なるほど」とうなずく。

画面が切り替わり、『逮捕された少年Aの父親』とテロップが出た。顔から下が映っている。

「――息子がこんな事件を起こすなんて信じられません。優しくておとなしい子なんです。妻も精神的に参っていますので、どうかそっとしておいていただきたいです」

母は呆《あき》れ顔をしていた。

「他人事みたいな言い草ねえ。一番つらいのは遺族なのに。まずは遺族への謝罪が先じゃないの？　ねえ？」

正紀は相槌を打つ気力もなく、黙々と食事をした。咀嚼《そしやく》しながら箸を玉子焼きに伸ばしたとき、画面の中で新たなフリップが運ばれてきた。新聞の切り抜きが何枚も貼られている。

アナウンサーが各紙の記事を要約して読み上げていく。

「――そして、物議を醸しそうなのがこれ。本日発売の『週刊真実』が少年Aの実名を公開しました」

心臓がまた、どくんと大きく脈打った。胃の中に冷たい緊張が走る。

正紀は両親の表情を窺《うかが》った。

「……それくらいしなきゃ」母は父に「ねえ？」と話しかけた。「ひどい事件なんだから」

父は食事しながら無関心そうに「そうだな……」と答えた。

「犯人の実名だって。雑誌、買ってこなきゃ。まだ売ってるといいけど」

正紀は苛立《いらだ》ちを噛み締めた。

犯人の実名を知る前なら、同じように興味を示し、『俺も読みたい』と言っただろう。冷静に考えれば、赤の他人の野次馬でしかない人間が犯罪者の実名を知ってどうするのか。犯罪者が木下だろうと東だろうと加藤だろうと林だろうと、自分の人生に何の関係がある？

「買わないほうが……いいと思うよ」

「どうしたの、正紀？」

母がいぶかしげに訊いた。

答えられない。『週刊真実』を買って犯人が息子と同姓同名だと知ったら、母はどうするだろう。〝大山正紀〟に憎悪と嫌悪をぶつけるだろうか。

いや、ただただ気まずいだけだと思う。

正紀は箸を置き、立ち上がった。

「もう、学校に行くよ」

母が「え？」と掛け時計を見た。「まだ早いけど」

「今日は当番だから」

もちろん口実だった。『愛美ちゃん殺害事件』はもう目に入れたくない。

正紀はさっさとダイニングを出て、身支度をした。家を出ると、自転車を漕いで高校へ向かう。

住宅街を走って十五分で着いた。校門を通っていく生徒はまばらで、部活仲間やクラスメイトは見かけなかった。自転車置き場に自転車を停め、校舎に入る。

世界に誰もいなくなったように、昇降口も廊下も閑散としていて、静寂に包まれていた。だが、現実に猟奇殺人犯の〝大山正紀〟は存在しているのだ。気になるのはもはやそれだけだった。

誰もいない三年二組の教室に入ると、椅子に座り、鞄を机に放り出した。暗緑の黒板を睨みつけ、嘆息を漏らす。

鞄から教科書とノートを取り出したとき、裏面が目に入った。

大山正紀——。

自分の名前が書いてある。

正紀は鼻で笑いそうになった。

持ち主を示す名前にどれほどの意味があるのか。同姓同名の生徒がいない学校内だから持ち主を識別できるが、日本全体で見れば個人を示してはいない。

自分にとっては唯一無二だった名前の存在価値が揺らいだ。名前がこれほど曖昧なものとは思わなかった。

犯人の名前が自分と同姓同名と知った今、名前がその犯罪者を示す、という論理に説得力を感じなくなった。世の中に同じ名前の人間が何人いるか。名前だけでは個人を表さないのだ。世界に一人しか存在しない、よほど奇抜でとんでもない名前でないかぎり。

やがて廊下が少しずつ賑やかになり、生徒たちが登校してきた。教室のドアが開き、女子生徒二人が入ってくる。彼女たちは正紀と目が合うなり、「あっ」と声を漏らし、顔を見合わせた。

誰一人、言葉を発しない間がある。

「お、おはよう、ま――」

女子生徒は口を開いたまま一瞬固まり、何かを誤魔化すように「あ、うん……」とつぶやき、自分たちの席へ向かった。

――ま。

おそらく〝正紀君〟と続けようとしたのだろう。だが、その名前は忌むべき猟奇殺人犯と同じだったので、思いとどまったのだ。不謹慎で不適切だと感じたのかもしれない。

はは、と皮肉な笑いが漏れる。

背中には居心地の悪い視線が張りついていた。後ろの席からは、二人のぼそぼそと遠慮がちな話し声が聞こえてくる。

気がつくと、耳をそばだてていた。自分の噂話をしているのではないか、という被害妄想に囚われ、内容が気になって仕方ない。

気まずい時間が何分か続いたとき、教室に次々とクラスメイトがやって来た。

「あっ」

先に登校していると思わなかったのだろう、天然パーマの友人が戸惑いを見せた。

「……よう」

彼は微苦笑しながら軽く手を上げた。

友人たちには普段どおり接しようと決めていたものの、向こうに意識されたらそれも難しい。

正紀は明るい調子を装って「よう」と挨拶した。天然パーマの友人は自分の席へ直行しようとしたが、思い直して戻ってきた。頭をがりがりと掻《か》きながら言う。

「週刊誌の話、知ってるよな、その感じだと」

「……ああ」正紀はうなずいた。「ネットで大騒ぎだったたし。『愛美ちゃん殺害事件』の犯人だろ」

「実名、マジびっくりしたわ」

正紀は自嘲の笑いを返すしかなかった。

「だよな。俺も」

「お前の名前を見たとき、頭の中が真っ白になってさ。何でお前が犯人にされてんだ、って真剣に戸惑ったもんな」

「一番迷惑してんの、俺だぞ。今もネット、騒いでるか？」

「ツイッターでトレンドワードの十位以内キープ」

「マジ？」

「実名はネットで拡散してもう誰もが知ってんのに、新聞やテレビだけは報じないだろ。それが納得できなくて、おさまりがつかない感じになってる。マスコミはいつまで犯人の実名を隠すんだ、犯人を庇うな、って」

ネットが過熱している様が容易に想像でき、げんなりする。彼らが犯人の〝大山正紀〟にぶつけている怒りと憎しみは、全て同姓同名の人間に突き刺さる。

「お前はネット、見てねえの？」

「自分が罵倒されてるツイートとか、嫌な気持ちになるからさ。スマホはメールのチェックだけ」

「同情する。たまたま同じ名前ってだけで悲惨だよな」

つい先日までは充実した人生を生きていたのに、突然こんな形で夢を踏みにじられるとは想像もしなかった。

野球部の友人も登校してきた。正紀を見ると、気まずそうに近づいてきた。

「もしかして――知ってる？」

彼は曖昧に話しかけてきた。

「俺の名前の話？」

「……まあ、な。お前の名前が出てパニクった」

「俺が一番の当事者だからな」

「そうだろうけどさ。複雑な心境だよ」

「何が複雑なんだよ？」

「あ、いや、変な意味じゃなくてさ」

「……こんなことなら実名なんて公表されないほうがよかったよ」

「それは結果論じゃん。俺はやっぱり犯罪者の名前はきっちり公表していくべきだと思うね」

「他人事だからそう言えるんだよ。俺の立場だったらどうする？」

「その仮定はずるくね？　俺は関係ないだろ」

「想像力を働かせてくれよ」

「お前は殺人犯が〝少年A〟でいいと思ってんのかよ」

天然パーマの友人が「まあまあ」と仲裁に入った。正紀の肩を叩く。「お前も落ち着けよ」

お前――か。

正紀は二人が自分を名前で呼んでいないことに気づいた。今までは『正紀』だったのに――。

二人の中では〝大山正紀〟は、口に出すのもはばかられる名前になってしまったのだ。

正紀は野球部の友人を見つめた。

「そもそも、少年A問題とこれは違うだろ」

「有名人同士だって同姓同名で活躍してる人間はいるじゃん」

思い返せば、サッカー選手と同姓同名の野球選手もいる。その場合、人々は〝サッカーのほうの誰々〟〝野球のほうの誰々〟と表現して区別している。

それならまだましだ。

つらいのは——同じフィールドで生きている同姓同名の人間だろう。サッカー選手同士でも、思い当たる。

有名選手と無名選手——。

今思うと、活躍していないほうの選手のことは、皆〝無名のほうの〟とつけて区別していた。事実だから別に悪いことだと感じたことはなかった。だが、本人はどうだったのだろう。

自分で『無名のほうの誰々です』と自虐的に自己紹介していたが、内心、不快だったのではないか。相手に比べて無名なのは事実だから、おどけるしかなかったのかもしれない。

ファンたちは、同じ名前というだけで二人を比較した。心の中で〝無名のほう〟を偽者と見なしてはいなかったか。

正紀はふと気づいた。

名前というものは、早い者勝ちの争奪戦なのだ。

悪名だろうと何だろうと、先に有名になった者がその名前を我が物にできるのだ。

美人のアイドルと同姓同名なら、他人はその名前を聞いただけで外見に期待感を持つ。ハードルは上がるだろう。差があればあるほど、人は落差でがっかりする。そして——所詮は名前が同じだけの偽者だと断じるのだ。

——本人にとっては本物なのに。

名前というものの不確かさと恐ろしさ——。

チャイムが鳴り、担任教師が入ってくると、二人は救われたように各々の席へ去っていった。救われたのは正紀も同じだった。

朝礼が終わると、すぐに一時間目がはじまった。苦手な数学だ。黒板に書かれた式は、異国の言語さながらだった。

数学教師が掛け時計を一瞥した。

「五分だから――この問題は五番。大山」

苗字を呼ばれたとたん、ほんの一瞬だけ教室の空気が緊張した――気がするのは思い過ごしだろうか。

居心地の悪さを感じた。

「ええと……」正紀は立ち上がった。黒板の問題を睨みつける。頭が働かない。「すみません、分かりません」

数学教師は呆れたようにため息をついた。

「じゃあ、代わりに六番」

正紀は着席すると、ひたすら学校が終わるのを祈った。

最初こそ、自分の名前が猟奇殺人犯を表すものになってしまい、絶望のどん底に突き落とされた。だが、だんだん理不尽な状況に苛立ちが込み上げてきた。

何でこんな目に遭わなくてはいけないのか。

畜生！

――自分の名前が猟奇殺人犯に盗《と》られてしまった。

大山正紀の名前はもう自分の物ではないのだ。

サッカー部の監督から職員室に呼び出されたのは、一週間後だった。

「何ですか」

監督は後頭部を掻くと、言いにくそうに顔を顰めた。

「いい話じゃなくてな。伝えにくいんだが――」

不吉な予感を覚え、正紀は逃げ出したくなった。一体何が待ち受けているのか。胃がずきずきする。

「実はな――」監督が重い口ぶりで言った。「大学のスポーツ推薦の話、なくなった」

聞き間違いかと思った。進んできた道が突然崩れたような絶望感に突き落とされた。

「そ、それはどういう――」

「推薦の話はあくまでも非公式の誘いだし、約束じゃない。結局、別の人間を推薦することにしたらしい」

監督は同情するように説明した。大学のサッカー部監督が選んだのは、ライバル校のエースだった。

「何で彼なんですか！」正紀は食い下がった。人生がかかっているのだ。簡単にはいそうですかとは言えない。「俺のほうが上手いし、活躍だってしてた！　それなのに急に手のひらを返して――」

賄賂でも渡されたのではないかと疑ったとき、雷に打たれたようなショックを受けた。

「俺が大山正紀だからですか」

監督は、何を言っているんだ、という顔をした。

「大山正紀には汚点がついてますもんね」

「……例の事件のことを言っているのか？」

「他に理由がありますか？　チームに猟奇殺人犯がいたら扱いに困りますもんね」

「そんなことあるわけないだろう。名前くらいで。これは向こうの監督の見る目がだな――」

他人は『たかが名前くらいで――』と思うかもしれない。だが本当にたかがだろうか。

「実力に大きな差がなかったら、名前が綺麗なほうを選びたくなりますよね、監督なら」

「馬鹿を言うな」

「心の中で思ってることなんて、誰にも言わなければ絶対に知れませんもんね。俺を名前で避けていても、表向きには実力不足とか、いくらでもそれっぽい理由をつけられます」

「それは――」

「俺から直接向こうの監督に連絡します、約束が違うって」

正紀は決意を固め、監督の呼び止める声も無視して職員室を出た。

内心では、何をしても結果は変わらないだろうと分かっていた。

自分の人生は、名前に囚われ、歪められ、狂わされた。〝大山正紀〟が猟奇殺人を起こさなければ――。サッカーで活躍し、プロ入りし、世界に羽ばたき、『男の子なら名前は〝正紀〟がいいね』と人々が思ってくれる未来があったかもしれない。大山正紀の名前が愛される未来が。

だが、もうそれは叶わなくなってしまった。

8

何か恐ろしい運命に巻き込まれ、野次馬の一人にすぎない、人生の脇役の自分が無理やり断頭台に引きずり出されたような恐怖におののいた。

なぜこんなことになったのか。

シフトが入っていない二日間、大山正紀は外出もしなかった。少年Aの実名の衝撃が抜けない。日々、ネットでは〝大山正紀〟への罵詈雑言があふれ返っている。『週刊真実』の実名暴露記事をワイドショーが報じたせいだ。週刊誌は売り切れ続出だという。

犯人の実名が報じられた瞬間から、単なるアルファベットにすぎなかった〝少年A〟が〝大山正紀〟になった。人々の意識にはその名前が刻み込まれた。そう、まるで呪符に血で書かれた忌まわしい単語のように。

女児を惨殺した殺人犯は、人々にとっては、唯一無二の〝大山正紀〟なのだ。人はみんな、どの犯罪者の名前も、その犯人だけを指し示していると思い込んでいる。だが、実際には同姓同名の人間が大勢いる。大山正紀もそうだ。

歯科医の大山正紀。高校サッカーで活躍していた大山正紀。研究者の大山正紀。こうしてコンビニバイトで生計を立てている、何者でもない大山正紀——。

正紀はインターネットの検索サイトで『大山正紀』と入力した。特定の分野で多少なりとも活躍している大山正紀たちは、愛美ちゃんを惨殺した〝大山正紀〟に塗り潰されていた。

表示された検索結果は、数十ページを確認しても、猟奇殺人犯の〝大山正紀〟一色だった。匿名掲示板の『愛美ちゃん殺害事件』のスレッドや、まとめサイト、有名人のツイート、個人のブログなど――。

正紀は、自分が大勢から糾弾されている場所を覗いてしまうような、押し潰されそうな不安と共にスレッドを開いた。あふれる書き込みの数々は、〝大山正紀〟を攻撃していた。アカウント名やハンドルネームもない匿名掲示板の書き込みはひときわ過激で、情け容赦がなかった。

『大山正紀の家族も親族も死刑にしろ！』

『一家全員の個人情報を突き止めて晒せ！』

『鬼畜を育てた親も連帯責任だろ』

『大山正紀の顔写真まだ？』

『役に立たねえな、マスコミ！　もっと追い込めよ！』

『女児を殺した大山正紀に人権なし！』

『俺たちの手で大山正紀を追い詰めんぞ！』

『愛美ちゃんの無念を晴らしてやろうぜ。人誅だ』

『どうせ死刑にならずにすぐ世に戻ってくるんだから、大山正紀がもうこの社会で生きていけないようにしなきゃ、駄目だろ』

『大山正紀死ね死ね死ね死ね死ね死ね死ね』

眺めていると、自分が殺人を犯し、責め立てられている気がしてくる。それでも見るのをやめられなかった。自分が槍玉に挙げられている状況を無視できるはずがない。

翌日も〝大山正紀〟の名前がツイッターのトレンド上位に入っていた。

ネット上で新展開があったらしい。

『愛美ちゃんを惨殺した極悪犯、変態ロリペド大山正紀の住所を特定！　青海ガーデンハイツの二〇六号室に「大山」の表札あり。証拠はこれ！　#拡散希望　#死刑希望』

ツイートしているのは、『由実』という女性のアカウントだった。八千以上も共有《リツイート》されており、画像が最大の四枚も添付されていた。

一枚は――『マルクス』というアカウントのツイートのスクリーンショットだ。『近所のマンションの前にパトカーが何台も停まって騒々しいんだけど。何か事件でも起きたのかな？』というつぶやきと共に、写真が添付されていた。自分のマンションの五、六階から撮影したのだろう。手前に手摺りが写った一枚は俯瞰の写真で、小綺麗なマンションとその前の通りに停車する数台のパトカー、制服警察官の姿が写っている。

二枚目も、同じ『マルクス』のツイートのスクリーンショットだ。『ヤバ！　昨日の警察の写真、例の「愛美ちゃん殺害事件」関連だったっぽい。近所に犯人が住んでたとか、怖すぎ！』とつぶやいている。

三枚目は、警察が踏み込んだマンションの外観と、地図アプリで表示されているマンションの比較画像だ。画像の端には住所が表示されている。

四枚目は、同じ地図アプリ内の正面からマンションを写した画像で、庭の樹木の隙間から二〇六号室の表札が見えている。拡大してあり、『大山』の文字がはっきり写っている。

以前読んだ記事によると、犯人の少年は両親とマンションで三人暮らしだったという。まさかこんな形で住所が特定されるとは、誰も想像しなかったのではないか。

警察がマンションに到着した場面を撮影した近所の住民『マルクス』がモザイクなしにネットに画像を上げ、後日、それが『愛美ちゃん殺害事件』関連だったとつぶやいた。フォロワー百二十人程度のアカウントで、ツイートも日を跨いでいたから、当時は注目されなかったのだろう。だが、それを発見した『由実』というフォロワー一万四千五百人のアカウントが情報を纏めてツイートし、拡散に至った。

両親が今も住んでいるとしたら、大変なことになるだろう。

正紀は少し同情した。

実際、インターネットは一瞬で沸騰し、憎悪と義憤が噴きこぼれはじめた。

『大山正紀の父親を尾行した。父親は「高井電気」に勤めてる。母親は部屋から出てこないから、専業主婦の可能性あり！』

現地まで足を運んだ人間のツイートを引き金にし、ツイッターでは父親特定の動きが起きた。

『「高井電気」のＨＰの役員名簿発掘。本名は大山晴正。年齢は四十八歳。猟奇殺人犯大山正紀の父親はエリートの勝ち組だった。たぶん年収一千万超え。マジ許せねえよな』

添付されている画像は、ホームページのスクリーンショットだ。中年男性の顔写真が掲載されており、その下に名前と役職、年齢が明記されている。

父親特定は大きな燃料になった。何しろ、逮捕されて留置中の殺人少年と違い、社会に存在している標的が登場したのだ。

『こいつか、テレビで他人事みたいなクソコメント喋ってた父親は！』

『猟奇的な性犯罪者を育てそうな顔してんな。倫理観も道徳心も常識も持ち合わせてないクソ親』

『このまま平穏に暮らせると思うなよ！　殺人犯を育てた親がよ。震えて眠れ！』

『親子ともども追い詰めろ。「高井電気」の住所と電話番号はこちら』

父親を攻撃する数千ものツイートの中には、『高井電気』へのクレームを煽《あお》っているものもあった。

『大山正紀の父親から新入社員へのメッセージだぞ。殺人犯を育てておきながら何を偉そうに！』

添付画像は、三年前に『高井電気』のホームページにアップされていたメッセージだった。高い意識で働くことの大切さを訴えた長文は、『新入社員のみなさんは、愛社精神を持ち、一流のビジネスマインドを育ててください』という文言で結ばれていた。それがまた人々の怒りを煽り立てたらしい。

『新入社員に偉そうなことを言う前に、自分のガキをまともに育てろや！』

『こういう父親は子育ては母親に丸投げだろ。若者に偉そうな説教を垂れるだけが生き甲斐で、家庭を顧みないクズ』

『父親も吊るせ！』

『また富裕層の犯罪か！』

『どうせ息子に好き放題金を遣わせてたんだろ。それがこの結果！』

『何がビジネスマインドだ、きめえ』

SNS《ツイッター》は見るたびに新情報が晒され、燃え盛っていた。

過去の父親の新聞インタビューでは、我が子に言及している箇所もあった。

『──息子には私のようになってほしいと思い、自分の名前の一文字を継がせました。文字どおり〝正しい行い〟をし、他者を思いやりながら、素晴らしい人生を歩んでほしいと思っています』

デジタル配信の記事だったことが運の尽きで、一気に拡散した。燃え上がるインターネットの処罰感情──。

『これで父親確定だな。息子の名前にも〝正〟の字が入っていることを認めてる』

『外でご立派なことを言う奴ほど実践できてない説』

『これだけ偉そうな正論を吐いてんなら、責任とって首を吊るくらいしなきゃ、口だけ番長になっちゃうぞ（笑）』

『こいつの言う正しい行いってのは、ロリコン息子が小学生の女子を惨殺することかよ』

父親が『みんなの血が人命を救う』というタイトルで、献血を呼びかけている社内広報用の善意のポスターも引っ張り出された。

『最悪！　殺人者の血を感染させようとしてんのかよ。私だったら死んだほうがまし！』

『大山の血液の廃棄をセンターに要求しよう！』

『血もDNAも途絶えさせろ！』

『みんなで献血を拒否しよう！　殺人犯の家族が訴えるポスターなんかに釣られる人間は愛美ちゃんを殺した犯人と同罪！　正しい判断ができるか試されています！』

ツイッターの――というより、匿名のＳＮＳを利用する人間の恐ろしさと残酷さをまざまざと見せつけられている思いだった。

後の殺人犯の家族が献血を呼びかけていたら、罪なのか。坊主憎けりゃ袈裟まで憎い――のように、感情で人道まで否定している。

過激な暴論に対しては、『保存が利かない血液は献血に頼るしかありません。献血の拒否を煽動するのは、犯人と同じ、人殺しへの加担です』『助かるはずの命を奪わないでください』『目の前で命が失われるわけじゃないから、自分の発言が人を殺すことに無自覚なんだろう』と反論のリプライが送られていた。だが、暴走する人間たちは、それらは正しい自分たちへの難癖としてブロックし、聞く耳を持っていなかった。

ツイッターでは父親の言動全てが否定されていた。

翌日の昼になると、正紀は鬱々とした気分のままバイトに向かった。空は鉛色で雲が重く垂れ込め、寒風が吹きすさぶ。枯れはじめている街路樹から茶色い葉が舞う。

コンビニが近づいてくるにつれ、自然とため息が漏れる。

店に入ると、いつもの二人の目が同時に向けられた。

「あっ……」

彼女がつぶやきを漏らし、さっと視線を逸らした。

「こんにちは」

正紀は彼女に挨拶した。

気まずい間がある。

「うん……」

返ってきたのは挨拶ではなく、無視もできず仕方なく応えただけのような反応だった。鈍感な人間でも、微妙な空気が立ち込めていることは分かる。一体何があったのだろう。

正紀は着替えてから売場へ戻ると、彼女に話しかけた。

「……今日は天気悪いっすね」

無難な話題で彼女に話しかけ、様子を見た。今度は一切の反応がなかった。

「また何か言われたんすか？」

正紀は中年バイトを一瞥した。二人きりの勤務中にこの〝説教親父〟に絡まれたのかもしれない。

彼女の代わりに答えたのは中年バイトのほうだった。

「人のせいにすんなよ。口も利いてねえよ」

――じゃあ、何で彼女はこんなに不機嫌なんですか。

強い口調で問い詰めたかった。だが、バイトに来て早々に口論したくもなかったので、ぐっと我慢した。

正紀は彼女に話しかけた。彼女は下唇を嚙み、眉間に皺《しわ》を寄せたまましばらく黙り込んでいた。

嘆息と共に顔を向ける。

「……空気読んでよ。あなたと話したい気分じゃないの」

あなた――。

いつもは柔らかい口調で『正紀君』と呼んでくれる。優しいお姉さん的な存在で、好意を持っていた。しかし今は、普段の彼女の穏やかさは微塵《みじん》もなく、まるで執拗《しつよう》なセクハラ加害者に対するような拒絶だった。

正紀は戸惑った。自分に怒りの矛先が向く心当たりがない。

いや……一つだけある。

「署名のことなら――」

彼女の眉尻が跳ね上がった。

「犯人の実名はもう週刊誌が暴露したけど？　それで私の言いたいこと分かるでしょ」

正紀ははっとした。

彼女は知っているのだ。猟奇殺人犯の少年の実名が大山正紀だ、と。

同姓同名――。

「い、いやいや！　でも、俺と犯人は別人ですし……」

「そんなの、分かってる。当たり前でしょ。犯人は逮捕されてるんだから」

「で、ですよね……」

「そういう問題じゃないの。気持ちの問題」

「そんなこと言われても――俺は生まれたときからこの名前ですし、俺の意思じゃどうにもできないっすよ」

理不尽すぎる――と反論が口をついて出そうになった。

だが、考えてみれば、彼女が蛇蝎《だかつ》のごとく嫌悪し、憎む猟奇殺人犯と同姓同名なのだ。嫌でも意識するだろう。彼女の気持ちは理解できても、自分の感情としては納得できない。

突然、背後で哄笑《こうしょう》が弾けた。

正紀は振り返り、大口を開けて笑いのめす中年バイトをねめつけた。無神経な笑い声が癇《かん》に障る。

「何なんすか」

声には御しがたい怒気が籠った。

「いやあ、安易に実名公表に賛同していた人間の末路が笑えてな。皮肉すぎて皮肉すぎて」

殴りかかりたい衝動に駆り立てられた。握り締めた拳にますます力が入る。

自分が一体何をしたのか。

何もしていない。ただ、毎日を必死に、低賃金のバイトで生きてきただけ――。

恋愛でもうまくいったことはなく、バイト先で好意を持った女性と仲良くなりたいという淡い思いを抱いていた。だが、悪名がその可能性を潰してしまった。

バイトが終わるまで、客への対応以外、声を発する機会もなく、正紀は孤独の中で過ごした。

店を出ると、ようやく牢獄から解放された思いだった。

自分の名前を意識すると、すれ違う人々が全員、自分を非難しているような錯覚に陥った。誰もが週刊誌の実名公表記事を目にし、猟奇殺人犯の少年が〝大山正紀〟だと知っているだろう。きっと〝大山正紀〟に怒りを感じ、許せないと憤っているはずだ。

その怒りは犯人の〝大山正紀〟に向けられていると頭で理解していても、感情は別だった。

帰宅すると、スマートフォンで現状を確認した。確認せずにはいられなかった。

全く無関係だったはずの猟奇殺人事件は、犯人が自分と同姓同名だったことで否応なく鎖で繋がってしまった。そのまま大渦に引きずり込まれ、深海まで飲み込まれた。

〝大山正紀〟の父親として晒し上げられた人物への攻撃は、さらに強まっていた。犯人の両親が住んでいる『青海ガーデンハイツ』に突撃した動画配信者が現地の写真をツイートしていた。

二〇六号室のドアの拡大写真だ。全体に大量の貼り紙がされていた。闇金の取り立てのように。

『人殺し！』

『殺人犯一家　出ていけ！』

『死ね！　死ね！　死ね！』

『首を吊れ！』

『愛美ちゃん殺害事件の犯人の住所です』

血のように毒々しい赤のマジックで書き殴られた貼り紙だ。ドアの茶色が見えなくなるほどべたべたと貼られている。

やりすぎ、と咎《とが》める声は、大勢の憎悪と義憤に埋もれていた。貼り紙を注意している人間も、アカウントを確認すると、犯人やその家族を批判し、同じような怒りを撒き散らしていた。人権派と名高い有名弁護士率いる十五名の弁護団が結成された、というニュースが火に油を注いだようだ。十六歳でありながら実名が公表され、誹謗中傷など過度の社会的制裁を受けていることを理由に減刑を目論んでいる、という情報も流れている。

正紀は胸に痛みを覚え、スマートフォンの電源を切った。翌日のバイトは無断で休んだ。

好意を寄せていた彼女から間違いなく嫌われてしまった。しかも、自分ではどうしようもない、自分に一切非がない理由で。

自分が大山正紀である以上、彼女の嫌悪からは逃れられないのだ。

店長から電話があり、怒声が鼓膜を打った。責任感のなさを延々と責められた。店長から見ればそのとおりだから、何も言いわけはできなかった。

「――すみません。今日で辞めます」

「は？　何言ってんの、お前」

「一身上の都合です」

「お前の都合なんて聞いてねえよ。明日からもちゃんと来いよ。辞めるなら代わりを見つけてこい！」

「無理です。バイトにそんな責任はないと思います」

「ふざけんなよ、お前！」

「そういうことなので」

電話を切る瞬間、向こう側で「大山正紀はほんと最悪だな……」と吐き捨てる声が聞こえた。

店長の一言はいつまでも耳にこびりついていた。

わざわざフルネームを出した意味――。

それは一つしか思い浮かばなかった。大山正紀は殺人も犯すし、バイトも無責任に辞める――。

たぶん、そういうことなのだろう。

外国人だから。男だから。女だから。障害があるから。無職だから。ホームレスだから。オタクだから。病気持ちだから――。世の中はあらゆる偏見に満ちている。生まれ持った属性だけでなく、特定の職業や、特定の趣味嗜好を理由に嫌悪され、馬鹿にされ、迫害される。

だが、そこに『大山正紀だから』という理由が加わるとは思わなかった。大山正紀という名前は、今後、自分が背負っていく罪になったのだ。〝大山正紀〟が猟奇殺人を犯したせいで。

何者でもなかった自分がこんな形で何者かになるなんて――。

だが、そう考えてはたと気づいた。

性犯罪や殺人事件の犯人と同姓同名の人間は必ず何人も――いや、何十人、何百人と世の中に存在しているのだ。

――決して自分が特別なわけではない。

犯罪者と同姓同名だなんて、最悪の状況だ。それなのに現実には日常茶飯事で、大勢が経験している。

二日後、大山正紀の父親糾弾騒動の流れが変わった。『高井電気』が公式に声明を発表したのだ。


『このたび、津田愛美ちゃんが殺害された事件に関しまして、彼女のご冥福をお祈りすると共に、ご遺族の方々へのお悔やみを申し上げます。なお、当社役員の大山晴正は、逮捕された少年とはインターネットで書き込まれているような血縁関係などは一切ありません。ご理解のほどをよろしくお願いいたします』

ＳＮＳの罵詈雑言は急速にトーンダウンした。中には引っ込みがつかず、『嘘つけ！』『言いわけだろ』『誤魔化すな』『犯人の父親に間違いない』と食い下がるツイートも存在したが、大半の人間は手のひらを返した。まずい、という空気を嗅ぎ取ったのだろう。

最初に犯人の父親として晒し上げ、デマを拡散して煽動したアカウントが今度は批判の対象となった。騙《だま》されて〝父親〟を攻撃していたアカウントも、平然とデマを批判していた。

それがネットの無責任さだった。

結局のところ、〝悪人〟に対して、当事者の生活圏で批判のビラをばら撒いたり貼ったりする行為も、ＳＮＳで誹謗中傷する行為も、実質、差はない。現実世界で攻撃するか、インターネット空間で攻撃するかの違いでしかない。

もし自分が同じ目に遭ったら――。

人生が緩やかに崩壊していく足音が聞こえてきた気がした。

9

土のグラウンドでは、サッカーボールを追いかけて部員たちが右往左往していた。システムもポジションもなく、大勢でただただボールを追いかけている。

「ヘイ！」

大山正紀は前線で手を上げ、パスを要求した。味方ＤＦ《ディフェンダー》がロングボールを蹴った。特大の放物線を描いたボールは、ぐんぐん距離が伸び――。

今ならマークがついていないので、足元に欲しかったのだが――。

正紀は落下地点を予測して走った。ボールははるか前方で大きくバウンドし、直接敵ＧＫ《ゴールキーパー》の手の中におさまってしまった。

徒労感でため息が漏れる。振り返ると、ロングパスを試みたＤＦは自陣で手を上げ、申しわけなさそうに会釈していた。正紀は仕草で『いいよ』と伝えた。

ＧＫのロングキックでボールが中央に飛んでいく。数人の選手たちが一斉に群がる。誰もトラップできず、ボールは一度弾んだ。一人がヘディングで敵陣内へ撥《は》ね返し、別の選手がまたヘディングする。慌ただしいボールの奪い合いを味方が制し、キープした。今度は地面を這うグラウンダーのパスで的確に繋いでいく。

正紀は中央まで戻り、パスを要求した。足元で受け取ると、反転し、一人で攻め上がった。立ちはだかるＤＦに対しては、足の裏を使ったボールコントロールで相手の体勢を崩し、足のアウトサイドとインサイドを使ったダブルタッチで置き去りにする。二人目も得意の〝ラボーナエラシコ〟で抜き去る。

「すげえ！」

背後で興奮の声が上がる。

正紀はそのまま左サイドへ向かい、ＤＦを前にしてボールをキープした。連続の〝バックシザース〟とサンバのようなステップで幻惑する。簡単に懐に飛び込ませず、味方の上がりを待つ。

「おおー！」とまたしても歓声。

正紀は、味方ＦＷ《フォワード》が敵のペナルティエリアに進入すると同時に勝負を仕掛けた。

アウトサイドでボールを弾き、スペースを作った。利き足の右でセンタリングするモーション。

敵ＤＦが左足でブロックしようとした。その瞬間、〝クライフターン〟で切り返し、抜き去る。自らペナルティエリアに切り込み、別の敵ＤＦにカバーに入らせる。

〝シザース〟からの〝ダブルタッチ〟で逆を突き、フリーになった味方ＦＷにパスをする。

決定機――！

ＧＫも反応できない至近距離。後はゴールに蹴り込むだけだった。

だが、味方ＦＷはボールを巧くミートできず、打ち損じた。コロコロと転がったボールは、たやすくキーパーに拾われた。

「危ねえ！」

敵ＤＦたちが胸を撫で下ろしていた。

――あそこまでお膳立てしたのにシュートミスか。

ペナルティエリアに深く進入したのだから、最後まで自分一人で行ってもよかった。味方にパスするフェイントをすれば、最後のＤＦは簡単に釣られただろうし――パスが通ったら一点が確実なので、それだけは阻止しなければいけない――、易々と躱《かわ》せたはずだ。だが、チーム内で浮くほど力量差がある場合、一人でやり切ってしまうと反感を買う。上手さを見せながらも、要所要所ではチームメイトに花を持たせるプレイが大事だ。

何しろ、たかがお遊びの部活動なのだから。

正紀は不満を押し隠し、手を叩きながら「ドンマイ、ドンマイ！」と励ました。

夕方になってサッカー部の活動が終わると、正紀は部室でシャワーを浴び、着替えた。

仲間たちと話しながら大学を出た。適当なファストフード店で飲み食いし、海外サッカーの話題で盛り上がった。一人が就職活動の失敗談を語りはじめると、自然と話題はそっちに移った。大学三年生の秋にもなると、嫌でも将来を考えなければならない。

「正紀はどんな感じ？」

「……まだ全然」

「この時期、全然はまずいんじゃね？」

「正直、実感ないし、何やればいいか分かんないんだよな。お前は何かやってんの？」

「今のうちにエントリーシートを作ったり、企業を比較したり――。まあ、まだその程度だけどさ」

後輩のサッカー部員がフライドポテトを食べながら言った。

「大山さんならプロも行けたんじゃないっすか。何でこんな弱小サッカー部しかない大学を選んだんすか」

隣の同級生が「おい！」と彼を肘で小突いた。後輩のサッカー部員はきょとんとしている。

「え、俺、何かまずいこと言いました？」

胸の奥に痛みが走った。

プロの世界はもう他人事だ。

本当ならプロへの階段を上るため、尊敬する監督が率いるサッカーの名門の大学に入りたかった。その監督には能力を評価されていた。スポーツ推薦の約束もしてくれていた。

だが――。

監督が最終的に選んだのは、ライバル校のエースだった。

自分のほうが上手いのに、なぜ――。

理不尽だと思った。世の中を憎み、監督を呪った。

自分が選ばれなかった理由。監督が土壇場で獲得する選手を鞍替《くらが》えした理由――。

想像は想像にすぎない。

だが――。

〝大山正紀〟が殺人罪で逮捕されてから約三年。いつになれば忌まわしい名前から自分は解放されるのだろう。

この三年間は、ソチ冬季五輪、連続通り魔事件、消費税増税、広島豪雨、御嶽山《おんたけさん》噴火、新幹線火災事件、野球選手の野球賭博、ＳＭＡＰの解散騒動、芸能人の性犯罪、南米初開催のリオ夏季五輪、米国のトランプ大統領誕生など、新たなニュースで日々上書きされていき、今では〝大山正紀〟が世間で話題に出ることもなくなった。だが、自分の中で一度呪われた名前はもう決して綺麗になることはないのだ。

一人がふと思い出したように言った。

「そういや、今日、天皇杯だっけ？」

部員たちが「そうそう」と応じる。

「ベスト8をかけた一戦だな」

「俺らアマチュアの希望の星」

普段は海外サッカーの話題が多く、国内のサッカー――しかもカップ戦に注目することはあまりなかった。だが、今大会は事情が違った。プロチームとアマチュアチームが混在する天皇杯では大物食い《ジャイアントキリング》が名物だが、今年は東京の大学がそれを連発している。二回戦でＪ２チームを三対二で破り、三回戦でＪ１下位のチームを一対〇で破っている。四回戦の相手は去年のＪ１王者。大一番でもう一度ジャイアントキリングを起こせば、Ｊリーグ発足以降、大学勢としては初のベスト８だ。

周囲の盛り上がりをよそに、正紀は心の中がスーッと冷たくなるのを感じた。

何しろ、快進撃を続けているのは、入学する予定だった大学だからだ。自分の代わりにスポーツ推薦で入学したライバル校のエースが活躍し、注目されているというニュースを目にして以来、心がざわつき、落ち着かなくなった。

忘れていた――いや、忘れたふりをしていた未練が蘇り、理不尽な現実への怒りがぶり返した。

正紀は感情を殺し、適当に話を合わせた。仲間たちと別れて帰宅する。大学から電車で二駅の町に借りたアパートだ。家賃と生活費は両親の仕送りに甘えている。

ベッドに寝転がると、暇潰しに漫画を読んだ。物語の世界に入り込んでいるつもりでも、置時計をちらちらと確認してしまう。天皇杯のキックオフまで後八分。七分。六分。五分――。

観るつもりはないのに、そわそわする。仰向けになったまま全身が浮遊しているような感覚――。

あいつは今日もスタメンなのだろうか。

「クソッ！」

正紀は漫画を放り投げると、髪を掻き毟《むし》った。何度もテレビに目がいく。

――誰が観るもんか。

アパートの部屋を出ると、徒歩四分の位置にあるコンビニへ歩いた。週刊の漫画雑誌を流し読みし、一冊を買い物籠に放り込む。店内を物色し、チーズ味のポテトチップスとカップのバニラアイスクリームを手に取った。

高校時代は、栄養士の資格がある母の手料理に慣れていた。栄養バランスを考え、徹底した肉体作りに取り組んでいた。だが、それももう必要ない。

正紀はカツ丼とタラコのおにぎりを籠に入れた。それから引き返し、ポテトチップスをもう一袋。

プロを断念したとはいえ、今の大学に入学してからもしばらくはジャンクフードの類いに抵抗と罪悪感があった。しかし、月日が経つにつれ、夢にも諦めがつき、菓子に手が伸びるようになった。

いや——。

夢を諦めたからジャンクフードを手に取っているのではなく、ジャンクフードを貪《むさぼ》る生活を送ることで夢に諦めをつけようとしているのだ。

のんびり時間を潰してからレジに向かい、商品を購入してアパートに戻った。時刻を確認すると、キックオフから三十五分が経っていた。

ふう、と息を吐き、真っ黒のテレビ画面から目を引き剝がした。ポテトチップスの袋を開け、摘まみながら漫画雑誌を読んだ。意識は散漫で、物語の内容は頭に入ってこない。

正紀は舌打ちし、テレビを点けた。チャンネルを変えると、試合の映像が映った。真っ先に目に飛び込んできたのは、画面左上の点数だった。

２－１
リードしているのはＪ１王者だ。

正紀は胸を撫で下ろすと、テレビを消した。テレビに映るライバルの姿は見たくない。

このまま順当に試合が終わってくれれば――。

その後はひたすら漫画で時間を潰した。試合終了時刻になると、ＳＮＳ《ツイッター》を見た。トレンドワードに、Ｊ１王者と対戦していた大学の名前が入っていた。嫌な予感がする。

無視しようと思ったものの、無理だった。大学名をタップすると、ツイートが一斉に並んだ。

『奇跡の同点！』

『延長突入』

『２－２！』

いくつかツイートを見ただけで何が起こったか把握できた。試合はまだ続いているのだ。

大学のチームがＪ１王者を追い詰めているのか。

心臓の鼓動が高鳴り、拳に力が入る。

他のツイートを見ると、ライバルの名前が散見された。『２ゴール』『ハットトリック狙える！』と盛り上がっている。

天皇杯でＪ１王者相手に二ゴールの活躍――。

箱にしまって土の下に埋めてしまった夢が掘り起こされる。

本当ならこの場に立っているのは自分だったのに――。後悔と未練に胸が締めつけられる。

何を間違ったのか。

〝大山正紀〟が事件を起こしただけで、人生が狂った。まさかこんなことになるとは思いもしなかった。

正紀はツイッターから離れると、大学の——ライバルの負けを祈り続けた。

——貫禄を見せてくれよ、J1王者。

我ながらひねくれていると思う。高校時代なら、ライバルの存在こそモチベーションになったし、スポーツマンシップに則って切磋琢磨してきた。

だが——。

今は違う。自分に落ち度がない理由で夢を潰され、将来を踏みにじられても、僻《ひが》まずにいられるか？

「畜生」

正紀は声に出して吐き出すと、ベッドに寝転がった。天井を睨み、ありえた未来を妄想した。

だんだんまぶたが重くなり、気がつくと意識を手放していた。目覚めると、目をこすりながら、ボーッとした頭で何の夢を見ていたか思い出そうとした。

何も——なかった。

久しく夢を見ていない。睡眠中はいつも虚無の真っ暗闇だ。仮に夢を見ていても、記憶に残っていない。

昔はベッドの中でも夢を見ていたのに——。

時刻は深夜の二時半だった。

天皇杯はどうなっただろう。スマートフォンを取り上げ、検索サイトにアクセスした。

ニュースには『惜敗』の二文字。心臓がぎゅっと鷲摑みにされた。

恐る恐るニュースを開いてみると、惜敗したのは大学チームだった。同点のまま延長戦が終わり、PK戦にもつれ込んだようだ。さすがにJ1王者が貫禄を見せ、勝利した。

仄暗《ほのぐら》い喜びを覚えている自分に嫌気が差した。

平静を失う記事を目にしたのは、三日後だった。J1王者相手に二ゴールの活躍をしたライバルに複数のJリーグチームが目をつけ、接触しているという。

『プロ入り確定か』

記事の最後の文章を見たとたん、心臓が騒ぎはじめた。

自分が辿りたかった道を——自分が辿るはずだった道をライバルが歩んでいる。

正紀は自分の名前を呪った。

10

大山正紀は事務職として夜遅くまで働き、帰宅した。スーパーで半額の幕の内弁当を購入し、アパートのドアを開けた。誰も出迎えてくれないワンルームだ。

ベッドと小型の机を両端に配置し、隅に簞笥《たんす》を置いたらスペースの半分以上が消える。

築二十年の古アパートで、専有面積は十三平方メートル——居室スペースはたった五畳だ。エアコンの電気代は節約しているから、部屋は蒸し暑く、シャツ一枚でもじっとりと汗が滲み出てくる。

——何年仕事してんだよ！

——使えねえな！

耳にこびりついている上司の怒声——。怒鳴られないようにしようと気負えば気負うほど、ミスをしてしまう。そして罵倒される。その繰り返しだ。

自分はなぜこんなにも無能なのか。

惨めさに打ちのめされる。

正紀はマスクをゴミ箱に放り捨てると、手を洗って部屋に戻った。匿名で続けているツイッターを開き、〝身バレ〟しないよう詳細をぼかして会社の愚痴をつぶやいた。怒りの発露に注目が集まり、共有《リツイート》があっという間に増えていく。返信《リプライ》も十件以上付いた。共感の声、同情の声、励ましの声、そして——当事者である自分以上の怒りの声。

何者でもない孤独な自分でも、苦しみや怒りを吐き出せば、たとえ一時でも目を向けてもらえる。それが唯一の慰めだった。昔は平和なツイートを心掛けていたのに、今は変わってしまった。

なぜこんな人生になったのか。

〝大山正紀〟が憎悪の対象になった日のことは、昨日のことのように思い出せる。

六年半前は、昼間にコンビニでバイトし、夜に定時制高校に通う生活だった。〝大山正紀〟逮捕のニュースを知ったのは、そんなときだ。想いを寄せていた女性からは名前を忌み嫌われた。

理性に訴えても意味はなかった。それは感情の問題だった。生理的に受けつけないものを論理で覆せるはずがない。

よりにもよって、六歳の女の子を公衆トイレでめった刺しにした猟奇殺人――。性犯罪の気配も漂う。

人々の生理的嫌悪感を掻き立てる最低最悪の犯罪だ。せめて――せめて、男同士で口論になったすえの傷害とか、その程度の犯罪だったなら、逮捕されて名前が出たとしても、人々の記憶には残らなかっただろう。

日本を震撼させたいくつかの大事件の犯人のように、今や〝大山正紀〟は悪の象徴となった。

学校と仕事の両立が肉体的・精神的に難しく、定時制高校のほうはサボり気味だったが、コンビニを辞めた後、しっかり通学して卒業はした。そして就職活動に勤しんだ。

だが――。

高望みしたわけではないのに、不採用続きだった。書類選考を通過して面接に漕ぎ着けるのは、十数社に一社だけ。

大した経歴を持っているわけではないので、履歴書で価値をはかられるのは仕方がないと思う。

しかし、もし、経歴以外の部分が加味されていたとしたら？

名前――。大山正紀。

昨今の企業は、就職希望者の名前をインターネットで検索しているという。国民の大多数が何らかのSNSで言葉を発信している現代、SNSを見れば、面接では表面的な綺麗事に終始する人間の素の姿――本性を知ることができる。人間性の把握の役に立つ。

大山正紀の名前を検索したとき、出てくるのが猟奇的な事件の記事ばかりだったら――。犯人は逮捕されているのだから、別人だと分かる。だがやはり、印象は悪いだろう。表に名前が出る仕事も任せにくい。

「君、女の子とか殺してないよね？」

不採用に不採用を重ねてたどり着いた面接の席で、中年の面接官から脈絡なくぶつけられた言葉だ。

隣の女性面接官は眉を顰めていたが、善意で解釈すれば、緊張する就活生を和ませるブラックジョークのつもりだったのかもしれない。だが、〝小ネタ〟として消化するには、重すぎた。事件そのものの残虐さもそうだし、何より、自分が大山正紀の名前に長年苦しめられてきた。

面接官に事件の話を持ち出された瞬間、まるで自分自身が殺人犯の〝大山正紀〟で、ひた隠しにしてきたその罪を突然暴き立てられたような気分になった。

社会復帰しようとして面接を受ける前科者は、こんな気持ちなのかもしれない。

頬が引き攣《つ》り、言葉を発せなくなった。

面接は散々だった。その動揺ぶりは、もはや本物の殺人犯のように見えただろう。

それからは、書類選考で落ちるたび、名前のせいで落ちたんじゃないか、と疑心暗鬼に陥った。書類選考を突破して面接に漕ぎ着けても、いつ何時、〝大山正紀の罪〟を持ち出されるか身構えてしまい、しどろもどろになる。

不採用、不採用、不採用、不採用、不採用、不採用――。

企業から弾き返されるたび、自分自身の人格を丸ごと否定されたような劣等感に苛《さいな》まれた。

それでも耐えられたのは、今思うと、皮肉なことに名前のおかげだった。忌まわしい名前のせいにすれば、自分の能力不足から目を逸らせる。

ある意味、都合がよかった。自分が〝大山正紀〟でなければ、採用通知は複数社から貰っていただろう。そう思い込むことで慰めにした。

実際はどうだったのだろう。本当に名前が忌避の理由になったのか。

もし違ったら、自分は――。

正紀は自虐的な笑いを漏らした。

自分は所詮、誰かから求められる人間ではない。その現実を思い知らされてしまう。

結局、就職できたのは、社員二十五人の小さな会社だった。まるで地獄に下りてきた一本の蜘蛛の糸のように思え、必死で縋《すが》った。カンダタの気分だった。いや、何者にもなれない自分は、蜘蛛の糸に群がるその他大勢の亡者たちかもしれない。

『採用』の二文字をくれた会社はそれこそ仏同然で、感謝でいっぱいだった。上司からの罵倒も、新人教育の愛ある叱咤と思い込み、耐えた。

今となっては、平和な人生こそ数少ない望みだった。世の中の脇役だとしても、もう名前に支配されたくない。

正紀は弁当を食べ、シャワーを浴び、ネットを見ながら時間を潰した。深夜になると、ベッドに入った。

孤独――。

小学生のころに父親は浮気をして家を出ていったし、母親はパチンコ狂いだった。生活費をほとんど使い込んでしまう。金がなくなると、八つ当たりされた。小学校の給食費も払えなかった母に、高校の学費を払える道理はなかった。

——高校に行きたきゃ、自分で払いな。

そう言われ、悩んだすえに定時制高校を選択した。中卒だと将来の選択肢が狭まることは、厳然たる事実だ。学費のために働くしかなかった。親元を離れ、自分の人生を取り戻せた気がした。だが、それは孤独と紙一重だった。

家族との繋がりがなく、周りの人間も——。

想いを寄せた相手に名前で嫌われてからは、自分から積極的に人付き合いをしようと思えなくなった。自己紹介すら怖い。

救いは、〝大山正紀〟に有罪判決が出て、月日の経過と共にその名前の罪深さが薄まったことだろうか。凶悪犯罪を起こして逃走中の指名手配犯なら、その名前はいつまでもテレビや新聞で取り上げられ続ける。決して薄まらない。

正紀は横向きになって体を丸め、目を閉じた。何も考えないように努めた。意識的に思考を放棄しなければ、朝まで悶々《もんもん》と自分の人生について考え、思い悩んでしまう。

やがて意識は闇に落ちた。

置時計のアラームで目覚めると、正紀は身支度して家を出た。真夏の太陽はぎらぎら輝き、眩暈《めまい》がしそうな熱気が体に纏わりついてくる。

世界に蔓延したコロナ対策でマスクをしていると、息苦しく、頭もくらくらする。

三十分以上、電車に揺られた。

会社が近づいてくると、頭痛が強まった。あらかじめ頭痛薬を服用していても効果はなく、嘔吐感も突き上げてくる。

ホワイトな会社に就職できれば、また違う人生だっただろうか。

出社すると、すぐさま書類仕事に取りかかった。残業しても終わらなかった課題が山積みだ。上司の怒声が頭上に降らないよう、さっさと仕上げなければならない。

そのうち、マスクをした社員が次々と出社してきた。正紀を一瞥しても挨拶はない。そもそも、社員同士で挨拶したり、親しく話したりする習慣がない。

書類仕事をしていると、突然、頭に衝撃が弾けた。脳に振動が響いた。

頭を押さえながら見上げると、丸めた雑誌を握り締めた上司が突っ立っていた。

「あのう……」

上司は舌打ちした。

「今日、俺が出社するまでに提出しとけって言ったよな。どんだけ無能なんだよ、馬鹿！」

「……すみません」

頭を下げると、後頭部にまた丸めた雑誌の一発を食らった。脳みそがじんじんと痺《しび》れる。

「申しわけございません、だろうが」

「……申しわけございません」

「昨日は何時に帰った？」

「……十一時半です」

「努力が足りねえんだよ。無能は時間を使えよ。人一倍働いて、それで一人前なんだからよ」

ひたすら頭《こうべ》を垂れて謝り続けるしかなかった。

散々怒鳴られてから解放された。

正紀は腹部を押さえた。胃が絞り上げられているようで、ますます吐き気が強まった。口内に苦みが広がる。

この先、何十年もこの会社で働いていくのかと思うと、目の前が真っ暗になる。人生の節目で道を誤ると——あるいは、選択肢が他にないと——、もう取り返しはつかない。やり直したくても手遅れだ。就職活動であれほど苦労したのに、今さら他の会社の面接を受けても採用されるとは思えない。

何者かになれた人間を羨ましく思う。特技があり、技能があり、社交性があり、そして——名前が綺麗な人間を。

名前——か。

〝大山正紀〟の名前が薄まっている今なら、違うのだろうか。就職活動で企業からそっぽを向かれた理由がもし名前だったならば、もっとましな会社に転職できるかもしれない。

正紀は真剣に転職を考えはじめた。

11

暖房が利いた部屋の中は、通販でまとめ買いしたスナック菓子の袋であふれ、移動するたびに必ず足の下でパリッと音がする。

カーテンは一日じゅう閉めっ放しで、天井の人工的な照明が室内を冷たく照らしている。太陽を全身に浴びることが月に何度あるか――。

そんな引きこもり生活がもう何年も続いている。

大山正紀はベッドで仰向けに寝転がったまま、スマートフォンでアニメを漫然と観ていた。優しい世界はもうアニメの中にしか存在していない。現実は残酷で、何の魅力もない。

アニメを観終えると、ツイッターを開いた。好きなイラストレーターばかりフォローしているから、最高のイラストがTL《タイムライン》に流れてくる。それが数少ない癒しだった。

だが、真っ先に目に飛び込んできたもの――。

ツイッターのトレンドワードだった。自分の名前が――大山正紀の名前が一位になっていた。

大渦に飲まれて過去に舞い戻ったような――いや、過去の亡霊が追いかけてきたような恐怖を覚えた。心臓の鼓動が騒がしく、胃がきゅっと締めつけられた。

なぜ大山正紀の名前がまた話題になっているのか。また別の大山正紀が何かをしでかしたのか。称《たた》えられる功績ではないだろう。漠然とだが確信がある。

正紀は恐る恐るトレンドの大山正紀の名前をタップした。大山正紀の名前を含んだツイートが一斉に表示される。

『あの大山正紀が社会に戻ってくるらしいぞ』

『小学生の女の子を惨殺してたった七年で釈放かよ！　#大山正紀』

『今からでも大山正紀を死刑にしろよ！』

『犯行時に十六歳だったからって、刑が甘くなるの、おかしくね？　今は二十歳超えてんだから、重罰に処すべき！』

『最悪。サイコパスを野放しかよ！　#大山正紀』

『津田愛美ちゃんの事件を忘れるな！　猟奇殺人犯・大山正紀に死を！』

体が奈落へ落ちていく。スマートフォンを握る手にぐっと力が入った。

あいつが出てくる――。

記事によると、少年院が少年の更生と社会復帰を目的にしているのに対し、〝大山正紀〟が入れられた少年刑務所は、重大犯罪を起こした十六歳以上二十六歳未満の青少年に刑罰を与える施設だという。

〝大山正紀〟は実名が世の中に出回ったせいで甚大な社会的制裁を受けたこと、優秀な人権派弁護士が弁護団を結成して弁護したことで減刑され、本人が裁判で反省を示して少年刑務所内でも模範囚だったことが影響して、六年半で釈放された。正確には、逮捕から有罪判決を受けるまでの勾留期間――未決勾留百五十日が刑に算入されているので、七年間服役していたことになる。

記事中の裁判官いわく、少年事件に多い不定期刑――あらかじめ刑期を決めず、刑の上限と下限を定める形――だったとはいえ、七年での釈放は近年でも短いほうだという。

信じられない思いだった。また大山正紀の名前がクローズアップされ、日本じゅうから憎悪を向けられる。

正紀は拳を握り締めた。爪が手のひらに食い込むほど強く、強く、ひたすら強く――。

もう人生を壊さないでくれ。〝大山正紀〟も。世の中の誰も彼も。頼むから……。

正紀はインターネットで〝大山正紀〟関連の話題を検索し、人々の書き込みを読み漁った。三時間ほど経ったとき、一つの記事のタイトルが飛び込んできた。

『津田啓一郎《けいいちろう》さんを逮捕。元少年を襲う』

正紀は目を疑った。

元少年――。

このタイミングでこの表現。そして、逮捕された人間の姓。嫌でも悪い想像をしてしまう。

正紀は震える人差し指で画面をタップし、記事を開いた。

『――少年刑務所を出た元少年（23）がナイフで襲われ、怪我をした。逮捕されたのは津田啓一郎さん（45）。津田さんは7年前、娘の愛美ちゃん（当時6）を公衆トイレで惨殺されている。腹部を刺された元少年の命に別状はない模様』

やはり想像したとおりだった。

遺族による犯人への復讐――。

被害者が七年前の加害者で、今回逮捕された加害者が七年前の遺族――。難しい記事だったのではないか。しかし、記者は包み隠さずそれぞれの関係性を書くことに決めたらしい。名が知られている遺族だからか、さん付けだ。

これでネットはますます燃え上がる。

正紀は配信されたばかりの記事を閉じ、ツイッターで話題になっていないか、検索した。

『衝撃映像！　遺族無念、復讐ならず。邪魔してやんなよ！　胸糞悪い！　取り押さえた奴も大山正紀と同罪だからな！　ちょっとは頭使えや！』

憤怒が燃える攻撃的なツイートに添付されているのは、二分ほどの動画だった。一万二千も共有《リツイート》されている。

正紀は不安に駆られながら再生した。

スマートフォンで撮影したと思しき映像だ。数人の声が騒がしい中、画面が生々しく揺れていた。

ピン留めされた昆虫のように、路上にうつ伏せで押さえつけられた中年男性が映っていた。三人の若者が両手足を押さえている。中年男性は唯一動かせる顔を持ち上げ、わめき立てていた。

「放せ！　邪魔するな！　何で止めるんだ！　悪いのはあいつだろ。あいつを助けないでくれ！」

血を吐くような魂の叫びだった。

翌日になると、正紀はさっそくテレビを点けた。チャンネルをワイドショーに合わせる。

番組は七年前の『愛美ちゃん殺害事件』の詳細を改めて説明していた。めった刺しにされていた事実には触れていても、週刊誌が書いた、〝首の皮一枚で頭部が辛うじて繋がっているような惨状〟だった事実はさすがに伏せられている。

事件の陰惨さを考えると、世間の人々が怒り狂う理由も分かる。分かるが、それを正義と思いたくない感情があった。

「――ご遺族の方が手を出してしまわれた、というのは、やはり少年に甘い司法に問題があったとしか言えません」

司会の中年男性が嫌悪感丸出しの顔で吐き捨てた。社会学者の中年女性が同調する。

「まさにそこなんです。七年というのは、悲しみや苦しみを癒すには短すぎる年月です。悪魔の少年が大手を振って生きていける社会はいびつで、恐ろしいことです」

若い男性アナウンサーが「悪魔の少年という表現はちょっと……」と慌てた。

「悪魔でしょうが！　六歳の女の子の無念を想像したら、悪魔でも生温いと思いますよ。クレームを恐れて、事実も言えない番組なら降板します！」

歯を剝き出した社会学者の中年女性は、敢然と言い放った。まるでジャンヌ・ダルクを気取るように。

「十六歳は大人と同じように裁くべきなんです！」

恰幅《かっぷく》のいい男性弁護士が「落ち着いてください」と割って入った。

「今回のケースは逆送されています。成人と同じ刑事裁判を受け、その判決がこれなんです」

「大人と同じ刑事裁判なんて言っても、実際は同じじゃないでしょ。心理的な少年法が適用されているんです！」

「心理的？」

「そうです。今回の事件を起こしたのが四十歳の中年男性なら、七年で社会に戻れますか？　戻れないでしょ。最低でも無期懲役になっていたはずです。そうなっていない時点で、心理的な少年法が適用されているんです。刑事裁判でも、成人と少年は区別されているんですよ！」

「……裁判は同じ犯罪でも同じ判決は出ませんよ。犯罪の動機や、反省の有無、更生の余地、諸々の事情などを考慮し、それぞれに判決を出すんです。当然、被告人の年齢も考慮されます。それは当然のことです」

「こんな残虐な殺人を許していいわけはないでしょう！」

「お気持ちは分かりますが、そもそも少年法の趣旨は少年の更生と社会復帰です」

「あなたは加害者の味方をするんですか！」

「飛躍しないでください。僕自身、今回の事件には憤りも感じていますが、しかし、弁護士は私情で法を適用する対象を変えてはいけないんです。法に自分の感情を当てはめる人間は弁護士失格です」

社会学者の中年女性は目を吊り上げ、憤懣《ふんまん》を撒き散らすように嚙みついた。

「あなたの発言で愛美ちゃんのご遺族がどんなに傷つくか！　想像もできないんですか！　殺されたのは六歳の女の子ですよ！　それを受忍しろ、と言うのは暴力的で、女性差別ですよ！」

「どうしてそうなるんですか。僕は一言もそんなことは言っていません」

「あなたのような人が好き勝手にメディアで発言できるから、被害者が苦しめられる世の中になっているんです。被害者や遺族の無念を少しでも想像できるなら、そんな発言はしないはずです！」

アナウンサーが社会学者の中年女性をなだめるまで、苛烈《かれつ》な糾弾が続いた。ツイッターの反応を確認してみると、〝加害者の味方の弁護士〟への批判があふれていた。ネット上では、彼がまるで差別主義者の悪人であるかのように吊るし上げられている。日ごろから社会問題に物申している著名人は、番組へのクレームを煽動していた。それが着火剤となり、弁護士の降板を訴える声が燃え上がった。

言っていない発言が捏造《ねつぞう》され、意訳され、誇張され、〝差別主義者の弁護士が女児殺害犯を庇った〟と印象操作されたせいで、人民裁判じみた人々の怒りは凄まじいものがあった。

『こいつの顔面、殴ってやりたいわあ、って夫と話してる』

『被害者の人権を守れ！』

『こいつの娘が同じ目に遭うことを望む！　代わりに殺されたらよかったのに』

『誰かやってやれ』

そこには冷静さなどはなく、弁護士は二人目の生贄だった。

翌週の番組には、当の弁護士が登場しなかった。〝天敵〟が消え、社会学者の中年女性の独擅《どくせん》場《じよう》だった。

「――六歳の女の子を惨殺しても少年なら七年程度で許される、なんてメッセージを社会に与えてはいけないんです。遺族の方が刺してしまった今回の騒動、大山正紀は被害者じゃなく、加害者なんです！」

スタジオが一瞬凍りつき、すぐさま騒然とした。慌てた女性アナウンサーのフォローが入った。

「ただ今、不適切な発言がありました。申しわけございません」

「不適切って何ですか」社会学者の中年女性が苛立ちをあらわにする。「人が刺されたら、被害者の名前は公になるでしょ」

「いや、今回のケースは事情が……」

「私は被害者の名前を出しただけよ」

大山正紀は被害者ではなく加害者だ、と言っておきながら、その言い分は無理がある。誰もが――おそらく本人も――分かっている。だが、意地になった彼女は、むしろ胸を張っていた。

気まずい空気が流れるスタジオと違い、ネットでは称賛の声が相次いだ。

大山正紀。

テレビで初めて元少年の名前が暴露されたのだ。

ツイッターでは、『これぞメディアの良心！　ついにテレビで大山正紀の名前が出たぞ！　その勇気に拍手！』というコメントと共に、大山正紀の名前が出たシーンの切り抜き動画が上がっていた。一万五千以上リツイートされている。

生放送を利用した制裁だった。テレビの拡散力はネットの比ではない。〝大山正紀〟の名前が全国放送で広まった今、どんな理不尽な不利益が自分に降りかかるのか、想像もつかなかった。

社会学者の中年女性はツイッターアカウントを持っており、切り抜き動画のツイートを自らもリツイートしていた。名前の暴露に関しては人権の観点から批判する返信《リプライ》もあったが、その人間が女児殺害犯を擁護する加害者であるかのように決めつけ、攻撃していた。

結局その社会学者の中年女性も番組から姿を消した。コンプライアンス的に問題が大きかったのだろう。私情で逸脱する人間を生放送で使うのは怖いのだ。

その彼女はツイッターで『被害者の女の子とその遺族の無念を訴えただけなのに、一方的に降板させられた。有無を言わさぬ圧力が凄かった』と告発し、大勢から同情と励ましを集めていた。

〝大山正紀〟――。

自分の人生を何度狂わせれば気が済むのか。〝大山正紀〟のせいで不登校になり、社会に戻れなくなった。夢も諦めた。

正紀は血の味がするほど下唇を嚙み締めた。

〝大山正紀〟を許せなかった。

七年以上溜め込んだ殺意があふれ出てきた。

12

——採用。

中途採用面接を受け続けること半年。二十五社目で貰った採用の二文字——。

大山正紀は一人でガッツポーズした。ブラックな今の会社とは比較にならないほど大きな会社で、給料も高い。

翌日、退職の意思を伝えるために出社し、仕事をしていると、いつもどおり上司の怒声が飛んだ。

「書類、出してねえじゃねえか！　愚鈍か！」

普段なら自尊心が踏みにじられ、屈辱的な気分になる。だが、今日ばかりは違った。

自然と薄笑いがこぼれた。

「何ニヤついてんの、お前」

上司の顔が歪む。メーターで不機嫌さが分かるなら、きっと針が振り切れているだろう。

正紀は椅子を倒しそうな勢いで立ち上がった。上司の肩がビクッと反応する。

「な、何だよ」

正紀は上司を睨みつけると、鞄から封筒を取り出し、机に叩きつけた。

上司が机に視線を落とした。

正紀は手を外した。下から『退職届』の文字が現れる。

「何だ、そりゃ」

「辞めます」

「は？　急に何言ってんの、お前」

「もう耐えられないんで、退職します。明日からは有休を消化して出社しません」

そういえば、定時制高校時代のコンビニバイトも同じように唐突に辞めたな、と思い出す。

「お前みたいな根性なしがうちを辞めて、雇ってくれる会社があると思ってんの？　まず死ぬ気でやれよ！」

冷笑が漏れそうになった。

「もう就職先、決まってるんで。今より給料がいい会社なんで」

上司が目を吊り上げ、怒鳴り散らした。罵詈雑言がとめどもなくあふれ出している。

我慢できなくなり、正紀はポケットからボイスレコーダーを取り出した。

「——引き止めるなら、パワハラで告発しますよ。俺がネットで暴露したら、炎上して会社、潰れますよ」

上司の顔が一瞬で青ざめた。

痛快な気分だった。

正紀は必要最低限の引き継ぎを終わらせ、会社を出た。上司の忌々《いまいま》しそうな眼差しに晒されながら。

今思えば、なぜあれほど思い詰めていたのか。辞めると宣言してしまえば、所詮、金輪際関わることのない赤の他人なのだ。罵倒の言葉も、もう心をえぐらなかった。

ブラックな会社から解放されると、後は新しい会社の出社時期を待つのみだった。

だが――。

三週間後、新しい会社の人事担当者からメールが届いた。開いたとたん、『大変申しわけありませんが』という謝罪の一文が真っ先に目に入った。

漠然とした不安が胸に兆した。

深呼吸し、文章を読んでいく。

内容は――コロナの影響で採用できなくなってしまった、というものだった。

愕然とした。足元が音を立てて崩れていくように感じた。心臓に痛みが走り、呼吸が乱れる。

コロナ？　コロナって何だ？

正紀はなりふり構わず人事担当者に電話し、問いただした。だが、どうにもならないの一点張りで、ただただ謝罪されるばかりだった。

「こっちは今の会社を辞めてしまったんですよ！」

感情的に訴えるも、相手の返事は変わらなかった。

諦めたら無職の身だ。筋が通らないのは相手のほうなのだから、引き下がらずに反論を続けた。コロナの一言で終わらされてたまるか、という思いがある。

しかし、三十分以上話しても埒《らち》が明かなかった。粘ったものの、結局、根負けし、電話を切った。

眩暈がした。腹立ちが抑えられず、いつものようにツイッターで愚痴を吐き出そうと思った。この仕打ちを告発し、正当性を世に問いたい。

ツイッターを開いたとき、目に飛び込んできたツイートを見て慄然《りつぜん》とした。

あの〝大山正紀〟が社会に戻ってきていた。悪名で大山正紀の名前を上書きし、他の大山正紀を地獄のどん底に叩き落とした猟奇殺人犯が――。

無意識のうちに、〝大山正紀〟の有罪判決で事件は終わったと思っていた。年月と共に悪名は薄まっていき、やがて自分の名前を取り戻せるのだ、と。だが、違った。

死刑が執行されたわけではないのだ。いつかは社会に戻ってくることは自明だった。それが今だ。

情報を纏めたサイトを見ると、さらに詳しく現状が分かった。六歳の愛美ちゃんを惨殺した〝大山正紀〟は、少年刑務所を出たとたん、遺族に襲われ、病院に運ばれたという。逮捕された遺族の釈放嘆願の署名活動などが行われている。ワイドショーに出演している社会学者が生放送で〝大山正紀〟の名前を出したことにより、騒動が過熱した。視聴率が十パーセントを超える番組で全国に拡散した、少年Aだった犯人の実名――。

採用が一転、不採用になった本当の理由はこれだったのか。

〝大山正紀〟がまた人生を踏みにじろうとしている。どこまで俺を苦しめるのか。

ツイッター上では、〝大山正紀〟への怒りと憎しみ、復讐を試みて逮捕された遺族への同情と共感があふれている。

『娘を殺された遺族を逮捕するなんて、日本は間違ってる！　狂った社会！』

『仇討ちを認めろよ。娘の命がたった懲役七年以下だぞ。そりゃ、親としては許せねえだろ』

『法が死刑にしないからだろ。法の不備でこうなったのに、遺族は処罰すんのかよ』

『釈放嘆願の署名をしよう！　刑罰を受けるべきなのは大山正紀だろ。遺族を救え！』

人々にとっては、加害者が刑罰を受けて罪を償っても、足りないのだ。個々の感情が法を超えるのだ。世論が法を超えるのだ。

昔の自分なら、世間の感情に同調し、義憤に駆られて怒りの声を上げたかもしれない。そのほうが好感度が上がって、善人に見られる、という打算が心の奥底にあって、人前で正義漢を気取っただろう。

今は世間の感情の爆発が怖かった。犯罪者に温情をかけるべき、とか、犯罪者にも人権を、とか、犯罪者を許せ、とか、そんな綺麗事を吐くつもりはない。犯罪者の味方をするつもりもない。ただ、世の中に渦巻き、噴出するマグマのような怒りと憎しみが怖いのだ。それは怨念さながらで、誰も彼もにとり憑いていく。蔓延した悪感情が人を支配する。

怒れ！

憎め！

恨め！

非難しろ！

そうしない人間は加害者の味方で、犯罪者予備軍で、人間のクズだ——とばかりに、完璧な同調を求められる。それがＳＮＳ《ツイッター》社会の現実だった。

〝大山正紀〟は、次に大事件が起こるまで、〝理性的で道徳的で立派な人々〟が好き放題に石をぶつけて構わない生贄なのだ。学校や職場のいじめと違って、どれほど苛烈な罵倒を浴びせようとも、誰からも非難されない——それどころか、正義の代弁者として称賛され、共感される——生贄。

自分でも世界の見方が変わったと思う。

〝大山正紀〟の犯罪行為を嫌悪しているにもかかわらず、名前が同じというだけで、自分と同一視している。

悪いのは殺人を犯した〝大山正紀〟だと分かっていても、それを攻撃する人間たちの無自覚な加害性に恐怖を覚える。

ツイッターでは、『法治国家では復讐は許されていません』『それが法です』『私刑が認められたら秩序が保てません』『それこそ野蛮な国家です』と注意する声もわずかながら存在したが、ほとんど共感されず、リツイートも〝いいね〟も一桁か、せいぜい二桁だった。

冷静になるよう訴える反論の声も押し流す大波のような世論が形成されていると、もはや正しいことを言って邪魔をする人間は敵なのだ。正論が大勢に共感されるとは限らない。そのときの自分が抱いている怒りや嫌悪の感情が法に優先する、という思い込み。それは独善と傲慢ではないだろうか。

正紀はスマートフォンをベッドに放り投げた。

自分が同姓同名の苦しみを声高に叫んだとしても、きっと理解者はごく少数だろう。重大事件の犯人と同姓同名の人間が何人いるか。日本国内では、湖の中の一滴の墨汁と同じだ。人はみんな、ぴんとこないものや、無関心なものには、感情移入も共感もできないのだ。

〝大山正紀〟は罪を償ったんだ。もういいだろう？　自分たちが許せないという感情で、社会復帰した人間を袋叩きにするのか？

そう、七年前は残虐な殺人事件を起こし、逮捕された。だから犯人が誹謗中傷されるのも当然だ。しかし、今は違う。法に則って少年刑務所で刑罰を受け、社会に戻った。後は遺族が民事裁判で損害賠償とか、そういう話だろう？　ネットで悪感情を撒き散らしている野次馬同然の連中に何の関係がある？

――〝大山正紀〟を許してやってくれ。

――〝大山正紀〟は俺なんだ。

罪を犯し、実名が公表された犯人には怒りを掻き立てられるだろう。匿名の人間と違って〝個人〟がはっきりしている分、憎みやすいし、怒りもぶつけやすい。自分もそうだ。悪質な犯罪者は腹立たしいし、苛烈に責め立てたくなる。だが、その陰で踏みにじられている人間の気持ちを想像できる人間はいるか？

――そんな程度で。

自分の苦悩を知った知人がしばしば口にした。

『重大事件を起こした犯人の親になったり、被害者の遺族になるほうが苦しいだろ。嫌だろ。たかが名前が同じだけじゃん。そんな程度で人生が変わるわけないじゃん』

理解者なんていない。

相手が悪いのか、自分が悪いのか。

相手の些細な言葉や態度、表情で察してしまう。名前が生む心の距離感――。

気まずい空気に耐え兼ね、適当な愛想笑いで話を切り上げてしまう癖がついた。

そんな程度で――と言う相手に、同姓同名の人間に苦しめられた経験があるか訊くと、ない、と言う。自分と同姓同名の人間がどんな奴か知っているか、調べたことがあるか訊くと、それも、ない、と言う。その場で調べさせると、誰も彼も大した人間は出てこない。

その他大勢の同姓同名。

会社員、家庭教師、工場長、弁護士、美術家、技術者、教師、ゲーム会社社員、准教授、マラソンや将棋や野球などでそこその結果を出した学生――。誰もが当人にとっては唯一の〝個人〟でも、他人からはその他大勢だ。

ＣＭに引っ張りだこの有名芸能人や、世界的に活躍するスポーツ選手でもなければ、猟奇殺人犯でもない。

圧倒的な名前の持ち主に押し潰されている者は、一人もいなかった。だからこの苦しみは分かるはずがない。人の想像力には限界がある。その立場にならなければ、本当の意味での苦しみは理解できないのだ。それを散々思い知らされた。

相手が〝大山正紀〟の名前に関心を示すと、当初は、自分の苦悩を理解してもらいたくて、自分がいかに被害者なのか、必死で訴えた。言葉足らずでも説明した。だが、返ってくる答えは決まっていた。

――たしかに嫌かもね。

それこそ、そんな程度、だった。そんな程度で片付けられたくなかった。

軽い。軽すぎる。理解したふり。面倒な話をさっさと終えたくて理解したふりをしている。表面的で空虚な台詞――。

――なぜ俺だけが。

理不尽だという感情に塗り潰されそうになったとき、コンビニバイト時代に――『愛美ちゃん殺害事件』の犯人の実名が出る前に――他の大山正紀を検索したことを思い出した。世の中には色んな大山正紀が存在していた。彼らの名前もネットでは見つけられないだろう。

〝大山正紀〟はきっと俺たちを苦しめている。

俺たち――。そう、苦しんでいるのは俺たち大山正紀だ。きっと他の大山正紀も同じように……。

正紀はふと思い立ち、質問サイトに書き込んだ。

『みなさん、同姓同名で苦しんだり悩んだりしたことはありますか？　体験談があれば聞きたいです』

二日も経つと、様々な返答が書き込まれた。

『某美人アイドルと同姓同名です。クラス替えのたびに自己紹介する時間が地獄です。顔をまじまじと見つめられて、苦笑いされるのがつらいです』

『僕は超有名芸能人と同じ名前です。病院で名前を呼ばれたとき、周りがざわつきます』

『昔、結婚を前提に付き合ってくださいって告白されたけど、結婚して苗字が変わったら、かの有名なブスのお笑い芸人と同じ名前になっちゃうって思ったら、その人との結婚は考えられませんでした（笑）。今は普通の姓の旦那さんがいます』

『仕事で小説を書いてる人間だけど、悪役と同姓同名のネット有名人から「俺の名前を使って俺をディスっただろ」って言いがかりのクレームがあって迷惑した。恥ずかしいくらい自意識過剰だし、自分にどれだけ知名度があると思ってんだか』

『アニメのキャラと同姓同名。自己紹介するたび笑われる。決め台詞言ってくれ、とか、からかわれる』

『父親が野球ファンで、苗字が同じだからって、有名な元選手の名前を付けられた後輩がいる。父親の期待に応えようとして野球部に入ったけど、野球は下手。名前の落差で悲惨』

『可愛いと思った名前を娘に付けたんだけど、AV女優と同姓同名って知って絶望してる。付ける前に検索しとけばよかった』

『私じゃないんだけど、某歌手と同姓同名で、結構美人な子がいて、それをネタにして人気もあったんだけど、その歌手が大麻やって逮捕されたとたん、必死で隠すようになった。カワイソ（笑）』

回答には、同姓同名の人々の悩みがあふれていた。だが、どれも切実さはほとんどなく、共感は難しかった。大麻で逮捕された歌手と同姓同名でも、直接の被害者が出ている犯罪ではないので、自虐ネタとして使えば、同情を引く笑い話になるだろう。

だが、六歳の女の子を惨殺した猟奇殺人は無理だ。

満足できる回答ではなかったので、質問に文章を追加した。

『実は有名な犯罪者と同姓同名で悩んでいます。同じような人はいますか？』

新しい回答がないか、数十分おきにサイトを確認して過ごした。半日で数件の回答が増えた。

『俺がそうだよ。知り合った女に名前を教えたら、返信も来なくなる。検索して犯罪者が出てきてんだろうね』

『興味本位で調べたら逮捕のニュースが出ていました。正直、かなり気分が悪いです。有名な事件じゃないので、調べなきゃ気づかなかったのに……余計なことしなきゃよかったな、って』

『ある日、実名でやってたSNSに誹謗中傷が何件も届いて、何事かと思ったら、その日に逮捕されてニュースになった犯罪者のアカウントと間違われたらしい』

『婚約者の名前が犯罪者と同姓同名で悩んでいます。調べたら性犯罪者の名前が出てきて、もしかしたら――って。年齢も同じなんです。信じたいけど、不安で……。本人に確かめるのも難しくて。何とか調べる方法はありませんか？』

『高校時代に好きだった人の名前を調べたら、詐欺で逮捕されてた。本人かどうかいまだ分かりません』

『私は悪名高い殺人犯と同姓同名なので、さっさと結婚して改姓したくて、十九歳で結婚しました。今では、旧姓を名乗らなければ、変な目で見られることはありません』

世の中にはやはり存在するものだ。同じような悩みを持つ仲間がいると思うと、ほんの少しでも慰めになる。

仲間――か。

ここで回答してくれた人たちは、おそらく〝大山正紀〟ではない。どうせなら、同じ〝大山正紀〟として苦しんでいる仲間とその悩みを語り合いたい。

正紀はノートパソコンを立ち上げると、サイトを開設した。デザインは最低限で、下部にフリーメールアドレスを載せただけだから、時間はそれほどかからなかった。

サイトの名前は――『〝大山正紀〟同姓同名被害者の会』。

13

大山正紀は肩を縮こまらせ、背中を丸め気味にして一年三組の教室に入った。大半のクラスメイトが談笑している中、男女数人のグループから一瞥を向けられた。仲間内で何やら囁き交わし、小馬鹿にするような笑い声を上げている。

正紀はグループから視線を外し、自分の席に座った。教科書を鞄から机に移し終えると、ノートを取り出した。最新のページを開く。そこにはアニメ風のテイストで女の子の顔のイラストが描いてある。満面の笑みを浮かべてこちらを見つめている。

鉛筆を駆使し、体を描きはじめた。曲線を意識し、胸のラインからウエストのくびれまで、下書きする。

将来の夢はアニメに携わるイラストレーターだった。小学校のときに夢中になったような名作アニメを自分も作りたい。苦しんでいる人たちに優しさを与えてくれるような、魅力あふれるアニメを――。

視界から急にノートが滑るように消えた。

正紀は「え？」と顔を上げた。机の前にはいつもの女子三人と男子二人が立っていた。中心の女子がノートを手にしている。茶髪の巻き髪が頬を縁取っており、校則違反のピアスが覗いていた。害虫でも見るような顔つきだ。

「えー、何これ？　キモイ絵！」

他の四人がノートを覗き込む。

「うわ、裸じゃん」

「何？　女の裸描いてんの？」

「ヤバッ！」

口々に嘲笑と侮蔑をぶつけられた。

「い、いや、それは――」正紀は口ごもりながら、小声で反論した。「下書きだから。服を描く前にちゃんと人体の輪郭を描いて――」

「え？」中心の女子が嫌悪の顔で耳に手を当てる。「ぼそぼそ喋られても聞こえないんだけど？」

長身の男子が舌打ちしながら言った。

「何か文句言ってんじゃね？」

「変態じゃん」別の女子が囃《はや》し立てる。「こんなの教室で描いて、セクハラじゃん。セクハラ、セクハラ！」

「こういう萌えってやつ？　キモイから消えてほしいんだけど」

正紀は机に視線を落とした。集団で責め立てられ、ただ心を殺して耐え忍ぶしかなかった。

中心の女子はノートをぺらぺらとめくりながら、「キモイ、キモイ」と繰り返した。

自分が愛情を込めて描いてきたイラストを罵倒され、使い古しの雑巾のように惨めな気分を味わった。胸が苦しく、心臓が締めつけられる。

「おーい、無視ですかー」

男子が笑いながら机に手のひらを叩きつけた。破裂音が鳴り、クラスメイトの数人が反応した。だが、所詮は他人事なので、すぐ仲間内の会話に戻ってしまった。

正紀は男子をちらっと見やった。

なぜ一方的に絡んできて、何か反応することを強いるのだろう。一方的な価値観による誹謗中傷を浴び、苦しい、つらい、死にたい――。他に何を言えばいいのか。

中心の女子がうんざりした顔で吐き捨てた。

「こういうの、吐き気するわあ。あー、気持ち悪い！」

彼女は先月、国語の作文が称賛され、最優秀賞を貰っていた。タイトルは『ネットで人を傷つける人たち』だ。ネットでは平気で他者を攻撃する人たちがあふれている、中傷は人の心を殺す、という内容で、その加害性を批判した作文だった。

「……これだっていじめじゃないの？」

正紀は消え入りそうな声で言った。質問というよりは、正直な想いが口から漏れた。

「は？」中心の女子が不愉快そうに顔を歪めた。「何か言った？」

「いじめ……」

彼女は鼻孔を膨らませた。

「いじめって言った？　もしかして被害者ぶってんの？　あたしたちは絵の感想を正直に言ってるだけじゃん。言論の自由って知らないの？」

「いや、でも――」

中心の女子が別のページを晒した。チアリーダーのように飛び跳ねるポーズの制服姿の女の子が描いてある。スカートがふわっと広がっている。

「うわ、これ見て！　太もも丸出し！」

「パンツ見えそ」

「胸でかっ！　超性的じゃん」

「リアルで相手にされないからって、こんな絵を描いてんの？」

「マジ最低！　女子をそんな目で見んなよ！」

正紀はおどおどと反論した。

「スカートは……キャラクターの動きを分かりやすく表現するための一般的なテクニックで……だから……」

「言いわけすんなよ。キモ！　太もも描きたかったんだろ、絶対。丸分かりだから」

「そうそう。じゃなきゃ、こんな構図、最初から選ばねえだろ」

表現の一つ一つの揚げ足を取って、性的に辱められている気がした。

「……好きで絵を描いちゃ駄目なの？」

正紀はつぶやくように言うと、彼女たちを見上げ、すぐまた視線を落とした。

「見たくもない絵を見せられて、被害者はこっちなんだけど？」

「……勝手に見たくせに」

「公の場で描いてんだから、目に入るでしょ。部屋に籠って一人で描いとけよ」

「だからって、キモイなんて、いじめだよ……」

「キモイってのは個人の感想でーす」別の女子が言った。「受け入れてくださーい」

「こんな絵をSNS《ツイッター》に上げたら、これくらいの感想、大勢からぶつけられるよ。うちら、ネットより優しいと思うけど？」

正紀は太ももの上で拳を握り締めた。ネットにアニメ的な絵を嫌悪する人々がいることは知っている。

去年、ライトノベルの表紙を描いている女性イラストレーターの絵が運悪く目をつけられ、『性的な描き方をしている』と標的になった。彼女がツイッターで大勢から誹謗中傷され、精神を病んでアカウントを削除してしまったときはショックだった。あまりの罵詈雑言に自分が攻撃されているように思え、胸が苦しくなった。

男子の一人がゲラゲラと笑った。

「キモイ絵をキモイって言って何が悪いわけ？」

言葉が——苦しい。浴びせられる言葉が。

心臓は激しく打ち、胃は切り傷をつけられたかのように痛む。額からは脂汗が滲み出ていた。

正紀は下唇を嚙み、彼女たちを見つめ返した。

「……何その顔」中心の女子がノートを高々と晒し上げ、クラスメイトたちに見せびらかした。

「ねえ！　みんなも気持ち悪いって思うよね、こういうの」

数人が顔を見合わせた。

「ね？　キモイよね？」

彼女に重ねて訊かれ、数人が同調した。そうしなければ自分たちに矛先が向くと考えているからか、誰かを糾弾すれば自分が立派な善人だと感じられるからか、今まで傍観者だったクラスメイトたちが口々に罵倒しはじめた。

「うん、正直嫌だよね」

「私も不快かな、そういうの」

「キショイ。オエー」

寄ってたかって中傷の言葉を浴びせかけられるたび、心がえぐり取られていく。

「ほらね」彼女があざ笑った。「みんなそう思ってんの。理解した？」

愛情を込めて、自分の〝好き〟を詰め込んだ全力の絵なのに――。

それをキモイと中傷されることは、自分の人格を中傷されるのと同じだ。クラスメイトたちが吐きかける言葉に心は傷だらけになり、血を流していた。

なぜ平然とそんなひどい言葉をぶつけることができるのか。可愛い女の子が登場する優しい物語が好きで、優しい世界に浸っていたいと思うことは、そんなに悪いことなのか。なぜ土足で踏み込んできて、靴の裏で人格を踏みにじってくるのか。

理解できなかったし、理解したくもなかった。

アニメに携わるイラストレーターになるのが夢で、絵を描いているだけなのに、なぜ誹謗中傷されなければいけないのか。

自分にとって――おそらく創作者の誰でも――、生み出した作品は、魂そのもので、想いの全てが込められている。人が精いっぱいお洒落し、個性を表現した服装を笑われるのと同じで、自分そのものを全否定された気になる。

元々、彼女の母親はＰＴＡの役員で、学校の図書室にライトノベルが並んでいることを問題視し、『低俗』で『不健全』だから置くべきではない、と主張していた。「素晴らしい本というのは、こういう気持ち悪いアニメ絵が表紙になっていないものを言うんです」とまくし立てていたという。

日ごろからそんな母親の姿を目にしているのだから、彼女がアニメ絵を嫌悪しているのは当然なのかもしれなかった。あるいは母親にそう教育されているのか。彼女は母親の価値観を受け継いでいるのだ。

だからこうしていじめられる。女の子の絵を描いているだけで。

彼女たちに目をつけられたきっかけは――〝大山正紀〟が起こした事件だった。

――犯罪者予備軍。

犯人の〝大山正紀〟とは年齢も違うのに、同姓同名というだけで、将来同じような犯罪を起こす、と決めつけられた。可愛い女の子が登場するアニメが好き、という話を根拠にして。

「目に入ったら不快だし、存在ごと消えてほしいんだけど」

「あー、キモイ！　存在しないでほしい」女子は思い出したように付け加えた。「あ、絵のことね、これ。絵を見た個人の感想だから」

自分はそこまで憎悪を向けられることをしたのか。ただ好きな絵を描いていただけなのに――。

「またオタクが何かやったの？」

唐突に集団に割り込んできた声――。

顔を向けると、隣のクラス――一年四組の男子生徒が立っていた。浅黒く日焼けした肌で、清潔そうなスポーツ刈りだ。友達に会うために頻繁にやって来る。

女子の一人がノートを指差した。

「こんなキモイ絵を描いてた」

彼は「へえ？」と興味津々の顔で覗き込み、「うわあ……」とドン引きした声を発した。

「俺、こういう萌え絵ってやつ？　受け入れられないんだよな、生理的に。世の中にはさ、健全な作品が山ほどあるじゃん。そういう名作に接するべきだよ」

女子の一人が媚びたように彼を持ち上げた。

「さすが大山君だよね。こっちとは大違い」

そう、隣のクラスからやって来たのは、同じ大山正紀だった。決してイケメンではないものの、身長が高く、〝コミュ力〟があり、女子とも仲が良く、勉強もできる。そして――オタクではない。

上位互換の大山正紀――。

同じ学年に二人の大山正紀がいる。

〝大山正紀〟が罪を犯しても、決して同一視されることがなく、将来、同じ犯罪をすると疑われることもない、道徳意識《モラル》が高い大山正紀。

同じ名前なのにどうしてこうも違うのか。

「二次元で満足できずに性犯罪とか、勘弁な。これ以上、大山正紀が罪を犯したら、俺の名が穢れるからさ」

女子二人が「そうそう」と同調する。

「迷惑だよね、マジ」

「そういえばさ――」中心の女子が急に話を変えた。「大山君、ボランティアはじめたって聞いたけど」

「自主的な美化委員みたいなもんだけどさ。綺麗な学校のほうがみんな嬉しいじゃん」

女子たちが尊敬の眼差しを向ける。

「さすが！」

「萌え絵とか描いてるオタクのほうとは大違いだよね」

中心の女子が正紀を侮蔑の表情で睨みつけた。

「あんたも学校や社会に貢献すれば？」

正紀は大山正紀を見た。

「ぼ、僕は――」

「お前もさ、せめてスポーツでもしろよ」大山正紀が言った。「体を鍛えないから、そんなひょろっちいんだよ」

女子が言った。

「大山君、スポーツ得意だもんね。球技大会のバスケ、恰好良かったよ」

「キモイ絵を描いてるほうとは大違い」

大山正紀に見下されるたび、嫌でも比較され、〝嫌われ者のほうの大山正紀〟として罵倒される。

大山正紀は彼女からノートを受け取り、ぱらぱらとページをめくった。ふーん、と鼻で笑い、机を叩くようにして置いた。

「女の子が嫌がる趣味、持たないほうがいいよ。自分が悪いんだからさ。反省して改めろよな。お前の絵で傷ついた彼女たちには批判する権利があるんだよ」

女子たちが「マジそれな！」と同意の声を上げた。

「大山君はいいこと言うよね」

「女の子の気持ちを分かってる！」

「私たち傷ついてるんでーす。かわいそー」

「自分の非を自覚してない奴とは違うよね」

――正しい大山正紀と、間違っている大山正紀。

構図は明白だった。それぞれの役割はもう決まってしまっていて、何があっても覆せないのだ。

「あたしさ、小学生の妹がいるから心配！」中心の女子がわざとらしく怯えた口調で言った。

「雑誌に写真が載るくらい可愛いし、目をつけられたらどうしよ」

大山正紀が「へえ」と反応した。「そんなに可愛いの？」

「見る？」

彼女は返事を聞く前にスマートフォンを取り出した。指で操作していく。

「――これ」

彼女は大山正紀にスマートフォンの画面を見せた。

「……ああ、これは近づけちゃヤバイね」大山正紀が言った。「こっちの大山正紀は同じような事件、起こすかもしんないしさ」

「だよね。こっちはやりそうだよね」

勝手に犯罪者予備軍として扱われ、惨めだった。

「……やらないよ。偏見だよ」

中心の女子が鼻で笑った。

「証拠あんの？」

「証拠って言われても――やんないとしか言えないよ」

「妹を危険に近づけないことが悪いわけ？　それとも、あんたから妹を遠ざけたらそんなに困る理由でもあんの？」

「そういう意味じゃ――」

「じゃあ、別に問題ないよねー」

小さな女の子を襲う性犯罪者呼ばわりに抗議していたのに、もう話がすり替わっていた。

だが、集団の圧力の前には黙って頭を垂れるしかなかった。一言でも言い返せば、数倍になって暴言が浴びせられるのだ。

正紀は屈辱を嚙み締め続けた。

14

偶然それを見つけたとき、大山正紀は何だろうと思った。

『〝大山正紀〟同姓同名被害者の会』——。

これは一体何なのか。犠牲者が一人の事件で『被害者の会』とはどういうことなのか。しかも、同姓同名とは？

サイトにアクセスし、趣旨を読んで合点がいった。〝大山正紀〟と同姓同名であることで、何らかの不利益を受けた者たちが体験談を告白し合っているようだ。

しかも、今週の土曜日に都内で初の〝オフ会〟が企画されていた。〝大山正紀〟と同姓同名の人間たちが実際に一堂に会し、苦しみや悩みを語り合うのだ。

同じ大山正紀たち——。

正紀は過去の苦悩を思い返した。罪を犯した〝大山正紀〟のせいで自分がどれほど思い悩んだか。あの大山正紀とは違う、と周りにアピールするために、素顔を虚飾で覆い隠すようになった。はた目には恵まれていると思われていただろうが、心は死んでいた。

〝大山正紀〟との差をアピールすることにただ必死だった。

俺はあんな奴とは違う。

断じて違う。

――そう、名前で同一視されたくなかった。そこから人生が狂いはじめた。

そして、今、あのときの自分と同じように悩んでいる大山正紀が何人もいる。

同じ名前を持つ者たちに興味があった。

彼らなら分かってくれるかもしれない。

正紀はサイトで参加を表明すると、土曜日を待ち、記載されていた場所へ向かった。渋谷駅から徒歩十分だ。キャパシティ二十名のイベント会場をレンタルしてあるという。

会場に着くと、中に入った。案内看板を見る。

『異業種交流会』

サイトの説明によると、表沙汰にできない名前なので、『異業種交流会』の名目で会場を借りたという。レンタルされている部屋は一番奥にあった。

正紀はドアを開けた。複数の丸テーブルと椅子が並んでいる部屋だ。壁一面に白いブリックが貼られ、窓から射し込む陽光を照り返している。

奥には数人の男が立っていた。

正紀は部屋に進み入ると、集団に近づき、「どうも」と声をかけた。

「どうも……」

空気は重く、人と人のあいだに緊張が横たわっている。当然だ。和気あいあいと話を楽しむ間柄ではないのだ。

正紀は面子《メンツ》を眺め回した。自分の他には八人。そのうち五人は見たところ同年代だ。細目の青年、団子っ鼻が特徴の青年、中肉中背の青年、長身痩軀の青年、茶髪の青年――。明らかに年代が違うのは、小柄な中学生くらいの少年と、眼鏡を掛けた中年男、野球帽の中年男の三人だ。

言葉も交わさず、居心地の悪い時間がしばらく続いた。五分後、スポーツマン風の青年がやって来て、計十人になった。

長身痩軀の青年が腕時計を確認し、全員を一瞥した。

「ええー、一応、時刻になりましたので、そろそろはじめましょうか。とりあえず、自己紹介を――」彼は笑みをこぼした。「あっ、みんな大山正紀か」

場の空気を和ませるためのジョークだったのだろう。だが、全員が漏らしたのは乾いた苦笑だけだった。

長身痩軀の大山正紀は、はは、と笑うと、気まずそうに笑みを消した。

「……全員が大山正紀だって思うと、自分の分身に出会ったような、奇妙な感じがしますね。じゃあ、名前以外の自己紹介をしましょうか。たとえば、職業とか、趣味とか、まあ、何か。お互いのことが何も分からないと、区別もしにくいですし……」

数人が黙ってうなずく。

「思えば、名前ってのは人の区別のためには大事なんですけど、同姓同名だと、無用の長物で、何の役にも立たないっていう。俺はこうなって初めて名前の曖昧さというものを思い知らされました」

正紀は頭を回転させると、提案した。

「自己紹介はあなたから右回りにしていきましょう」

長身痩軀の大山正紀は少し考え、「そうしましょうか」と答えた。小豆色のニットセーターに濃紺のジーンズだ。運動靴を履いている。一番ラフな恰好だった。

「ええー、では、『〝大山正紀〟同姓同名被害者の会』を作った俺から。俺は――恥ずかしながら今は無職です。ブラックな会社に耐えきれず、転職しようとしたんですが、コロナの一言で採用が取り消されてしまって。名前のせいだと思っています。それで被害を共有したくて、サイトを開設しました」

長身痩軀の――主催者の大山正紀が語り終えると、茶髪の大山正紀が拍手した。手を叩いたのは彼だけで、静寂の中に空々しい音が響いた。

彼は周りを見回し、「すみません……」と頭を下げた。

「……次は僕が」

団子っ鼻の大山正紀が言った。顔にはそばかすが散っている。赤と黒のチェック柄のシャツの上に、黒のダウンジャケットを羽織っていた。もっさりしていて、冴えない外見だ。

「小さな会社で営業職をしています。仕事柄、初対面の相手に名刺を渡す機会が多いんですが、手渡したとたん、『え?』って顔をされることが嫌です」

「ああ、それは嫌ですよね」

主催者の大山正紀が同情心たっぷりに共感を示した。

「〝大山正紀〟が世に出てきてクローズアップされたせいで、本人じゃないかって疑われるんです。でも、直接は訊きにくいんですよね。『愛美ちゃん殺害事件』を連想したのははっきり分かるのに、相手は何かを言うわけでもなく、『あ、よろしくお願いします』って、大人の対応をするんです。それがまた鬱陶しくて」

「なぜですか？」

「余計な気を遣わず、もっと露骨な反応を見せてくれよ、って思います。あるいは、直接訊くか。そうすれば、『あれは同姓同名の別人です』って否定できるのに――」

「疑いの目は容赦ないですよね。そういうの、俺らは敏感に感じ取っちゃいますから」

沈鬱な空気が蔓延した。

次に茶髪の大山正紀が口を開いた。腰丈の黒いチェスターコートにスキニージーンズ――。ほっそりとした体形だ。

「一応、学生です。名前は正直、気まずいです。自己紹介した瞬間、空気がピリッとするんで。だから自分からネタにしてきたんです。女の子は殺してないから安心してねー、って、笑いながら。でも、あるとき、初対面の女性からマジギレされて……」

「マジギレ？」

主催者の大山正紀が訊いた。

「不謹慎だって。『女の子が殺されてるのを茶化すなんて最低。全然笑えないんだけど？』って。『遺族が聞いたらどんなに傷つくか分からないの？　無自覚な加害性って最悪』って」

「あなたこそ傷ついたでしょうね」

「はい」茶髪の大山正紀は、パーマがかかった毛先を指で弄《もてあそ》んだ。「俺、こんなチャラい見た目してますけど、別に不真面目じゃないし……。ただ、自分からネタとして消化しなきゃ、名前で同一視されるのに耐えられなかったんです。顔は笑っていても、心は傷だらけで、苦しかったんです。だって、本当ならそんな自虐的な台詞、言う必要ないじゃないですか。それなのに、自虐で精神を守ったとたん、まるで殺人を犯した犯人のように非難されて、人格否定の言葉を浴びせられて……。一瞬で嫌われ者です。周りから人が去ってしまいました」

彼は苦悩に彩られた顔で苦しみを吐き出した。

細目の大山正紀が舌打ち交じりに言った。

「愚痴ってもしゃあないし、俺は話すことはあんまりないな」

彼はオールバックで、ツイードのジャケットにコートを重ねていた。ズボンも革靴も黒一色だ。恰好がモノトーンなので、近寄りがたさが醸し出されている。

他の全員が彼に困惑の眼差しを向けた。最初から足並みを乱された気がしているのだろう。

「でも――」中肉中背の大山正紀が言った。「言いたいことはあるんですよ、やっぱり。だから集まってるんです」

「じゃあ、あんたは話せば？」

「……ええ、話しますよ」

ラグビー選手のような体格だ。少しでも細く見せようとしているのか、テーラードジャケットを着ている。だが、サイズがいまいち合っていないらしく、二の腕の部分がパンパンになっている。

「僕は埼玉から来ました。地元の中小企業に入社して一年目なんですが、忘年会で名前をいじられて――。そこからは犯人ネタで笑いの種にされるようになりました。取引先に紹介されるときも、『こいつの名前、何だと思います？』ってネタにされて、『ヒントは有名人と同姓同名なんですよ』って。大山正紀の名前を出した後の相手の反応は様々で、ドン引きされたり、同情されたり、興味津々で食いつかれたり——。嫌な思いしかしていません」

次に自己紹介したのは、眼鏡の大山正紀だ。後ろに撫でつけたロマンスグレーの髪、青白く神経質そうな顔——。

「私は肩書きとしては研究者です。医学の分野で研究をしています。不幸中の幸いか、私は年齢も五十八歳で、殺人を犯した大山正紀とは重なる部分が少なく、みなさんのような不快な思いはあまりしていません。ただ、それでも殺人犯と同姓同名というのは、やはり気持ちがいいものではありません。今日参加しましたのは、他の同姓同名の方の話に興味があったからです。お気を悪くされたら申しわけありません」

「いえ」主催者の大山正紀が言った。「大山正紀なら誰でも参加する権利がありますから。むしろ、平穏な生活を送れている方の存在は希望になります」

「次は——僕ですね」

スポーツマン風の大山正紀が手を挙げた。彫り込んだ彫刻のように端整な風貌だが、ほほ笑むと、目が優しげに細まる。人に安心感を与える表情だ。

「僕は個人で家庭教師をしています。実年齢より下に見られるんですけど、実際は三十五歳です。年齢的に僕も殺人犯の大山正紀と同一視されることはあまりなくて、ほっとしています。ただ、それでも親御さんからは警戒されてしまうみたいで、書類の名前で忌避されている感じはあります」

他の面子から促されて自己紹介したのは、少年の大山正紀だった。幼い顔立ちは、小学生にも見える。

「あの……僕は中一です。クラスで犯罪者みたいに言われて、いじめられてます。ネットが僕の居場所で、オンラインゲームとか、よくしています。ネットを見てて、この『被害者の会』の存在を知って、オフ会が山手線で一駅の場所だったので、参加しました」

中学生の大山正紀――か。『〝大山正紀〟同姓同名被害者の会』の最年少だ。

「私は音楽関係の仕事をしています」

続けて野球帽の大山正紀が挨拶した。年齢は四十歳前後だろうか。無精髭を生やしている。分厚い顎に不似合いな薄い唇だ。喋ると、ヤニで黄ばんだ歯が覗く。

主催者の大山正紀が言った。

「今回のオフ会は彼の提案だったんです。顔が見えないネットの中で話すより、実際に会って話したほうが本音も喋りやすいし、連帯感も生まれるんじゃないか、って言われて」

「オフ会が実現してよかったと思います。私もみなさんと同じような体験をしています。もちろん、顔を合わせれば犯人の〝大山正紀〟とは年齢が違いすぎるんで、疑われたりはしないんですが、名前しか見えない場所だと色んな不利益がありまして。そういうわけで〝同志〟の話を聞きたくて参加しました。よろしくお願いします」

数人が「よろしくお願いします」と応じた。

「最後は――」

主催者の大山正紀の目が正紀に向けられた。

「俺、ですね。俺は――高校時代にサッカー部で活躍してました。プロを夢見ていたんですが、〝大山正紀〟が事件を起こしたせいで、同級生からも変な目で見られて、チームメイトからも仲間外れにされるように……っていうか、フリーなのにパスを出してもらえなかったりして、やってらんねえな、って」

「ひどいですね」

「俺はあの〝大山正紀〟じゃないって、何度言っても無駄で、世の中に失望して今に至ります」

〝大山正紀〟が事件さえ起こさなければ――。

高校時代からそう思っているのは、紛れもない本音だ。人生はそんな程度のことで歪んでいく。

団子っ鼻の大山正紀が苦悩を嚙み締めるように言った。

「名前が同じでも別人なのに……。当たり前のことなのに、論理じゃないんですよね、そこにあるのは。感情が先行して、同一視するんです、みんな。何で僕らが苦しまなきゃいけないのか。悪いのは誰なのか。僕たちは誰を責めればいいのか」

全員がうなだれ、唇を嚙んで黙り込んだ。それぞれの頭の中には、自分が世間から受けてきた仕打ちが蘇っているのだろう。

今日、同じ大山正紀の体験談を聞き、分かったことがある。

――同姓同名の人間の罪は同姓同名の人間が受け継ぐ。

「……さて」主催者の大山正紀が面々を見回した。「自己紹介も終わりましたし、後はご歓談を――という感じでしょうか。飲み物はご自由にどうぞ」

テーブルには二リットルのペットボトルのお茶が数本と、紙コップが十数個、置かれていた。

正紀は紙コップにお茶を注ぐと、口をつけながら、同じ大山正紀たちの会話に交ざった。

「――本当、迷惑なんですよね」茶髪の大山正紀が嘆息した。「そもそも、俺が名前をネタにしたのだって、偏見や疑いの眼差しに耐えきれなくなって、自分の精神を守るためなんですよ。その内心の機微のようなものを読み取ってくれる人間は、不謹慎とか言って俺を責めずに、同情してくれて。だから俺も、軽い調子で不幸を笑い飛ばせたんです」

団子っ鼻の大山正紀がうなずいた。

「気持ちは分かります」

「でも、同じようなノリで自虐したとたん、初対面の女性から不謹慎だって責められて、俺は一瞬で悪役です。今まで俺の自虐に同情して笑ってくれてた友人たちも、彼女に同調して急に俺を批判しはじめて。俺の味方をしたら、俺と同類の、倫理観が欠如した最低人間と見なされる、って空気があったんですよね」

「最近はそういう〝倫理の同調圧力〟がありますよね。倫理的に許されないって言われたら、何も言い返せないですし。後は一方的に悪役にされて殴られるだけ……」

「僕は逆でしたねえ」中肉中背の大山正紀が口を挟んだ。「僕はネタにされることが苦痛で苦痛で仕方ありませんでした」

茶髪の大山正紀が答える。

「俺は自分からそうしていたので。俺もあなたの立場なら、嫌な気持ちになったと思います」

研究者の大山正紀が落ち着いた口調で言った。

「心の傷は他人からは見えないですからね。明確な悪意だけじゃなく、優しさが人を傷つけたり、善意が人を傷つけたり——。正しさも無自覚な加害になることがある、って、人は想像もしないんですよ」

含蓄がある彼の言葉は、他の大山正紀の共感を得たらしく、数人がうなずいた。

主催者の大山正紀が正紀に水を向けた。

「昔、あなたの記事を見たことがあります」

「え？」

正紀は突然の話題に戸惑った。

「高校サッカーでハットトリックして、インタビューに答えている記事です」

「あ、ああ……」正紀は記憶を探った。「たしか……全国大会出場に向けた意気込みを語った気がします」

「でも、そんな記事も全部〝大山正紀〟に押し流されてしまいましたね。今じゃ、きっと検索してももう見つけられないですよね。俺ら全員が〝大山正紀〟に人生を壊されたんです」

全員が犠牲者――。

そう、はじまりは全て〝大山正紀〟なのだ。同姓同名の人間は、全員が鎖で繋がっているようなものだ。接点がなくても、全くの無関係ではいられない。

それからも各々が自分の体験談を吐き出し、慰め合ったり、怒りを共有したりした。『会』には特に目標などはなく、同じ悩みを持つ者同士が愚痴を言い合う交流会のようだった。

流れを変えたのは、野球帽の大山正紀の一言だった。

「みなさんはこれからどうするつもりですか？」

全員が「え？」と顔を向けた。

「いえね、こんなふうに傷を舐め合っても、事態は何も変わらないわけじゃないですか。せっかく集まっているんで、今後の話とか、対策とか、そういう話をするべきじゃないか、って」

細目の大山正紀が鼻で笑った。

「対策って――俺らに非はないんだから、何もしようがねえじゃん。世間は〝大山正紀〟を憎んでんだから」

「それでも、考えることには意味があると思います」

「無理無理。俺らは嫌われもんだよ。改名でもしないかぎり、俺らのイメージは変わんねえよ」

主催者の大山正紀が腕組みしながらうなった。

「改名――かあ」

茶髪の大山正紀が首を横に振った。

「無理ですよ。俺も真剣に考えたことがあるんですけど、そう簡単じゃないんです。改名には家裁への申し立てが必要なんですが、〝正当な理由〟がないと認められないんです」

彼によると、名の変更許可申立書には以下の理由が記載されているという。

『奇妙な名である』『むずかしくて正確に読まれない』『同姓同名者がいて不便である』『異性とまぎらわしい』『外国人とまぎらわしい』『神官・僧侶となった（やめた）』『通称として永年使用した』『その他』

「同姓同名の人間がいて不便――というか、被害に遭っている俺らなら可能性はありますかね」

「犯罪者と同姓同名っていうのは、改名の理由にはなるんですが、それでも、社会生活上、重大な支障がないと、難しいんです。周りの人間に偏見の目で見られるとか、その程度じゃ、なかなか……」

「じゃあ――」団子っ鼻の大山正紀が手を挙げた。「僕の状況なら可能性はあるんじゃないですか。近所の人からあの〝大山正紀〟と間違われて、そのせいか、最近、郵便受けにビラが放り込まれてるんです。『犯罪者は出ていけ！』って赤いマジックで書かれたビラが」

「ああ、それなら認められるかもしれないですね」

「本気で考えてみようかなあ……」

「そうですね。そうすれば、解放されますもんね」

「まあ……」

「何だか気が乗らない感じですね」

「こんなことになるまでは、愛着がある名前だったんで……」団子っ鼻の大山正紀は目を伏せ気味にした。「実際に名前を変えるって想像したら、何だか自分を消してしまうような、自分が自分でなくなってしまうような……言葉にしにくいんですけど、不安を感じてしまって……」

「分かる気がします」茶髪の大山正紀が言った。「同姓同名の人間がこんなに大勢存在していて、名前ってものがこんなに不確かで、個人を意味しないって思い知っているのに、それでも、大山正紀はたしかに自分なんです」

「そうなんです」

「大山正紀じゃなくなったら、それはもう自分じゃないっていうか……」

沈黙が降りてくる。

それを破ったのは野球帽の大山正紀だった。

「みなさんに訊きたいんですけど……〝大山正紀〟のことはどう思いますか？　少年刑務所を出

て、遺族に襲われました」

主催者の大山正紀が渋面になった。

「……正直、今は遺族に怒りを感じてしまう自分がいます。あんな復讐事件を起こさなかったら、〝大山正紀〟は再燃しなかったのに――って」

「それは――」

「分かってます。分かってますよ！　悪いのは〝大山正紀〟ですよ、そりゃ。でも、理屈じゃなく、そう感じてしまうものは仕方ないじゃないですか！　〝大山正紀〟は罪を償ったんです！」

煮えたぎる感情が噴きこぼれていた。

野球帽の大山正紀は一呼吸置くと、問いかけた。

「……〝大山正紀〟は本当に罪を償ったんでしょうか？　たった七年で世に戻ってきて」

「〝大山正紀〟が反省していようとしていまいと、俺らの人生には何の関係もないじゃないですか」

「……すみません、変なこと言っちゃって」

主催者の大山正紀は「いえ……」と視線を逃がした。「俺のほうこそ、感情的になってしまって」

『〝大山正紀〟同姓同名被害者の会』は感情が入り乱れ、対立し、ぶつかり合う場でもあった。

15

大山正紀は鉄格子ごしに、濃紺の制服姿の相手を睨みつけた。敵意の感情が交錯する。

「——卑劣な殺人犯が！」相手が唾棄《だき》するように怒鳴りつけた。「女の子をあんなふうに無残に殺したお前は死刑になるべきだった！」

正紀は冷め切った笑いをこぼした。

「何がおかしい！」

相手が唾を撒き散らした。

何が愉快なのか、わざわざ教えてやるつもりはなかった。

それよりも——。

「……自分の立場を考えろよ、お前。看守に逆らって後悔するなよ」

常に生殺与奪の権を握っている。

「今のうちに好きに言ってろよ。俺がここから出られたら、真っ先に何をするか分かるか？」

「何だ？」

「お前に仕返しをする」

「……まだまだ威勢がいいな。やれるもんならやってみろ。そのうち反省と謝罪の台詞を述べるようになるさ」

「それが嫌なら、俺を殺せよ。そうしなきゃ、俺はお前を付け狙い続けるからな」

相手は感情を剝き出しにし、唐突に鉄格子を蹴りつけた。威嚇《いかく》でもするかのように、ガン、ガン、ガン、と何発も。

「そんな感情的になるなよ」

正紀は服をまくり上げ、自分の腹部を見た。複数のあざが刻まれている。

「また暴力を振るうのか？」

「……お前みたいな殺人鬼は何発殴っても足りないんだよ！」

「暴力で正せると思ってんのかよ」

「お前が言うな！　クズは痛みで学ぶんだよ！」

「遺族に代わって復讐してるつもりか。お前に何の権利があるってんだよ。自分の立場をわきまえろよ」

相手は歯軋《はぎし》りした。こちらに手出しできない人間の怒りなど、何も怖くはない。

——所詮、空気だ。

正紀は高校で自分を空気扱いしていた連中を思い返した。教室に居ついた地縛霊も同然で、姿は目に見えても、存在はしていなかった。誰かに悪意があったわけではない。いじめられていたわけでもない。教科書を隠されてもいないし、体操服を破られてもいないし、悪口も言われていない。

ただ、空気だった。

誰の視界にも映っていなかったのだ。悪意や敵意を向けられる価値すらなかったのだ。

もし交通事故死したり病死したりしても、担任教師の事務的な報告にクラスメイトはうなずくだけで、話が終わればもう日常に戻ってしまうだろう。自分はその程度の存在だと分かっていた。クラスで目立っている人間のような特技が何かあるか？　ない。何一つない。スポーツも苦手だ。勉強も平均以下。顔もそうだ。身長も高くない。人と話すのも下手だ。将来性もない。何もない自分の人生の終わりまで想像できてしまう。

だから俺は――。

正紀は下唇をぐっと嚙み締めた。

鉄格子が揺れる音が聞こえ、顔を向けた。相手は鉄格子を握り締め、敵意を剝き出しにしていた。

「お前には絶対に罪を償わせてやるからな……」

鼻で笑いそうになる。

――こいつは敵意を向ける先を間違えている。

「何がおかしい？」

相手は苛立ちをあらわにした。

正紀は今度ははっきりと鼻で笑ってやった。

――俺が犯していない『愛美ちゃん殺害事件』の罪など、償わされてたまるか。

だが、そんな〝真実〟は決して口にしなかった。

16

参加した第一回の『〝大山正紀〟同姓同名被害者の会』は、インターネット上にあふれる『愛美ちゃん殺害事件』関連のニュースやサイトを減らす方法はないか、各々考えましょう、という結論で解散となった。

大山正紀は建物を出ると、どんよりと鉛色の雲が垂れ込める空を仰ぎ、ふっと鼻を鳴らした。

参加者の大山正紀たちは、今の天気のような顔つきで同姓同名の苦しみを吐き出していた。

――同姓同名ゆえに社会でどれほど辛苦を味わってきたか。

集まった全員が全員、被害を共有する同志だと信じ込んでいる。その思い込みは少々愉快でもあった。

――結果的には自分の名前が大山正紀だったことに感謝している。

山田でも鈴木でもなく、大山正紀だったことに。

同じ大山正紀たちの前ではひた隠しにしていたが、内心では〝大山正紀〟が『愛美ちゃん殺害事件』を起こしてくれて嬉しかった。

自分が『〝大山正紀〟同姓同名被害者の会』で語った〝同姓同名被害〟は事実だが、濡れ衣の悪名も、利用すれば決してマイナスばかりではない。

大山正紀は歩道を渡り、駅へ向かって歩きはじめた。

自分は『〝大山正紀〟同姓同名被害者の会』の中に紛れ込んだ裏切り者だ。決して思惑を悟られてはならない。

大山正紀の悪名を世の中から消されてたまるか。

——ありがとう、〝大山正紀〟。お前が起こした『愛美ちゃん殺害事件』をうまく利用し、俺は人生を取り戻してみせる。

17

〝大山正紀〟が罪を犯したのに、同姓同名でも犯罪者予備軍扱いされないもう一人の大山正紀——。

大山正紀は机を睨みつけた。

同じ学年に二人の大山正紀がいる。それが自分の不幸だった。

担任教師がやって来ると、朝のホームルームがはじまった。出席を取った後、再来週からはじまる美化期間の話をした。

「ポスターを作って、コピーして校内に貼って、一人でも多くの生徒に美化意識を持ってほしいんだ。で、うちのクラスがポスターの制作担当に決まった」

クラスメイトたちは興味なさそうにしていた。担任教師は美術部の生徒を名指しした。

「目を引くイラストが欲しいんだ。やってくれるか？」

美術部の男子は「ええー」と唇を尖らせた。「俺、コンテスト用の作品の締切があって、無理っす、先生」

「何とかならないか?」

「いやー。本当に締切がぎりぎりで」

「そうか。弱ったなあ」

担任教師は眉を八の字にしながら、教室内を見回した。正紀に目を留める。

「そういや、大山も絵が得意だったよな」

「え?」

突然指名されるとは思わなかった。

「休み時間によく描いてるし、得意だよな? 適任だと思うんだけど、どうかな」

「ぼ、僕は――」

正紀は視線を落とした。

困惑しながらも、先生が自分を見てくれていたことは嬉しかった。初めて他人から認められた気がする。

「ぼ、僕でよかったら――」

引き受けようとした瞬間、右端のほうから「反対!」と女子の声が上がった。

正紀は声の主を見た。いつものグループの中心の女子が汚物を見る顔で手を挙げていた。

担任教師が戸惑いがちに「どうしてだ?」と訊いた。

「オタク絵に侵食されたくありませーん。そんなポスターを校内に貼るなんて、断固反対!」

クラスメイト全員の前で自分自身を全否定され、自尊心が踏みにじられた気がした。真っ白い紙に血の色の絵の具を塗りたくられたように、心は傷だらけだった。言葉の刃に切りつけられた傷は、もう治らない。

どうせ抗議しても、この前のように『あんたを否定してるんじゃなくて、絵を否定してるだけ』と言い張られて終わりだろう。

傷つけている側にはその自覚がない——。いじめ問題が取り上げられるときによく言われる話を実感した。

「まあそう言ってやるな」担任教師は苦笑いした。「今風の絵だろ、ああいうの」

「不快でーす。先生は不快な人がいてもやるんですかー？」

「いや、好きな生徒もいるだろうしさ、目をつぶってやれないか？」

「家《うち》でもお母さんと話し合って正式に抗議しまーす。いいんですかー？」

ＰＴＡ役員の母親がバックにいるから担任教師も彼女には強く注意できない。

正紀は惨めさを噛み締めながら言った。

「ポスターはやめておきます。批判されるから」

担任教師は「お、おう、そうか……」とうなずいた。自ら引き下がってくれたことに安堵した表情だった。

「じゃあ、ポスターの件はまた考えるな」

せっかく自分の〝好き〟を込めた絵を認めてもらえたのに——。

担任教師が教室を出ていくと、中心の女子が取り巻きの男女四人を引き連れてやって来た。

「何なの、さっきの言い草」

五人に睨みつけられ、正紀はおどおどした。

「言い草って――？」

「批判される、って言ったよね。まるであたしたちが悪いみたいじゃん」

「それは――」

言い返すことができず、正紀は口をつぐんだ。黙ったままうつむいていると、声がした。

「何、何。またオタクのほうが何かした？」

顔を上げると、もう一人の大山正紀が立っていた。一年四組からやって来たのだ。

もう一人の大山正紀は正紀の机をじろじろと眺めた。

「今日はキモイ絵、描いてないんだ？」

胸をえぐられ、正紀はまた視線を外した。

「描くのやめたってことは、落ち度を認めて、自分の何が悪かったか自覚したってことだろ」

落ち度――。

可愛い女の子の絵を描くことがそんなに悪いのだろうか。誹謗中傷されて当然なのだろうか。

自分に非があるとは思っていない。教室で絵を描けなくなったのは、彼女たちの人格否定の言葉がただただ苦しく、つらかったからだ。

なぜ自分たちが正しいと思えるのだろう。

もう一人の大山正紀は、周りから「さすが大山君だよね」と褒めそやされている。

「俺はこいつとは違うからさ」

本人が差を強調するから、嫌でも比較してしまう。周りも比較する。そして優劣をつける。

他に大山正紀が存在しなければいいのに——。

正紀は心底願った。

18

第二回の『〝大山正紀〟同姓同名被害者の会』は、第一回の一週間後に開いた。

大山正紀は主催者として前回と同じ会場をレンタルし、サイトで告知した。当日は第一回と同じ面々が集まった。

「その後、どうですか？」

正紀は他の大山正紀たちに訊いた。

一様に苦渋の表情を浮かべている。窓ガラスから射し込む陽光の明るさに似つかわしくない、陰鬱な沈黙が満ちる。

「……ネットの誹謗中傷がグサグサきます」団子っ鼻の大山正紀が口火を切った。「『死ね！』とか『キモイ！』とか、恐ろしい怒りの罵詈雑言があふれてるじゃないですか。犯人の〝大山正紀〟に対しての罵倒だって分かっていても、自分に言われている気がして……」

「分かります、分かります」正紀はうなずいた。

「実は、僕、中学や高校のころに、クラスの女子からいじめられたことがあって……。顔とか雰囲気が生理的に受けつけないからって、『キモイ、キモイ』って言われて。そのせいで今でも自分の外見にコンプレックスがあるんです。〝大山正紀〟への誹謗中傷のツイートを見るたび、トラウマが蘇って……。だって、その言葉は僕が浴びせられたものと同じだから」

今なお鮮血を流す彼の心の傷が目に見えるようだった。あまりに痛々しく、思わず正紀は目を逸らした。

「相手が犯罪者でも誰でも、悪口なんか書かないほうがいいですよ」中肉中背の大山正紀が言った。埼玉から来ている中小企業の新入社員だ。「前、事件や問題を起こした人間の批判をツイートしようとしたことがあったんです。でも、SNS《ツイッター》に同姓の相互フォロワーがいるのを思い出して、思いとどまったんですよね。同じ姓だから、自分が批判されているみたいで嫌な気分になるんじゃないかな、って」

理解されないことは分かっている。傷を訴えても、お前のことじゃない、と一蹴されるだろう。人権を大事にする弱者の味方でも、きっと想像したことのない無自覚な加害——。

「俺は——」茶髪の大山正紀がおずおずと口を開いた。「遺族の人たちの騒ぎ方が……」

彼は言いにくそうに言葉を濁《にご》した。

「鬱陶しい」細目の大山正紀が勝手に続きを引き取った。「だろ?」

「あ、いや——」

茶髪の大山正紀は目を泳がせた。

「今さら取り繕うなよ。俺らは全員、〝大山正紀〟の名前に呪われて、被害を受けて、ここにいるんだ。遺族が余計なことをしなきゃ、って思うよなあ、そりゃ」

一ヵ月半前に〝大山正紀〟を襲った遺族の父親は、世論の後押しもあったのか、不起訴になっている。重大な被害を与えていないことも影響したのだろうか。週刊誌の記事によると、〝大山正紀〟の傷は浅く、全治十日ほどだったという。

釈放された遺族は、記者会見で無念を訴え続けている。そのたびに〝大山正紀〟の名前がツイッターでトレンドワードに入る。〝大山正紀〟への憎悪と怒りが噴き上がる。

世間は〝大山正紀〟を忘れない。

「気持ちは分かりますが……」研究者の大山正紀が口を挟んだ。「遺族の方を恨むのは――」

筋違いですよ、と言いそうになり、強すぎる言葉を呑み込んだように思えた。

「綺麗事はよせよ」細目の大山正紀が嚙みついた。「あんたはいいよな、年齢的にも同一視されねえもんな。傍観者の綺麗事ほど苛立つもんはねえよ」

「そんなつもりは――」

「遺族が蒸し返すから、俺らはいつまでも許されねえんだよ」

「ですが、そもそも、罪を犯した〝大山正紀〟が絶対的に悪いわけで、遺族は犠牲者じゃないですか」

「〝大山正紀〟は服役して罪を償ってんだろ。なのに私刑上等って襲ってんだから、もう加害者だろ。日本で遺族が犯人に復讐した事件なんて、思い浮かぶか？」

「いえ……」

「みんな我慢してんだろ。法を守ってさ。暴走した遺族に同情なんてできるかよ」

「ですが、言い方というものが……」

「だから綺麗事言うなって。内輪の話だろ。俺だって、遺族の目の前でそんな発言はしねえよ。表じゃ言えない本音をぶっちゃけるために集まってんじゃねえのかよ」

研究者の大山正紀が返事に窮した。

「まあまあ……」正紀は割って入った。「被害者同士でいがみ合うのはよしましょう」

『会』の主催者として、場を抑えなくてはいけない。細目の大山正紀は自分の話をあまりしないが、彼も彼なりに苦しい目に遭ってきたのかもしれない。

野球帽の大山正紀が顎の無精髭を撫でながら言った。

「もう少し生産的な話をしませんかね。たとえば、検索サイトが〝大山正紀〟で汚染されている状況をどうするか、とか」

名前で検索すると、『愛美ちゃん殺害事件』と〝大山正紀〟の記事が何千件、何万件と表示される。

細目の大山正紀が「そんなの、どうにもならねえだろ」と言い捨てる。

中肉中背の大山正紀が言った。

「検索サイトに記事の削除を求めるのはどうですか？　『忘れられる権利』っていうやつがあるらしいです」

「ありますね」茶髪の大山正紀がうなずく。「『忘れられる権利』は、忘却権とか、消去権とか、削除権って言われていて、インターネット上の犯罪歴や個人情報や誹謗中傷を削除してもらう権利です」

「詳しいですね」正紀は訊いた。「この前も改名に詳しかったですし、実は結構調べました？」

「一応、法学部なんで……」

数人が「へえ」と感心した声を上げた。

スポーツマン風の、家庭教師の大山正紀が眉根を寄せ、うなった。爽やかな顔貌に苦渋が滲み出る。

「……正直、それは難しいと思います。僕も社会の科目で、インターネットの使い方とか危険性を教えることがあるので、そういう問題はわりと知っているんです。『忘れられる権利』は、『知る権利』や『表現の自由』と真っ向から対立するんです」

野球帽の大山正紀がうなずいた。

「『表現の自由』は憲法で定められた国民の権利ですからね。実名報道はその『表現の自由』で保障されているんですよ。法律で規制はできません」

「そうなんです、残念ながら」

「法には明記されていませんけど、『知る権利』もありますね。国民が誰にも邪魔されず、自由に情報収集できる権利です」

音楽業界の人間にしては詳しかった。犯人の〝大山正紀〟と同一視されない年齢ではあるものの、彼も現状を変えたいと強く願って調べたのかもしれない。

「でも！」茶髪の大山正紀が声を荒らげた。「『表現の自由』も『知る権利』も無制限に認められるわけじゃないでしょう？　プライバシーの保護として、削除された例はあるはずです」

「たしかに」野球帽の大山正紀が答えた。「未成年へのわいせつ行為で逮捕された男性の例ですかね？」

「そうです、そうです。検索サイトに自分の記事の削除依頼をして、地裁が削除命令を出したそうです。『更生を妨げられない利益の侵害』という理由です。罪を償ったら、一般市民として社会復帰を期待されるので、それを妨げたら社会の利益になりません」

家庭教師の大山正紀が無念そうにかぶりを振った。

「逮捕歴の削除依頼は認められにくいんです。誹謗中傷と違って、事実の報道なので。『忘れられる権利』も、事件からの年数が問われるみたいで、軽犯罪なら二、三年くらいで認められますけど、もっと罪が大きくなると、数年では無理です。今回は猟奇殺人ですし、なおさら――」

茶髪の大山正紀が悔しげにうなった。

「削除依頼が認められるなら苦労はしませんよ」家庭教師の大山正紀が言った。「ネットの記事は膨大ですし、キリがありません。そもそも、今回の事件じゃ、遺族の怒りはおさまっていませんし、復讐未遂なんて騒動もあって、世間は許していません。いまだ現在進行形の事件なんですよ、『愛美ちゃん殺害事件』は」

「あのう……」サッカー部だった大山正紀が思い出したように言った。「俺、ふと思ったんですけど、本来、〝大山正紀〟の名前は公になっちゃいけなかったはずですよね。名前があまりに当たり前のように世間で周知されているから、つい忘れがちですけど」

そう言えばそうだった。二十歳未満の実名報道は、少年法第六十一条で禁じられている。だが、義憤に駆られた週刊誌が〝大山正紀〟の名前を公表し、世間の知るところとなった。その後はインターネットを中心に様々な情報が氾濫《はんらん》した。

「しかも、暴走した社会学者がテレビで実名を暴露しましたよね。それで〝大山正紀〟は公然の情報になりました。それって、色々コンプライアンス違反でしょ。だったら、今の状況は間違っているはずです。犯行時に十六歳だった犯人の実名がネット上にあふれていることは問題なので、裁判所も削除命令を出してくれるのでは？」

　サッカー部だった大山正紀が熱弁をふるった。

「いいですね！」団子っ鼻の大山正紀が身を乗り出した。「可能性があるならやってみましょう。僕らのために！」

「ただ――」正紀は言った。「俺らは当事者じゃありません。同じ大山正紀でも、犯人の〝大山正紀〟じゃないんです。同姓同名の別人が削除依頼をして、認めてもらえるんでしょうか？」

　全員が沈黙した。

「駄目もとですよ！」茶髪の大山正紀が声を上げた。「俺らは本人じゃないですけど、でも、同姓同名ってことで甚大な迷惑を被っているのは事実じゃないですか。〝大山正紀〟の名前が書かれた記事やサイトが存在し続けたら困るんです」

　野球帽の大山正紀が言った。

「まあ、前例はないかもしれないですが、試してみても現状より事態が悪化するわけではないですしね。他には何か打開策を考えた人はいませんか？」

　答える者は一人もいなかった。

『〝大山正紀〟同姓同名被害者の会』と名付けているものの、『会』としての目的はなく、曖昧模《も》糊《こ》としている。自分自身、同じ苦しみを共有する同志が欲しかったのだ。

　結局、愚痴を言い合い、傷を舐め合うしかない。

「――この前は最低でした」中肉中背の大山正紀が言った。「初めての取引先に挨拶に行ったとき、いつものように先輩が僕の名前ネタを出したんです。『こいつの名前、有名人と同姓同名なんです。実は大山正紀なんですよ』って」

「そうしたら？」正紀は続きを促した。

「相手の女性、一言、無理って」

「無理……」

「それだけで拒絶の理由になるみたいに――」中肉中背の大山正紀は、悔しげに言った。「僕は一体誰を恨めばいいんですか。名前をネタにした先輩ですか？　拒絶した取引先の女性ですか？　事件を起こした〝大山正紀〟ですか？　それとも、大山正紀という名前を持ってしまった自分自身ですか？」

その問いに答えられる者は誰もいなかった。

きっと大山正紀の誰もが自問したことがあるだろう。

誰が悪いのか。

何が悪いのか。

「……偏見は理屈じゃないですからね」サッカー部だった大山正紀が苦悶の顔を見せた。「犯人の〝大山正紀〟と年齢が近いと、別人だって証明する手段もないですからね」

犯行時の〝大山正紀〟は十六歳だった。年齢は報道されていても、生年月日までは明らかになっていない。誕生日を迎えているのかいないのか、それで年齢は変わってくる。今は二十二歳かもしれないし、二十三歳かもしれない。

「悪循環なんです」サッカー部だった大山正紀は続けた。「出会った相手から名前を訊かれたら、答えるのをためらってしまうんですよね。でも、ためらってから名乗ったら、そのせいで余計に怪しい感じが出てしまって……」

「分かります」正紀はうなずいた。「こっちとしたら、名前のせいで苦労して、悩んで生きてきたから、名前を名乗るだけでも緊張してしまうんですよね。でも、当事者のそんな悩みも想像できない相手は、躊躇したから怪しい、とか、好き勝手に決めつけるんですよ」

「俺なんて、それでどんなに苦労してるか。週刊誌とあの社会学者のせいですよ！」

「サッカーのほうにも影響ありました？」

彼は下唇を噛み、眉間に皺を寄せた。その表情で察してくれ、と言わんばかりだった。

「――訊くまでもないですよね」正紀は苦笑した。「みんな、自分の人生に影響があったからこそ、ここに集まってるんですもんね」

彼が活躍していたころのサッカーの記事は、今やネットで名前を検索しても出てこないだろう。

「僕は学校が嫌で嫌でたまりません」中学生の大山正紀は、傷だらけの子犬のような顔でうなだれていた。「名前が同じってだけで、同じような事件を起こす人間に見られて、陰口を言われるんです。昨日も、通学路ではしゃぐ小学生の集団をたまたま眺めていただけなのに、登校したら、小学生に目をつけてた、なんて言われて……」

数人が「それはひどいね……」と慰めた。

「漫画やアニメの話を友達としてるだけで、小さい子を襲いそう、って決めつけられて。テレビで、社会学者の女性がそんな話をしたとかで、影響力が凄くて、偉い人がそう言うんだから間違いないだろ、って。平気で『キモイ』なんて言葉、ぶつけてくるんです。何でそんな人の心をえぐるような暴言、吐けるのか分かんないです」

「……著名人は影響力を考えてほしいですよね」団子っ鼻の大山正紀が苦々しげに言った。「フィクションの悪影響とか加害性とか言うなら、まず現実の自分の発言が原因でいじめが起きたときの責任も取ってくれよ、って思います」

正紀は同情しながら言った。

「小中学生くらいだと、その言葉で相手がどんなに傷つくか想像力がない子もいるんですよね」

「大人も同じですよ」団子っ鼻の大山正紀が吐き捨てた。「ネットを見たら分かりますけど、自分の感情を我慢できずに、簡単に『死ね』とか『クズ』とか『キモイ』とか、ツイートしたり……。それで自分が道徳的で正しい側の人間だと信じ込んでるんだから、驚きです」

外見的特徴でいじめられた経験があるという彼は、中学生の大山正紀の苦しみが痛いほど理解できるようだった。

「いじめをする小中学生から脳みそが進歩してない連中なんですよ」

中学生の大山正紀は下唇を嚙んだまま、顔を上げた。瞳には憎しみの炎が揺らめいていた。

「あんな奴ら、殺してやりたい……」

「おいおい」細目の大山正紀が言った。「物騒だな」

「でも、つらくて……」

「勘弁してくれよ。〝大山正紀〟が立て続けに人を殺したら、俺らにも迷惑が降りかかるんだからな」

中学生の大山正紀は床を睨み、「ごめんなさい……」とつぶやくように言った。

彼は謝ったものの、今にも爆発しそうな気配を孕《はら》んでいた。大学生や社会人と比べて、中高生くらいの年代は逃げ場がない。責め立てても構わない〝生贄〟として目をつけられたら悲惨だろう。名前を理由に一体どれほどのいじめを受けているのか。


愚痴を吐き出してしまうと、適当なグループに分かれ、飲み物を飲みながら会話した。

「——最近はコントを見てます」団子っ鼻の大山正紀が語った。「ネットの誹謗中傷とか、悪意ばかり見てると、魂が汚れる気がして、お笑いに癒しを求めちゃって」

「僕は逆です」中肉中背の大山正紀が言った。「名前をネタにされて散々いじられて嫌な思いをしてきたから、お笑いのノリが苦手で。ほら、お笑いって、不謹慎を笑いのネタにするようなとこ、あるじゃないですか。外見の特徴とかを笑ったり……」

「いやいや、お笑いの全部がそんなネタじゃないですよ。僕も誰かをディスったりして笑いを取るネタは苦手ですし」

茶髪の大山正紀が「テレビの話題なら——」と切り出した。「俺はこの前の女子バレーの再放送に興奮しました。接戦のすえに日本がイタリアに逆転勝利したじゃないですか」

暗い話題ばかりでは気が滅入る。彼はあえて他愛もない話を持ち出したのだろう。

正紀は放送を思い出した。

「凄かったらしいですね。俺は最後のハイライトを見ました」

「イタリアの選手のスパイク、めっちゃ恰好良くて。美人も多いし、敵ながら魅了されました」

彼は照れ臭そうに「へへ」と笑った。

正紀は釣られて笑った。

「そんな砕けた話、するんですね」

女子バレーの話で盛り上がっていると、サッカー部だった大山正紀が近づいてきた。

「何を話してるんですか？」

茶髪の大山正紀が振り返り、誤魔化すように答えた。

「イタリア代表のスパイクが恰好いいな……って」

スポーツマン相手に、競技の技術より外見の話で盛り上がっている姿を見せられない、と思ったのだろう。

「ああ、そのままポイントになったスパイク、何発もありましたもんね」

サッカー部だった大山正紀が話にすぐ乗っかった。

「そうなんです、そうなんです。もう日本に勝ち目はないって諦めましたけど、交代が功を奏して流れが変わって――」

しばらく女子バレーの話を楽しんだ。みんな気遣ってサッカーの話題は避けている。

そんなときだった。

「おい、早く入れよ！」

ドアが開く音に続き、部屋の外から怒声が聞こえた。

何事かと驚き、正紀は振り返った。出入り口を見る。細目の大山正紀が野球帽の大山正紀のジャケットの肩口を引っ張り、部屋に引きずり込んでいた。

野球帽の大山正紀は体勢を崩しながら、部屋の中央まで連れられてきた。

全員の目が二人に注がれている。

「ど、どうしたんですか……？」

正紀は困惑しながら訊いた。

細目の大山正紀は苛立ちをあらわにしていた。舌打ちし、野球帽の大山正紀を一睨みする。

「どうもこうもねぇよ。こいつ――」細目の大山正紀が彼に人差し指を突きつけた。「怪しい動きをしてやがった」

「怪しい？」

「ああ。俺がトイレに入ろうとしたら、中からぼそぼそと話し声が聞こえたんだよ。胡散《うさん》臭いトーンでさ。ほら、そういうの、何となく分かるじゃん？　だから、こっそり覗き込んだんだよ。そうしたらこいつがスマホで電話してってさ」

野球帽の大山正紀は無言で唇を噛んでいた。

「俺は耳を澄ましたんだよ。何を話してたと思う？」

全員が顔を見合わせた。

「『うまく溶け込んでいるんで大丈夫です』」

正紀は野球帽の大山正紀を見た。彼は気まずそうに人差し指で眉間を掻いている。

「こいつが電話を切ってトイレから出ようとしたんで、俺は立ち塞がったんだよ。そのときの慌てっぷり！　しまったって顔をして、目を泳がせてよ。俺が『今の電話は何だよ』って追及したら、絶句してから、『家族からの電話です』なんて誤魔化しやがった。はっきり嘘をつきやがった。だから引きずってきたんだよ」

——うまく溶け込んでいるんで大丈夫です。

その台詞が意味するところは一つしかない。

「大山正紀じゃない」正紀はぽつりと言った。

他の大山正紀たちが驚愕の形相で彼の顔を凝視した。反論の言葉はない。

茶髪の大山正紀が震え声で問い詰めた。

「あ、あなたは一体誰なんですか！」

「何とか言ってください！」団子っ鼻の大山正紀が強い語調で追随した。「あなたは大山正紀じゃないんですか？『会』に参加していいのは大山正紀だけですよ！」

数人が「どうなんですか！」と責める。

野球帽の男は追い詰められた表情でうなり、ふーっと息を吐いた。

全員、一転して黙ったまま彼を見据えている。

「……すみません」男は観念した顔で頭を下げた。「たしかにみなさんを欺《あざむ》いていました。私は大山正紀ではありません」

予期はしていても、実際に本人から明言されると、衝撃だった。全員が大山正紀だと無条件で信じ込んでいた。まさか嘘をつく人間がいるとは思わなかった。

「じゃあ、誰なんですか」

正紀は問いただした。

面白半分で『〝大山正紀〟同姓同名被害者の会』を掻き乱そうとしているネットの愉快犯か、それとも――。

男は深呼吸し、静かな口調で答えた。

「私はフリーの記者です」

19

記者――。

予想外の告白を耳にし、大山正紀は動揺した。『〝大山正紀〟同姓同名被害者の会』の主催者として、身分確認が不充分だったことを後悔した。

他の大山正紀たちも全員が当惑の表情を浮かべていた。

思い返せば、彼は同じ悩みを分かち合う同志というより、傍観者のようだった。それは、年齢的に、犯人の〝大山正紀〟と同一視されない立場ゆえだと解釈した。だが、違ったのだ。

――みなさんはこれからどうするつもりですか？

――みなさんに訊きたいんですけど……〝大山正紀〟のことはどう思いますか？

彼は同姓同名の人間としての想いを聞き出そうとしていた。全ては取材だったのだ。『〝大山正紀〟同姓同名被害者の会』の参加者が実際に会う『オフ会』を提案したのも、そのほうがリアルな記事になる、と考えたからだろう。

正紀は唾と共に緊張を呑み下すと、記者を睨みつけた。

「俺らを面白おかしく記事にするんですか。そのために潜入取材を――」

「いやいや！」記者は両手のひらを差し出し、なだめるような仕草をした。「誤解です。いい加減な気持ちではありません」

サッカー部だった大山正紀が声を上げた。

「俺らは大山正紀じゃない人間に掻き乱されたくないんです！」

「『会』に参加して、みなさんの苦しみは伺いましたし、理解はしているつもりです。その辺りはしっかり配慮して――」

「俺らは大山正紀であることで、世の中の目に怯えて、隠れるように生きてきたんです。それを記者だか何だか知りませんけど、一方的に晒し上げられたらたまりません。俺たちはもう注目されたくないんですよ！　記事なんて書かないでください！」

切実な哀訴だった。

「正体がバレなかったら、隠し通して、勝手に記事にするつもりだったんでしょ」

「あ、いや、それは――」

「読者の興味を引くための、そういう当事者の気持ちを無視した記事が許せないんです、俺らは」

「そうだ！」細目の大山正紀が同調した。「興味本位で記事にすんなよな！」

「俺たちは世間の偏見の目に苦しんできたんです。もうこれ以上はやめてください！」

記者は一身に敵意を浴びていた。彼は大山正紀たちを見回した。

「……どうか釈明のチャンスをください」

「釈明もクソもねえよ！」細目の大山正紀が怒鳴った。「記事にすんなって言ってんだよ」

数人の大山正紀が二度、三度とうなずく。

「待ってください」茶髪の大山正紀が比較的冷静な口調で言った。「少し話を聞いてみませんか」

「言いわけなんか聞く必要ねえだろ」

「話を聞かなきゃ何も分からないじゃないですか。敵意があるのかないのか、気になります。それとも、このまま放り出して好き勝手に記事を書かせますか？」

細目の大山正紀がぐっと言葉に詰まった。舌打ちし、吐き捨てる。

「……勝手にしろよ」

茶髪の大山正紀は記者を見た。

「あなたは何で俺たちの『会』に入り込んだんですか」

「……説明の機会をありがとうございます」記者は野球帽を脱ぐと、語りはじめた。「私はあなた方のサイトを目にして、初めて同姓同名の問題に関心を抱きました」

「関心を？」

「はい。重大事件の犯人と同姓同名の方々の苦しみというものは、誰も真剣に考えてきませんでした。そもそも、聞かされたとしても大した悩みとは思わないでしょう。たとえば、被害者や遺族の苦しみなら誰しも想像しやすいものです。最近は加害者家族の苦しみも注目されています。報道でも、雑誌の特集でも、取り上げられます。しかし、名前が同じ人々は？　当事者にとっては切実な悩みでも、世間の人々は意識もしません」

語り口は真摯《しんし》で、油断すると気を許してしまいそうになる。

「というのも、私も同じなんです」記者は言った。「実は私も同姓同名だったんです」

「え？」

「記者になったばかりのころですが、日本で起きた大事件の犯人と姓名が同じでした」

彼は自分の名前を名乗った。

「犯人と漢字は違いますが、読みは同じなので、音だけ聞くと区別がつかないんですね。かの有名な『ロス疑惑』の容疑者と有名サッカー選手のケースと同じです。記名で記事を書きづらいと思ったのを覚えています」

同志たちの顔を窺うと、全員、複雑な表情を浮かべていた。

「正体を偽ってもぐり込んでしまったのは、申しわけないと思っています。記者だと名乗ったら、身構えられて本音を聞けないのではないかと考えて……。すみません」記者は頭を下げた。間を置き、「しかし――」と顔を上げる。眼差しには毅然とした光があった。「問題意識を感じているのは正直な気持ちです」

全てに納得したわけではなかった。ただ、信頼はできなくても、理解だけならできる。

記者は無精髭を撫でながら、周りの人間たちを見回した。

「犯罪者と同姓同名で苦しむ人々の存在は、見過ごされがちです。ネット社会となった現代だからこそ、もっと注目されるべき問題だと考えています」

数人の大山正紀がうなずいた。

「犯人と同じ姓という理由で、身内だと間違われてネット上に晒され、それを信じた大勢から誹誹謗中傷を浴びる――。そんな事件も後を絶ちません。社会問題となっています」

記憶に新しい。

重大な交通事故の加害者と同じ会社に、同姓の人間が所属していたため、加害者の息子として誹謗中傷を受けた無関係の男性もいた。

死傷者が出たあおり運転の追突事故では、容疑者と同じ職種の会社名が容疑者の苗字と同じだったため、同姓の社長が父親であるとのデマがネット上で拡散した。自宅の住所も電話番号も晒され、一日百件の嫌がらせ電話が相次いだという。

『愛美ちゃん殺害事件』が起きたときも、同じ『大山』姓の男性が犯人の父親と間違われ、誹謗中傷を受けていた。会社が否定の声明を出すまでそれは続いた。

「今ほど〝情報リテラシー〟が求められている時代もないでしょう。SNSを利用する全ての人間が意識しなければならないと思います」

「同感です」正紀は答えた。「人はすぐデマに踊らされますよね」

「デマで無実の人間を犯人視して責め立てた人間も、勘違いだったと判明したときは、反省しています。一部ですが。しかし、そんな人間も別の事件ではまた安易に批判に加担していたりします。私はこういう〝情報リテラシー〟の問題に絡めて、同姓同名ゆえに誤解されて不利益を受ける現実を訴えるべきだと思います」

茶髪の大山正紀が縋るような口調で言った。

「じゃあ、記者さんは俺たちを救うための記事を書いてくれるってことですよね。信じてもいいんですか」

「……私の記事に世間をそこまで動かす力があるかは分かりませんが、一石を投じたいと思いますし、投じるべきだと思っています」

彼は意志的な目つきで力強く断言した。

自分たちがクローズアップされることに抵抗はあるものの、冷静に考えてみると、全員が大山正紀なのだ。他の多くの問題と違って、〝個人〟が特定される心配はない。

だったら、世の中の風向きを変えられるかもしれない可能性に賭けるべきではないか。

「さて」記者は急に表情を引き締め、声のトーンを落とした。「ここからは相談なんですが、実は私に一つ腹案がありまして。世論を大きく動かす一手です」

「世論を大きく？」

「はい、そうです。『愛美ちゃん殺害事件』を起こした〝大山正紀〟を捜し出して、その顔写真を公にするんです」

数人が「は？」と困惑の声を上げた。

「冗談はやめてください」正紀は動揺した。「犯人の顔写真を公にするって――一体何の意味があるんですか。大山正紀騒動が過熱して、俺らの肩身が余計に狭くなるだけじゃないですか」

「たしかに大騒ぎにはなるでしょう。ネット上では〝大山正紀〟の名前がますますあふれるかもしれませんが、あなた方個々の人生はむしろ好転するはずです」

「とても信じられないんですが……」

記者は、研究者の大山正紀と家庭教師の大山正紀、中学生の大山正紀を順番に見た。

「三人が犯人視されないのはなぜでしょう？」

「……犯人とは年齢が全然違うからです」

「そのとおりです。三人以外の方々が疑われるのは、犯人の〝大山正紀〟の顔が知られていないからです」

顔――。

「大事件を起こした犯人は大勢います。連日メディアで実名が報じられ、苗字だけで通じるほどの悪名を轟《とどろ》かせた者たちです。しかし、死刑判決などで塀の中にいたら、同姓同名でも犯人とは間違われません。出所していたとしても、犯人の顔が世間に知られていたら、別人だと証明できます。一方、『愛美ちゃん殺害事件』では、犯人が十六歳だったことで、顔写真が公表されませんでした」

「週刊誌はなぜ公開をためらったんでしょう?」正紀は訊いた。「実名の暴露が限界だったんでしょうか?」

「顔写真の入手が難しかったんでしょう。〝大山正紀〟があまり写真に写っていなかったんだと思います。写真があれば、過去の事例と同じく、目線入りで掲載したでしょう。結果的にはそれが悪いほうに転がりましたね、みなさんにとっては」

「そうですね。中途半端だったんです。実名を暴露するなら、顔写真も掲載してくれれば――」

最近は少年法見直しの動きがあり、十八、十九歳の少年の実名や顔写真を起訴後に報道できるようにする改正案も出てきているとニュースで知った。

「ですから、私たちの手で犯人の〝大山正紀〟を表舞台に引きずり出すんです。犯人はこいつであって、僕らではない、と示すんです。罰するならこいつを――と世間に正しい標的を示すんです」

それは同姓同名ゆえに苦しんでいる者たちの心からの叫びだ。

最初はとんでもない提案だと思ったものの、話を聞いてみると、理に適《かな》っている気がした。

〝大山正紀〟を表舞台に――。

「あのう……」声を上げたのは、団子っ鼻の大山正紀だった。「罪を償っている人間の顔を晒し上げたりしたら、炎上して、僕らが非難を一身に浴びるんじゃ……」

「それはやり方次第でしょ」中肉中背の大山正紀が言った。「犯人の〝大山正紀〟の顔を晒すっていっても、僕らの存在を明らかにする必要なんてないですし、流行《はやり》の匿名の〝正義マン〟を装えばいいんですよ。たった七年で世の中に出てきた犯人が許せなくて、社会的制裁を加えようとした人間の仕業に見せたら、安全です。僕らに火の粉は降りかかってきませんよ」

「あ、なるほど……」

「いえ」記者は人差し指を立てた。「私は『〝大山正紀〟同姓同名被害者の会』の存在を明かして、その上で犯人の顔を公表するべきだと考えています」

「何のためにそんな――」正紀は声を上げた。「無駄に反感を買うだけじゃないですか」

「世の中を変えるには、時に乱暴な手を使う必要があるんです。想像してみてください。デジタル配信の一記事や、週刊誌の中のコラムやエッセイで同姓同名の苦難を訴えたところで、一体誰に刺さります？　犯罪者と同姓同名で悩んでいる人々が共感してくれる程度で、世の中の大多数には他人事なんです」

「それは、まあ……」

「社会問題の問題提起の記事は何十万本も存在しますが、記憶に残っている記事がいくつありますか？」

社会には様々な問題がある。教育、医療、少子化、高齢化、差別、政治――。それらについて問題提起した記事はネットにあふれ返っている。特に興味がなくても、目にしたことはある。だが、改めて思い返そうとしたら、すぐには何も出てこなかった。

「現実的な話をすれば、普通に記事を書いても、元々その問題に関心がある読者にしか届かないんです。もちろん、人々の義憤を掻き立てる内容であれば、ネットの有名人が取り上げたりして、ＳＮＳでも話題になりますが、数日も経たずトレンドから消えてしまいます。誰も継続的にその問題を本気で考えてはくれないんです」

記者の顔に無力感が滲み出ていた。彼はしばらく黙り込んだ後、「しかし！」と強く言った。

「注目を集める方法はあります。政治家も動くような、大きな問題提起の仕方があるんです」

「それは――？」

「世論が賛否真っ二つに割れるような、過激な主張や行動で注目を集めて問題提起することです。たとえば、逮捕歴がある性犯罪者たちの居住地をマップに表示するアプリを作って公開するとか、ですね。人権の観点から批判も浴びるでしょうが、賛同する人間もそれなりにいるはずです。そうなれば、仮に謝罪してアプリを削除するはめになっても、意味はあります。性犯罪者が世の中にどれほどいるか可視化されたら、人々は危機感を覚えますし、別の対策を考えようとするでしょう。そういうものです」

「炎上商法的なやつですか？」

「一言で言えばそうです。故意に炎上させて、世論を動かすんです。よく使われる手です。それならみなさんもいくつか思い浮かぶでしょう？」

たしかに——。

正紀は記憶を探った。道徳的に許されるかどうか意見が対立する方法や、差別とも受け取れる主張で問題提起されると、世論が燃え上がり、新聞やテレビでも報じられ、芸能人や政治家が反応し、時に国会でも取り上げられる。

「そういうことです」記者は迷いなく言った。「犯人の〝大山正紀〟の顔を晒せば、『会』に批判も集まるでしょうが、そこまで追い詰められた同姓同名の人々の存在が知れ渡ります。そう、あなたたちは徹底的に〝被害者〟になるんです。被害者の苦しみを知ってもらうにはこんな過激な手段に訴えるしか方法がなかった——。大衆がそう擁護してくれるように振る舞えば成功です。そう思わせることが〝手段の免罪符〟になるんです」

中肉中背の大山正紀が言った。

「肉を切らせて骨を断つ——ということですね。やり方を批判する人たちのほうが多かったらどうするんですか？」

「『被害者が必死に声を上げているのに口を封じるのか』と反論すればいいんです。批判することに後ろめたさを作ったら勝ちです。批判者側が悪者に見えればいいんです。旗色が悪くなると、批判の声はすぐ弱まるはずです。人はみんな、道徳的な人間に見られたいんですよ」

記者は中学生の大山正紀を見た。

「彼にインタビューして語ってもらうのも効果的です」

「え？」中学生の大山正紀が目を泳がせた。「ぼ、僕ですか？」

「子供の口を借りるのは常套手段なんです。大人が訴えるより同情を引けますし、反対意見も封殺できます。反論すれば、子供をいじめているように見えますからね」

無名の大人がＳＮＳで意見を発信しても、ほとんど共感されず、共有《リツイート》されない。だが、全く同じ意見でも、外国人や子供の口を借りて発信すれば、物事の本質を突いた指摘として大勢が感嘆し、リツイートしてくれる。それは分かる。だが、果たして中学生の大山正紀を矢面に立たせていいものかどうか。

正紀は危惧を伝えた。

「ご心配なく」記者が答えた。「動画じゃなく記事なので、内容はいくらでも加筆修正して磨けます。付け入る隙のない訴えに仕上げられます」

中肉中背の大山正紀が興奮と感心の口ぶりで言った。

「さすが記者さんですね！　勝算がありそうな気がしてきました！」

「勝ち目は充分です。犯人の〝大山正紀〟捜しを『会』の活動目標にしましょう。私たちで見つけ出すんです！」

数人が「賛成！」と声を上げた。自分の人生を取り戻してやる――という決意に満ちあふれている。

「待ってください！」異を唱えたのは、研究者の大山正紀だった。「落ち着きましょう。怒りに囚われて行動してしまうと、過ちを犯しますよ」

「綺麗事多すぎ」細目の大山正紀が吐き捨てた。「傍観者の立場から当事者の問題に口出すなよ」

「私も当事者のつもりです」

「これは正しい怒りなんだよ！」細目の大山正紀が賛同者に「なあ？」と問いかけた。

数人が躊躇なくうなずく。

研究者の大山正紀は困惑顔をしていた。

「その怒りに正当性があるなんて誰がどう決めるんですか？　我々はその世間の〝正しい怒り〟に追い詰められての、今、じゃないんですか」

「それとこれとは違うだろ」

「人は誰しも、自分の怒りは正当で、筋が通っていると思い込むものです。それは危険です」

「僕らが間違ってるっていうんですか？」団子っ鼻の大山正紀が学んだばかりの論理で反論した。

「理不尽に対して怒ることが恥で愚かだ、みたいな言い方をして、抑圧しないでください」

「曲解です。抑圧はしていません」

「してるでしょ」

「そのような悪意のある解釈をしてしまう時点で、すでに平静を失って、悪感情にとり憑かれています」

「悪感情って何ですか。これは彼が言うように〝正しい怒り〟でしょ」

「……本来、怒りや憎しみには罪悪感が付き纏います。だからこそ、人はみんなその発露に正当性が欲しいんです。怒ったり憎んだりする正当性のための論理や倫理を後付けで探してしまうから、本質を見失うんです」

「僕らは現状を何とかしたいんです！」

対立が激化しそうになったとき、細目の大山正紀が正紀に目を向けた。

「で、どうすんだよ?」

「どう――って?」

「『会』の主催者なんだからさ。纏めてくれよな」

「纏めるって言われても――」

正紀は当惑しながら、全員を見回した。頼むよ、と言わんばかりの視線が集まっていた。

主催者としての責任がのしかかる。

「ええと……」正紀は頰を搔いた。「多数決でも、取ります?」

無難な提案に非難ごうごうも覚悟した。だが、数人の大山正紀が「いいですね」と同意してくれた。

「……じゃあ、犯人の〝大山正紀〟の素顔公開に反対の人は?」

正紀は訊いた。

研究者の大山正紀が最初に手を挙げた。躊躇しながら、サッカー部だった大山正紀と家庭教師の大山正紀が続いた。

「顔の晒し上げはさすがにちょっと……」サッカー部だった大山正紀が言った。「そもそも、メディアが私刑のように実名を暴露したせいで、俺らは迷惑を被っているんです。同じ場所にまで落ちる必要はないと思います」

家庭教師の大山正紀が「同感です」と答えた。「僕も立場上、私刑行為に賛成するわけにはいきません」

「……反対は三人ですか？」正紀は訊いた。

他の大山正紀は反応しなかった。サッカー部だった大山正紀を除けば、見た目で同一視されない二人が反対派に回った形だ。

「では、賛成は？」

残った六人が手を挙げた。主催者が加わるまでもなく、賛成多数で『会』の目標が決定した。

細目の大山正紀が反対派の三人を見た。

「勝負はついたけど、あんたらはどうすんの？」

研究者の大山正紀が諦念混じりにかぶりを振った。

「私はついていけません。『会』に参加するのは今回を最後にします。正義感が暴走したら、取り返しのつかないことになりますよ」

「あっそ」

細目の大山正紀は興味なげに受け流すと、他の二人に目を向けた。

「二人もフェードアウト？」

サッカー部だった大山正紀は、思案してから答えた。

「……俺は多数派に従います」

「僕は――」家庭教師の大山正紀は渋るように言った。「みなさんの〝ブレーキ〟になります」

細目の大山正紀が彼を睨みつけた。

「邪魔だけはすんなよな」

家庭教師の大山正紀はうなずきはしなかった。

「ところで――」中肉中背の大山正紀が言った。「一応、それぞれの身分を確認します?」

正紀は「え?」と彼を見た。「確認――ですか?」

「はい。今回、こうして記者の人が入り込んでましたよね。悪意がなかったのは結果論じゃないですか。僕らは自己申告の自己紹介で、全員が大山正紀だって信じていますけど、もし違ったら……」

「まさか、そんな――」

全員が顔を見合わせた。目を細め、自分以外の誰かが大山正紀でない可能性を想像しているようだった。

「あ、すみません!」中肉中背の大山正紀が慌てた様子で言った。「同志を疑うわけじゃないんです。でも、ふと気になってしまって、念のためっていうか――」

「賛成です」家庭教師の大山正紀が言った。「ただ、あまり個人情報を知られたくない人もいるでしょうし、名前だけ証明できればオーケー、くらいの感じでどうでしょう」

サッカー部だった大山正紀が「そうですね」とうなずいた。「名前が証明されたら問題ないわけですし。みなさんもそれでいいですか?」

数人が渋々という顔でうなずき、唯一返事をしなかった細目の大山正紀を見た。彼は「面倒臭えなあ……」と悪態をつきながらも、免許証を取り出して見せた。

「ほらよ。別に隠すほどの個人情報なんてねえからな」

免許証には彼の顔写真と生年月日と名前が表記されていた。住所の部分は親指で押さえている。

彼は間違いなく大山正紀だった。二十六歳だ。

「他の奴らもさっさと証明しろよ」

研究者の大山正紀は嘆息した。

「参加は今回で最後ですけど、疑われたままも不本意です」

彼は「どうぞ」と免許証を出した。中肉中背の大山正紀も倣った。二人も大山正紀だ。

団子っ鼻の大山正紀が「あのう……」と困惑顔で言った。「僕、免許、今日は持ってきていなくて。次回でも構いませんか？」

「はい、もちろん」正紀は言った。「それで大丈夫です」

「待てよ」細目の大山正紀が舌打ちした。「証明するなら今日だろ。今すぐ取りに帰れ」

暴論だと感じ、正紀は反論した。

「そんなに慌てる必要はないでしょ。次回の『会』で持ってきてもらえれば済む話です」

「大山正紀以外がいる可能性があるなら、本音なんか話せねえだろ。そこははっきりさせてもらわなきゃな。嫌なら『会』を去れよ」

もう誰も反論しなかった。

結局、身分の証明はこの日のうちに行うことになった。免許証を持っていない大山正紀たちが何らかの身分証を取りに帰宅した。

二時間後には、全員が大山正紀だと証明された。

20

血の色の夕日が街を赤く染めていた。

第二回の『〝大山正紀〟同姓同名被害者の会』が終わると、大山正紀は会場を出た。そして――目の前を歩く大山正紀を尾行しはじめた。

渋谷の街は人であふれている。若者の集団を盾にしながら尾《つ》けているから、振り向かれてもバレないだろう。

標的の大山正紀は大勢が行き交う渋谷駅に向かった。

正紀は拳を握り、尾行し続けた。標的の大山正紀は人ごみを縫いながらホームへ向かった。

素直に帰宅するのだろうか。

正紀は距離を取り、壁の陰に身を潜めた。スマートフォンでゲームでもしているふりをし、ときおり標的の大山正紀の様子を窺う。相手は列の三番目に突っ立っている。

アナウンスがあり、電車がホームに入ってきた。空気が抜ける音と共にドアが開き、標的の大山正紀が五両目に乗り込んだ。

正紀は壁の陰から早足で出ると、隣の六両目に乗った。ラッシュアワーからは微妙に外れているので、鮨詰めではない。奥へ移動し、連結部の扉の窓から五両目をそっと覗き見る。

標的の大山正紀はドア付近に立ち、スマートフォンを眺めていた。SNSでも見ているのか、電子書籍の漫画でも読んでいるのか。いずれにせよ、周りには無警戒だ。

電車が各駅で停車しても、まだ降りようとしない。わりと遠くから『〝大山正紀〟同姓同名被害者の会』に参加していたようだ。

二十分以上経ったとき、標的の大山正紀が動いた。スマートフォンをショルダーバッグにしまい、電車を降りた。

正紀は鉢合わせしないように窓からホームの様子を確認した。閑散としており、数人の姿があるだけだ。標的の大山正紀は六両目の方向とは反対側へ歩いていく。

人が減れば減るほど尾行は難しくなる。

だが――。

正紀はホームに降り立つと、階段を上っていく彼の背中を睨みつけた。突然振り向かれても平気なように、相手の姿が見えなくなってから動きはじめる。

階段を上ると、南口の改札を出ていく彼の姿があった。正紀は数秒待ってから尾行を再開した。

駅を出ると、寒風が吹きつけた。

正紀は左右を見渡した。標的の大山正紀は薄闇の中、歩道を歩いていた。人の姿は――数人。

標的の大山正紀は横断歩道の前で止まると、電信柱に指を伸ばした。押しボタン式の信号だろう。

正紀は駅の出入り口の角に潜み、タイミングを見計らった。信号が青に変わり、標的の大山正紀が歩道を渡っていく。その先は薄闇が覆う住宅街になっていた。

正紀は車通りがないことを確認し、車道を駆け渡った。横断歩道を使えば存在に気づかれるかもしれない。

アスファルトを踏む靴音に注意しながら、尾行を続けた。手ごろなモノがないか、常に探しながら歩く。途中、住宅の敷地に石の塊を発見した。

正紀は石の塊を取り上げた。手触りを確かめる。重量感があり、硬い。

――使える。

十数メートル先を歩く彼の背中を見据えた。正紀は距離を詰めようと歩調を速めた。だが、遠方にまだ人の影があった。舌打ちし、速度を緩める。

好機は必ずやって来ると信じて尾け続けた。

やがて、標的の大山正紀は人通りが全くない住宅街に進み入った。街灯の明かりはなく、闇が侵食している。

正紀は唾を飲み込み、歩く速度を上げた。右手に握り込んだ石の塊の重みを感じた。

標的の大山正紀は後ろから追う者の存在にも気づかず、無防備に歩いていた。振り向かれないことを祈り、相手の背後に迫る。腕を伸ばせば届く距離だ。

正紀は一度だけ周囲を窺い、石の塊を振り上げた。

お前さえいなければ――。

後頭部目がけて思いきり振り下ろした。石の塊が頭蓋骨にめり込むような感触が手に伝わってきた。

標的の大山正紀はうめきを発し、後ろを振り向く間もなくアスファルトに倒れ伏した。腕がぴくぴくと痙攣《けいれん》している。

正紀は肩で息をしながら、闇の底で大山正紀を見下ろした。
これで復讐は——達成した。

21

大山正紀は制服のズボンのポケットに手を入れた。カッターナイフの感触がある。

——もう我慢できない。

学校に来るたび、集団から暴言を吐かれ、踏みにじられる。なぜ自分がそんなふうに侮辱されなければいけないのか。

授業が終わると、掃除の時間になった。集団の中心の女子は取り巻きと笑いながら会話している。だが、担任教師から「ゴミ捨て、忘れんなよー」と注意されると、「はーい」と面倒臭そうに答えた。

彼女はゴミ箱を取り上げた。

「仕方ないし、行ってくるわー」

ゴミ箱を抱え、一年三組の教室を出ていく。

正紀はポケットの感触を確かめると、立ち上がった。

これ以上、傷つけられたくない。そのためには——。

正紀は教室を出た。廊下を掃除している生徒数人をしり目に彼女を追った。

憎悪が胸を焼いていた。

彼女は廊下を抜け、昇降口へ向かった。下駄箱から靴を取り出し、上履きから履き替える。

正紀は下駄箱の陰から様子を窺い続けた。

「あー、めんどくせ」

彼女は独り言を吐くと、昇降口を出ていった。

ゴミ捨て場は校舎裏にある。

正紀は上履きのまま後を尾けていった。靴の下でジャリ、ジャリと音が鳴る。だが、彼女は気づかない。

校舎伝いに歩いていると、彼女が急に立ち止まり、右側を向いた。視線の先には——もう一人の大山正紀が箒《ほうき》を杖代わりにして立っていた。

二人は会話を交わしはじめた。

正紀は校舎の角に身を潜めた。壁に背中を預ける。

邪魔が入ってしまった——。

ポケットの中でカッターナイフを握ったままの手は、汗ばんでいた。手を出し、汗をズボンになじりつけて拭った。はーはー、と息を乱しながら、覗き込む。

何を話しているのだろう。平気で他者にキモイだの何だのと吐いて傷つけることができる者同士、誰かの悪口で盛り上がっているのかもしれない。

話し終えると、彼女は校舎裏のほうへ向かった。もう一人の大山正紀は、樹木が茂っている西側へ去っていった。

正紀は見つからないよう、靴音を殺しながら彼女を追った。校舎の角を曲がると、大きなゴミ箱の前で彼女が背を向けていた。

正紀は深く息を吐き出し、一歩を踏み出した。ポケットから手を抜き、カッターナイフを睨みつけた。親指で刃を押し出す。

カチカチ。

鈍色《にびいろ》の刃が伸びた。

正紀はさらに足を踏み出した。一歩、二歩、三歩――。

カチカチ。

刃が充分な長さになる。

正紀は制服の左袖をまくり上げた。いく筋もの傷跡が残っている。

――こういう萌えってやつ？　キモイから消えてほしいんだけど。

――キショイ。オエー。

――目に入ったら不快だし、存在ごと消えてほしいんだけど。

彼女たちにひどい言葉を投げつけられ、苦しんで思い詰めたとき、自殺を決意して自分の腕にカッターナイフで傷をつけた。痛かった。だが、心に刻まれた傷のほうが何倍も痛かった。

それならば――。

自分の痛みの何分の一でも、思い知らせることの何が悪いのか。

あと一メートルに迫ったとき、上履きの下で砂利が音を立てた。彼女がはっとして振り返る。

目が合った。

正紀は目を剝き、立ちすくんだ。彼女の視線がカッターナイフに落ちる。

「あんた……」声に怒気が表れる。「何それ」

「こ、これは――」

正紀は毒蛇に睨まれたようにすくみ上がった。いじめの記憶がフラッシュバックし、両脚は根が生えたように動かず、震えていた。

「まさかあたしを襲おうとしてんの？」

正紀は歯を嚙み締め、震える手でカッターナイフを突きつけるようにした。攻撃するためというより、身を守るためだった。そうしなければ、すぐにでも謝って逃げ出しそうだった。

「女の子襲うとか、マジ、オタク最悪。あんな絵を描いてるから犯罪するんでしょ」

「ち、違――」

反論の言葉は弱々しく、相手の耳にまでは届かなかった。

「謝れよ！　最低！　キモ！」

心にまた傷が刻まれる。体に残るよりも痛い傷が。

彼女が顔を歪めながら詰め寄ってきた。刃物にも怯えず。

正紀はビクッと肩を震わせ、後ずさった。

「何逃げてんの？」

体に――いや、心に刻み込まれた恐怖で逆らえなかった。

「何とか言えよ！」

カッターナイフを持つ手は震え続けている。

「ぼ、僕は――」

「どうした！」

背後から声が聞こえ、正紀は焦って振り返った。もう一人の大山正紀が箒を片手に立っていた。彼女の怒鳴り声が聞こえたのだ。

彼女が正紀を指差した。

「このアニオタが……」

こっち、アニオタ、オタクのほう――。彼女たちには名前で呼ばれたことはない。常に侮蔑の感情を吐き捨てるようにぶつけられる。それこそゴミ箱のように。

「マジかよ」もう一人の大山正紀はカッターナイフに目を留め、啞然としていた。「女子を襲うなんて、クソじゃん」

「い、いや、僕は――」

「男の中でも最低ランクだろ、そんなの。男なら自分より強い相手に立ち向かえよ。弱い者ばっかり攻撃してないでさ」

「ホント、ホント」彼女が我が意を得たりとばかりに同調した。共感されて嬉しそうだった。「大山君の言うとおりだよね。女の子しか狙えないなんて、最低のクズじゃん」

二人から責め立てられ、何も言えなくなった。目があちこちをさ迷う。

「そんなんだから女子から嫌われてんだよ」もう一人の大山正紀は心底見下した目をしていた。

「マジ童貞臭いよな」

彼女が大笑いする。「あんな絵描いて喜んでる奴、一生童貞だろ」

性的に侮辱され、羞恥《しゅうち》で顔が熱くなった。まるで人前で全裸を晒し上げられたかのように。

「あんたが女子をナイフで襲ったこと、ホームルームで問題にするから」

正紀は伏し目がちに彼女を睨みつけた。

自分が味わった傷を思い知らせることすらできなかった。

22

「――大山さんが襲われたそうです」

大山正紀は、主催した第三回の『〝大山正紀〟同姓同名被害者の会』の場で報告した。

他の大山正紀たちの顔に緊張が走った。表情に不安が表れている。

「襲われたって、誰が――」

茶髪の大山正紀が同志を見回した。『会』に参加していないのは、前回不参加を表明した研究者の大山正紀、返信がなかった中学生の大山正紀、そして――。

「……襲われたのは家庭教師の大山さんです」正紀は答えた。「昨日、俺に連絡がありました」

『〝大山正紀〟同姓同名被害者の会』の主催者なので、全員とメールアドレスを交換している。

「第二回の『会』が終わった後、自宅に向かって歩いていたら、いきなり襲われたそうです。真後ろから石のようなもので後頭部を殴られて……」

「命は――？」

茶髪の大山正紀が心配そうに訊いた。

「倒れている彼を発見した人が救急車を呼んで、すぐ病院に運ばれたそうです。頭蓋骨にひびは入っていたものの、幸い命に別状はなかった、と」

「それはよかったです。でも、何があったんでしょう」

不運にもたまたま通り魔に襲われたのだろうか。だが、自分たちが置かれた状況を考えると、偶然で片付けるのは難しい。

「まさか〝大山正紀狩り〟が――」

サッカー部だった大山正紀が震える声でつぶやいた。数人がぎょっとした顔で彼を見る。

「いやいや」団子っ鼻の大山正紀がかぶりを振った。「意味分かりませんよ。〝大山正紀狩り〟って、そんな……」

「冗談とか大袈裟でもないんです。実は言おうかどうか迷っていたんですけど――」サッカー部だった大山正紀は鞄を漁り、一枚の紙を取り出した。「これが俺の背中に」

紙には、毒々しい赤い文字で『犯罪者の大山正紀に天罰を！』と書かれていた。

「どういうことですか」

「この前、プライベートで出かけて、電車に乗ったんですけど、目的の駅で降りたとき、なぜかじろじろ見られて……。俺を追い越していった人が振り返って、俺の顔を見るんです、変な目で。何だろう、って戸惑ってたら、親切なおばさんが『背中におかしな貼り紙をされてるわよ』って教えてくれて。それで確認したらこの紙が貼られていたんです。たぶん、満員電車の中で貼られたんです」

――『犯罪者の大山正紀に天罰を！』

彼が大山正紀だと知っている者の犯行だ。

「誰に貼られたか、怪しい人物は見ていないんですか？」

正紀は訊いた。

「……すみません」サッカー部だった大山正紀が渋面でうなだれた。「電車は鮨詰めだったから気づきませんでした。触られても別に特別なことじゃないし……」

「不気味ですね……」中肉中背の大山正紀が身震いした。「一人が何者かに襲われて、別の一人は貼り紙をされて……」

同一人物の仕業なのか、それとも別人の仕業なのか。

サッカー部だった大山正紀が言った。

「ネットじゃ、日々〝大山正紀〟への憎悪《ヘイト》が高まってます。『〝大山正紀〟を見つけ出せ！』って、過激な主張もあって、いわゆる〝特定班〟も動いています。もうこれは〝大山正紀狩り〟ですよ。もし勘違いで目をつけられたとしたら……」

緊迫した空気が蔓延する。

ネットの暴走――か。犯罪者が不起訴に終わったり、不充分な罰しか受けていないと見なしたら、自分たちで〝私刑〟を加え、社会的制裁を与えようとする。世の流れだ。勘違いで襲われる可能性はある。

「何とかしなきゃ――」

誰からともなくつぶやかれたそれは、自分たちの命を守るための切実な願いだった。

「みなさん、考え方次第ですよ」記者が唇を緩めた。「今回の被害、ツイてましたよ。使えます」

正紀は彼を見返した。

「どういう意味ですか？」

「同姓同名であることで、実害が出ているわけです。こういう世間へのフック、は大事なんです。正直、同姓同名ゆえの不利益を訴えても、それだけでは人の心に刺さりません。でも、こうして無実の人間が貼り紙で脅迫されて、実際に襲われて大怪我した被害者まで出ていると、別です」

「家庭教師の彼が〝大山正紀狩り〟に遭ったかどうかは、まだ――」

「結びつけるのは世間です」

「え？」

「一人の背中に脅迫の貼り紙があって、別の一人が襲われた――。その事実だけで充分です。被害の告発と共に〝大山正紀狩り〟の単語を出せば、後は世間が結びつけて考えてくれます。〝大山正紀狩り〟というのも、インパクトがあっていいと思いますよ」

記者の言うとおりかもしれない。家庭教師の大山正紀を襲ったのは誰なのか。単なる通り魔の可能性もある。だが、二つの事件を並べて告発したら、繋がりがあると誰もが考えるだろう。

「起爆は私に任せてください」記者がスマートフォンを取り出した。「まずは誰でも情報発信ができるブログサービスを使って、同姓同名の被害を告発します。告発の発端は一般市民であるほうが共感を集められますからね。私がそれを記者としての実名アカウントで取り上げ、拡散します」

「……分かりました。お願いします」

記者が決然とうなずき、スマートフォンの操作をはじめた。細目の大山正紀が彼を横目に言い放つ。

「俺らでさっさと本物を見つけようぜ。犯人の素顔を晒したら、無実の俺らはもう狙われねえ」

「そのためにもとりあえず――」正紀は提案した。「それぞれが得た情報を出し合って纏めませんか」

第二回の『〝大山正紀〟同姓同名被害者の会』は、各自、〝大山正紀〟特定のためにできることをする、という形で終わった。だが、実際に行動に移そうと思ったら、何をすればいいのか、想像もつかなかった。結局、申しわけ程度にネットで情報を漁っただけだ。

「みなさん、何かありますか?」

中肉中背の大山正紀が手を挙げた。

「素人には難しいと思って、探偵社に依頼することも考えたんです。でも相談してみると、めちゃくちゃ高くて……。本格的に動いてもらおうとしたら、人件費や諸経費で一日に何万も飛んでいくみたいで……断念しました」

「プロを使うのはお金がかかりますもんね」

茶髪の大山正紀が残念そうに言った。

「僕一人が自腹を切るのはきついんで、もし探偵社を使うなら割り勘かな、と。全員で割ったら負担はかなり少なくなりますし」

細目の大山正紀が「俺は金は出さねえぞ」と切り捨てた。「探偵なんて胡散臭い連中、どうせぼったくられて終わりだろ」

「たしかに」サッカー部だった大山正紀が同意した。「成果がなくても、調査してるって言われたら、反論しようがないですもんね。悪徳探偵社かどうか見極めるのは難しいでしょうし」

「そうですね」正紀は言った。「探偵社は最終手段にしておきましょう。他には？」

茶髪の大山正紀が緩やかにかぶりを振った。

「犯人の〝大山正紀〟を捜すっていっても、何をすればいいのか分からなくて……。すみません、役立たずで」

「気にしないでください。俺も同じです」

「あのう……」団子っ鼻の大山正紀が切り出した。「僕、ネットを中心に情報収集していたんですけど、気になるニュースを見つけまして……」

全員の視線が集まると、彼はスマートフォンを取り出した。指で操作して差し出す。

正紀は、他の大山正紀たちと一緒に画面を覗き込んだ。小さなニュース記事だった。

『20日午前8時半ごろ、「奥多摩の崖下で男性が死亡している」と通報があった。警視庁によると、男性は山道の斜面から約5メートル下で木に引っかかった状態で見つかったという。死亡していた男性は大山正紀さん（23）。母親は「2日前に『ハイキングに行ってくる』と言い残して以来、連絡が取れなくなっていた」と語っている。警察はハイキング中に誤って転落死したとみている』

大山正紀が死亡――。

単なる文字とはいえ、気分がいいものではなかった。約三週間前の死亡事故だが、なぜだか自分の未来を予知されているような不吉さを覚える。

「これ」団子っ鼻の大山正紀が言った。「年齢的には犯人の〝大山正紀〟でも不思議はないですよね。もし死んでいるのが本物だったら——僕らは解放されます」

「いや、さすがにそんな都合のいい話はないんじゃないですか」

茶髪の大山正紀がうなりながら言った。

転落死した大山正紀が『愛美ちゃん殺害事件』の犯人だったら——。

そう願ってしまう自分がいた。

犯人の〝大山正紀〟が死亡しているなら、同姓同名の凶悪犯の死刑が執行されたのと同じで、事件が終わる。

犯人がもうこの世に存在しないなら、同姓同名の人間たちが殺人犯に誤認される可能性は消えるのだ。

「転落死した大山正紀の素性を調べる方法はないですかね」正紀は訊いた。「もしかしますし」

茶髪の大山正紀が記者を見た。

「それこそプロの出番じゃないですか。記者さんなら、こういうの、専門でしょう?」

スマートフォンを操作していた記者が顔を上げた。

「そうですね。事故や事件の犠牲者の素性を調べるのは日常茶飯事ですから、情報を当たってみますよ」

「無駄だよ、無駄」細目の大山正紀が口を挟んだ。「そいつは犯人の〝大山正紀〟じゃねえよ」

全員が彼を見た。

「なぜですか」団子っ鼻の大山正紀は彼に詰め寄った。「調べてみなきゃ分かんないじゃないですか、そんなの」

「それが分かるんだよなあ」

細目の大山正紀は自信満々の顔をしていた。焦《じ》らすようにたっぷり間を取ってから、スマートフォンを取り出した。

「ネットの書き込みとかツイートを見まくって、昨日、これを見つけたんだよ。証拠保全のためにスクショしておいたよ」

スクショ――スクリーンショットは、パソコンやスマートフォンの画面を画像として保存することだ。

画面には、一週間前のツイッターの発言が二つ映し出されていた。ツイート主は『名無しの底辺』というアカウントだ。

『昨日、大山正紀に遭遇した！　コンビニの入り口ですれ違った相手にちょっと肩が当たっちゃって、すみませんってすぐ謝ったんだけど、「土下座して謝れよ！」って怒鳴られた。怖すぎ！』

『土下座を拒否したら、「俺が誰か知ってんの？　大山正紀なんだけど」って、免許証を突きつけられた。マジだった。「お前、人を刃物でめった刺しにする感触、知ってる？　興奮するんだよな。妹とかいんの？」とか言われて、洒落になんねえ。ヤバすぎだろ！』

告発ツイートは、四百五十八共有《リツイート》されていた。リツイート数がそれほど多くないのは、信憑性に欠けるせいだろう。匿名のツイッターアカウントの発言には何の根拠もない。証拠があれば数千リツイートはいったかもしれない。

「犯人の〝大山正紀〟は、一週間前に生きてたんだよ」細目の大山正紀が画面の発言を指先で突っついた。「三週間前に奥多摩で転落死してたら、目撃されてねえだろ」

「いや、でも――」団子っ鼻の大山正紀が言った。「これが本物かどうか証拠はないですよ」

「こんな嘘をツイートする理由なんかねえだろ」

「注目される快感を味わうためのリツイート稼ぎかもしれませんよ」

「あ？」

「珍しくないじゃないですか。嘘の体験談を語ったり、デマを吹聴したり、共感を得られそうな話をつぶやいたり――」

細目の大山正紀は舌打ちした。

「貴重な情報だろうが。他に手がかりがねえんだからよ」

正紀は「どう思います？」と全員を見回した。

「調べてみる価値はあるかもしれないですね」記者が答えた。「アカウントに接触してみましょう」

正紀はうなずくと、自分のスマートフォンで『名無しの底辺』を検索した。一発で見つかった。ツイートを遡っていくと、問題の発言も残っていた。リツイート数は、スクリーンショット時よりも少し増えている。七百六十二だ。

四十人以上が返信《リプライ》していた。

『反省なしかよ！』

『もう一回刑務所に入れろよ！』

『殺人自慢とか、やべえ！　絶対また人を殺すぞ』

『どこのコンビニですか？　都内ですよね。自分の町に住んでたら怖くて外歩けないんですけど』

『名無しの底辺』はリプライに返事している。

『警察手帳みたいに、自慢げに免許証を見せられて、ヤバかった。殺人も誇ってるし、これは晒さなきゃって思って、ツイートした。拡散希望。大山正紀のヤバさがもっと伝わりますように！』

『コンビニ名は俺の身バレになるから表じゃちょっと……。DMで訊いてくれたら教えるけど』

DM《ダイレクト・メッセージ》はツイッターの機能の一つで、非公開の場で会話できる。

記者も自分のスマートフォンで同じ画面を見ているようだった。

「私もDMで接触してみます」

記者は真剣な顔でスマートフォンを操作した。そして、息を吐く。

「犯人の〝大山正紀〟の情報提供をお願いしました。記者として接触したので、後は相手次第ですね」

返事はあるのかどうか。

もし出鱈目の告発なら、記者からの接触には焦るだろう。無反応を貫くか、謝罪するか。

事実だったら、何らかの返事があるはずだ。

果たして――。

記者は被害告発の作業に戻った。眉間に皺を寄せた顔でスマートフォンの画面を睨みつけ、指で操作している。

十五分ほど経ったときだった。

「――おっ」記者がふいに声を上げた。「さっそく反応がありましたね」

「本当ですか！」

「内容は？」

大山正紀たちが揃って記者を見つめる。

「……匿名を条件にコンビニの場所を教えてくれましたよ。『悪人を裁いてください』と頼まれました」

記者はコンビニの住所を口にした。東京郊外だ。記者に場所を答えられるということは、話が事実だった可能性が高まった。

「どうしますか？」記者が訊いた。

正紀は同志たちを見た。訊くまでもなく、答えは決まっているようだった。

「〝大山正紀〟を捜し出しましょう！」

23

第三回の『〝大山正紀〟同姓同名被害者の会』から二日後、記者から連絡があり、現地に集合することになった。〝大山正紀〟の顔を見ている『名無しの底辺』の協力を取りつけられたという。

大山正紀は電車を乗り継ぎ、東京郊外の町へ移動した。約束の時間の十分前には、六人の大山正紀と記者が揃っていた。

身を切る刃物のような寒風が吹きすさび、正紀は襟を立てた。ニットセーターの上にロングコートを着込んでいても、一月の寒さは防げない。

「見つかるといいですね」

茶髪の大山正紀が祈るように言った。手のひらをこすり合わせるようにしている。

「そうですね」中肉中背の大山正紀がうなずいた。「刑務所に入っていても全く反省していないみたいですし、むしろありがたいです。顔を晒し上げても罪悪感がないですから」

六歳の女の子を惨殺した過去を積極的に誇示し、脅迫の道具に使っている。七年の服役では短すぎたのだ。そんな極悪人は社会的制裁を受けてしかるべきではないか。

『名無しの底辺』を待つあいだ、正紀はスマートフォンでネットの様子を確認した。

記者が〝大山正紀狩り〟の名前を出し、被害告発の記事を取り上げたことにより、ネットでは同姓同名の問題が注目されていた。〝大山正紀〟への憎悪や殺意は減っていないものの、『特定』に関しては慎重論が出ている。

約束の時間を五分オーバーしたとき、赤いニット帽から金髪を覗かせる若者が近づいてきた。毛先にパーマがかかった髪の隙間からピアスが覗いている。黒のダウンジャケットを着ていた。

「記者の人――？」

記者は「はい」と応じ、「『名無しの底辺』さんですか？」と尋ねた。

「……ま、ツイッターじゃ、そう名乗ってっけど」

「今日はご足労いただき、ありがとうございます」

「別に。近所だし」金髪の若者は大山正紀たちを眺め回した。「この人らは？」

「一言で言えば、犯人の〝大山正紀〟の被害に遭った人たちです」

「……へえ？」

金髪の若者は目を細め、胡散臭げに全員を見た。猜疑《さいぎ》の眼差しだ。だが、それ以上追及することはなかった。

「――で、俺は何をすればいいわけ？」

金髪の若者が訊いた。

「DMでも書きましたが、〝大山正紀〟の特定を手伝ってほしいと思っています。あなたは唯一、顔を見ているわけですから」

「ああ、なるほどね」

「ご協力いただけますか？」

「もちろん。あんな奴、社会に野放しにしてちゃ、まずいっしょ」

「〝大山正紀〟と何があったか、具体的に話していただけますか」

「いいっすよ」金髪の若者は軽い調子で応じると、十字路の角地にあるコンビニを指差した。「あそこの店で晩飯を買って、外に出たとき、入れ違いでコンビニに入ろうとした奴と肩が当たっちゃったんすよ。俺は反射的に『すみません』って頭を下げたんだけど、相手はめっちゃ怒鳴ってて……。後はツイートした内容のまんまっすよ」

正紀は「免許証を見せられたんですよね？」と訊いた。

「水戸黄門の印籠みたいにさ。ヤバかったっすね」

「その後は見かけてませんか？」

「一度見かけたよ。大通りの向かい側を歩いてた。それで、距離はあったけど、ズームして写真を撮ったんだよ」

「え？　写真――ですか？」

記者が「初めて聞きました」と驚きを見せた。「写真は今お持ちですか？」

「スマホの中にあるよ」

「見せていただいても？」

「いいっすよ」

金髪の若者はスマートフォンを取り出し、データを開いた。全員が画面を覗き込んだ。

写っていたのは、社会を憎んでいるような顔貌の青年だった。眉間に深い縦皺が刻まれた顰めっ面で、攻撃的な眼差しをしている。癇癪玉《かんしやくだま》のように、些細な刺激で爆発しそうな気配を孕んでいた。

「これが〝大山正紀〟――」

少年法の陰に隠れていた猟奇殺人犯の素顔が初めて明らかになったのだ。

「写真があるなら早くに知りたかったですね」茶髪の大山正紀が苦笑した。「わざわざこんなところに集まる必要、なかったのに」

「ですね」団子っ鼻の大山正紀が同意する。「その写真を貰って、ネットに公開したら目的を達成できましたよね」

「いや――」記者が口を挟んだ。「まだ裏が取れたわけじゃありません。写真の人物が間違いなく犯人の〝大山正紀〟なのか、調べる必要があります」

「まあ、それはたしかに……」

「顔写真を共有して、分かれて捜しましょう」

「闇雲に捜すんですか？」

「そうですねえ。たとえば、商業施設や飲食店を中心に回るのはどうでしょう」

「犯人の〝大山正紀〟が引きこもっていたりしたら、見つけるのは無理じゃないですか」

「コンビニに買い物に来ていたということは、日ごろから出歩いているということです。今日一日では無理でも、根気強く捜し回れば見つけられるはずです」

記者が写真のデータを全員に送信すると、散開して〝大山正紀〟を捜しはじめた。

だが、夕方まで捜し回ったものの、その日は〝大山正紀〟に遭遇することはなかった。

「全員揃わなくても、その日その日で動けるメンバーたちが捜し続けましょう」

正紀は同志たちに提案すると、全員で最寄り駅へ向かった。駅前で厳めしい顔の中年女性がビラを配っていた。何十枚もの束を胸に掻き抱いている。

無視して通り抜けようとしたが、相手のほうが駆け寄ってきた。直後の言葉に耳を疑った。

「殺人犯がこの町に住んでます！　〝大山正紀〟に注意を！」

「は？」

正紀は中年女性を二度見した。それから他の大山正紀たちと顔を見合わせた。

「ご注意を！」

中年女性は問答無用でビラを突きつけてきた。

受け取ったビラには——大山正紀の顔が印刷されていた。自分たちが共有している写真と同じだった。

これは一体何なのか。

中年女性は他の大山正紀にもビラを配りはじめた。

彼女が離れていくと、正紀は金髪の若者に顔を向けた。

「何で同じ写真が——？」

金髪の若者は事もなげに答えた。

「記者の人の前にも数人からＤＭ貰っててさ。『大山正紀と遭遇したコンビニはどこですか』って。それで教えたんだよね」

そういえば彼は、コンビニの場所を知りたければＤＭで訊いてくれ、と返していた。興味本位の人間も大勢いただろう。表から姿を消した〝大山正紀〟の所在を突き止めたくて仕方ないのだ。

「大山正紀の特徴とか、しつこく訊かれてさ。覚えてる範囲で話してたんだけど、写真が撮れたから、それを渡したんだよね。そうしたら、変なビラ配りのおばさんが現れるようになってさ。ほとんど毎日ここでビラ配ってる」

ビラを受け取った人間は、全員が素顔を知っているのか。

正紀は、通行人にビラを押しつけている中年女性を眺めた。形相は怒りに満ちあふれ、近寄りがたい雰囲気を全身から発散していた。話しかけられた人の多くは、関わりを避けるように無視していく。

「あなたの家族の命が脅かされているんですよ！」

彼女は義憤に駆られた顔で食い下がり、関心を引いてからビラを押しつけていく。

「あの人は遺族とかじゃないんでしょ？」

「赤の他人」若者が言った。「話しかけられたときに訊いたら、『正義感で注意喚起しているんです』って」

正義感——か。

一瞬、胸の中にもやっとした感情が兆した。それがなぜなのか、自分でも分からなかった。

「あの……」茶髪の大山正紀が思い悩んだ顔で言った。「本当に犯人の〝大山正紀〟の顔を晒し上げるんですか？」

細目の大山正紀がすぐさま嚙みついた。

「今さら何言ってんの？」

「いや、だって——」彼は中年女性を一瞥した。「俺ら、あの人と同じことをしようとしてるんですよ？」

「何が悪いんだよ」

「……何か嫌だなって。だって、あのおばさん、ストーカーっぽいじゃないですか」

「どこが？」

「誹謗中傷のビラを近所に撒くって、ストーカーの典型的な手口ですよ。実際に目の前でそういう行為を見せられたら、気持ち悪さを感じてしまって……。俺らはネットでそれを全世界にばら撤こうとしてるんですよね？」

「相手は猟奇殺人犯だろうが！　しかも、反省の色もねえ」

「でも、私刑ですよ、これは」

「目的が違います」団子っ鼻の大山正紀が反論した。「僕らは自己防衛として動いています。私刑じゃありません」

「目的は手段を正当化する、ってことですか？」

「そうですよ。声を上げるのは被害者の特権です。そもそも殺人を犯した〝大山正紀〟が絶対悪なんですから、僕らが罪悪感を持つ必要はないんです」

「しかし――」

「『愛美ちゃん殺害事件』が起きたときも、僕らは同姓同名だったことで苦しみました。犯人が出所してまた名前がクローズアップされて……。僕らはいつまで我慢すればいいんですか？　一生ですか？　声を上げるのは正当な権利です。もう黙って耐えなくてもいいんです」

茶髪の大山正紀は、二人の主張に気圧されたらしく、それ以上は何も言わなかった。

結局、〝大山正紀〟捜しは継続することで話は終わった。


仕事がある者は、〝大山正紀〟捜しを毎日行うことはできず、集まれるのは日によって三人だったり二人だったりした。だが、〝大山正紀〟を見つけることで自分たちの人生を救えると信じ、捜し続けた。

主催者の責任として、正紀は毎日〝大山正紀〟捜しをしていた。無職の身なので、時間はたっぷりある。

サッカー部だった大山正紀から電話があったのは、雨が降る日の夕方だった。

「犯人の〝大山正紀〟です！　見つけました！」

心臓が跳ねた。鼓動があっという間に速まっていく。

「本当ですか！」

問い返す声にも力が入る。

「はい、間違いありません。写真の奴です！」

「場所は？」

「コンビニです」

サッカー部だった大山正紀はコンビニ名と場所を伝えた。それから「どうします？」と訊いた。

どうするか。

今日は二人だけだ。直接突撃するには心もとない。だが、絶好の機会は逃せない。

「張っておいてください。俺もすぐ行きます。たぶん、十分くらいで着きます」

「分かりました！」

電話を切ると、正紀は聞かされたコンビニを目指して走りはじめた。レインコートに雨粒が弾けている。水溜まりを踏むたび、靴の下で水が破裂するように飛び散る。

住宅街の角を何度も曲がり、赤信号でいったん立ち止まる。乱れた息を整えながら、左右を確認した。走ってくる車の姿はない。

正紀は道路を駆け渡った。さらに走ると、T字路があった。雨の銀幕に滲んだ景色の中、コンビニが見えてきた。

建物の陰から、レインコートの人間が半身を覗かせた。軽く手を上げている。

サッカー部だった大山正紀だ。

正紀は彼のもとへ駆けつけた。

傘を使っていないのは、悪目立ちするからだ。傘は人ごみに紛れるなら必需品でも、閑静な住宅街では逆に相手の視界に入りやすい。

「奴は？」

「まだ中です」サッカー部だった大山正紀が親指でコンビニを指し示した。「買い物してるみたいです」

「本人にぶつかるのはリスキーです。探られていると知ったら、逆に正体を隠したり、偽ったりするかもしれませんし」

「じゃあどうしましょう」

「尾行して住所を突き止めるとか。そうしたら犯人の〝大山正紀〟である証拠も見つけられるはずです。表札とか、郵便物とか」

「……なるほど。たしかにそうですね」

正紀はコンビニの陰で待ち続けた。ウインドーから店内を覗き込みたい衝動と闘う。

十分以上経ったとき、出入り口のほうからチャイム音がした。耳を澄ましていたから、雨音の中でもはっきりと聞こえた。

正紀はコンビニの角からそっと覗き見た。写真の大山正紀は両手にコンビニ袋を提げている。

「結構買い込んだみたいですね」サッカー部だった大山正紀が言った。「買い溜めしているから、なかなか出てこなかったのかもしれません」

「考えてみれば、日ごろから手当たり次第に自分の名前で人を脅してるはずがないですよね。社会の敵になってるんだから、どんなリスクがあるか……。たぶん、普段は隠れて暮らしているんです」

「運がよかったですね」

「ですね。絶対に見失わないようにしましょう」

写真の大山正紀は傘を差すと、二つのコンビニ袋を片手で纏めて持ち、歩きはじめた。傘を差していたら背後は確認しにくい。靴音も雨音が搔き消してくれるし、尾行には好都合だ。

雨が降る中、距離を取って後を追った。写真の大山正紀は住宅街を歩いていく。

十五分以上経っても、自宅に帰り着かない。ずいぶん遠くのコンビニを利用しているようだ。自ら正体を明かしたせいで、最寄りのコンビニは警戒しているのかもしれない。

写真の大山正紀は、築三、四十年は経ていそうな一軒家に向かっていった。外壁は塗装が剝げている。彼は家の前に停めてあるグレーのセダンに近寄り、ポケットから取り出したキーを操作した。車のドアを開けると、助手席にコンビニ袋を放り入れた。

正紀はT字路の陰に身を潜め、二人で様子を窺った。

「奴の家でしょうか？」

「たぶん」サッカー部だった大山正紀は、濡れた顔を手の甲で拭うと、双眼鏡を取り出した。覗き込む。「……表札には『大山』って書いてありますよ！」

「本当ですか！　自宅を突き止めましたね！」

興奮が高まり、拳に力が入る。

「でも――」サッカー部だった大山正紀は、怪訝そうにつぶやいた。「何か変じゃないですか？」

「変？」

「だって、自宅に着いたのに、コンビニで買ったものを全部車に積み込んでます」

言われてみればそうだ。まるで今から遠出するかのような――。

「しかも、車内にのこぎりもありますよ」双眼鏡を覗き込む彼の声には緊張が滲み出ていた。

「これ、逃がせないですよ」

「車で移動されたら俺たちには追えませんよ」

サッカー部だった大山正紀は何かを考えるように黙り込み、しばらくしてから言った。

「何とか奴の注意を引いてください」

「注意って――」

「これを使って、タクシーで追いましょう」

彼が鞄から取り出したのは、手のひらの中に隠れるサイズの黒い正方形の小箱のようなものだった。

「GPS発信器です。役立つかと思って、ネットで買っておいたんです」

用意がいい。

サッカー部だった大山正紀は、「お願いします」と言い残し、隣家のワゴンの陰に身を潜めた。

正紀は思案し、スマートフォンを取り出した。近所のマップを表示させる。

——この手でいこう。

正紀は深呼吸し、写真の大山正紀に声をかけた。

「すみません……」

車内に上半身を突っ込んでいた写真の大山正紀は、声が聞こえなかったのか、作業に没頭している。

「あの！　すみません！」

大きな声を出すと、相手が車から顔を出した。敵意の塊のような眼差しを正紀に据える。

「何、お前」

正紀は気圧されながらも、愛想笑いを浮かべた。

「道を伺いたいんですけど……」

写真の大山正紀は舌打ちすると、面倒臭そうに近づいてきた。正紀は緊張しながらスマートフォンの画面を見せた。

「ここなんですけど……」

適当な位置を指差した。写真の大山正紀が画面を覗き込む後ろで、サッカー部だった大山正紀が音もなく動いていた。かがんだままセダンに近づき、開けっ放しのドアへ向かう。

彼が振り向かないか、気が気ではなかった。心臓と胃が締めつけられるように痛む。

「あっちだと思うんですけど……」

正紀は反対側を見やり、困惑顔を作った。相手の視線を引きつけておく。

写真の大山正紀は北側を指差した。

「向こうの突き当たりまで行って、右に曲がったら、通り沿いに歩いていけばいい。分からなかったらそこで誰かに訊けよ」

彼は言い捨てると、背を向けた。

「あっ——」

思わず声が漏れた。だが、サッカー部だった大山正紀は、もうすでにセダンのそばから姿を消していた。

正紀はほっと胸を撫で下ろし、踵《きびす》を返した。立ち去らなければ怪しまれてしまう。

住宅街の角を曲がったところで待機した。二、三分経ってからサッカー部だった大山正紀がやって来た。「オッケーです」と親指を立てる。

彼がスマートフォンの画面を差し出した。マップ上で赤点が点滅している。それが動きはじめた。

「タクシーを拾って追いましょう」

彼が駅のほうへ向かった。正紀は後を追った。駅前でタクシーを捕まえると、二人で後部座席に乗り込んだ。

「とりあえず、南へ向かってください」

サッカー部だった大山正紀が頼むと、白髪の運転手は当惑しながらも従ってくれた。彼はスマートフォンの赤点を確認しながら、指示を出していく。

住宅街が遠のき、山道に入った。急斜面の片側をガードレールが縁取っている。夕暮れの中で路面は濡れ光っていた。斜線となった雨がフロントガラスにまだら模様を作っている。

「一体どこへ向かうんでしょうね。のこぎりやコンビニ袋を持って」

サッカー部だった大山正紀がつぶやくように言った。

「想像もつきません。でも、不吉な予感がします」正紀は運転手に訊いた。「この先は何があるんですか？」

運転手はバックミラーごしに後部座席をちら見すると、無感情な声で答えた。

「ただの山道だよ。上って、下ったら、県境に出るけど、何時間もかかるし、わざわざ通る意味はないねえ」

ますます意味が分からない。写真の大山正紀はどこへ何をしに向かうのか。

やがて、両側に樹木が生い茂る山道に出た。

「――停まりましたよ」

正紀は彼のスマートフォンの画面を覗き込んだ。山道から外れた場所で赤点が停止している。

山中に一体何の用があるのだろう。

「すみません、いったん降ります」

正紀は料金を支払うと、運転手と交渉し、メーターを回したまま待機してもらうことで合意した。

タクシーから降り立つと、改めてレインコートを着込んだ。夕空を覆い尽くす樹冠の隙間から雨が落ちている。濡れた枝葉が頭を垂れ、亡霊のうめき声のようにかすかにざわめいていた。

「あっちのほうです」

サッカー部だった大山正紀が樹林の奥を指差した。森の中では東西南北も曖昧だ。だが、ＧＰ

Ｓ発信器の反応を頼りに歩いた。何が待ち受けているか分からないので、慎重に移動する。両側から押し寄せる樹木群を割り開くように、山道が続いている。途中から道を外れ、下生えを掻き分けながら進んでいく。

苔《こけ》むした倒木を乗り越えた先——。

停車したセダンと写真の大山正紀の姿があった。その前には、熊でも閉じ込めておくような大型の檻《おり》があり、少年が監禁されていた。

24

「ほら、餌を食えよ」

大山正紀はコンビニ袋から弁当を取り出すと、檻の中に差し入れた。

少年はぐったりと横たわっている。閉じ込めた当初の威勢はなく、虚《うつ》ろな眼差しで「もう勘弁してください……」と懇願した。

正紀は傘も差さず、冷雨に打たれていた。びしょ濡れの衣服は重く、濡れそぼった体は芯から冷え切っている。

正紀はのこぎりで檻を軽く叩いた。常に優位性と恐怖を見せつけなければならない。

そのときだった。物音が耳に入った。

正紀は驚いて振り返った。木立の横に、レインコート姿の二人の男が立っていた。

心臓が飛び上がった。

――バレた。バレてしまった。

三人とも身動きせず、見つめ合った。雨が枝葉を叩くせいで、あられが弾けるような音が広がっている。

先に動いたのは――相手だった。二人組がぬかるんだ土を踏み締めながら近づいてくる。

正紀は身構えた。二人組は真ん前に近づいてくると、立ち止まり、檻の中の少年を見た。少年が縋る表情で見返し、「助けて……」と囁いた。

二人組は正紀に目を戻し、漏らすようにつぶやいた。

「大山正紀……」

正紀は目を瞠った。

名前を知られている。二人組は最初から尾行していたのかもしれない。迂闊《うかつ》だった。最近はビラのせいで〝大山正紀〟として警戒されているのだから、行動にはもっと細心の注意を払うべきだった。

「もう罪を重ねるな」一人が言った。「お前のせいで俺たちがどんなに苦しんでるか……」

相手の言い分に違和感を抱いた。

――正義感をこじらせた奴らじゃないのか？　俺たち私たちが法に代わって私刑を加えてやる、と。

何にせよ、〝大山正紀〟と知ったうえでやって来ているなら、その名前も脅しには役立たないだろう。

「お前らは誰だよ」

問うと、一人が答えた。

「俺たちはお前だよ」

雨が降りしきる中、いつの間にか薄闇が樹間を這い回るように忍び込んでいた。

「はあ？　何言ってんだよ」

「俺たちも大山正紀だ」

意味が分からなかった。

「俺たちも？」

「俺たちは同姓同名なんだ。お前の犯罪のせいで、俺たちがどんなに苦しんできたか。名前で忌み嫌われて……。だからSNS《ツイッター》の告発を見てお前を捜し出したんだ」

相手が吐き出した苦悩を聞き、合点がいった。だが、全く共感できない話だった。

「お前らも――こいつと同じか」正紀は少年を一瞥した。「ツイッターの告発を鵜呑みにしてんの、馬鹿丸出し」

「事実の告発だろ」

「事実？　ツイッターで被害者ぶってる奴が全員正直だと思ってんのかよ。どいつもこいつも共感と同情欲しさに自分の非を隠して、少しでも相手が悪者に見えるよう、都合よく語ってるんだよ」

「殺人犯が言い逃れするなよ！」

「……俺は殺人なんか犯したことねえよ」

「誤魔化すな！」

嘘はついていない。

「……ツイッターで告発した奴、実は三人組だったんだよな。コンビニの前でたむろして大声で笑って騒いでた。迷惑だなって思いながら目を逸らしてコンビニに入ろうとしたら、今睨んだろ、って絡まれて、カツアゲされたんだよ。財布を奪われて。そのうちの一人が興味本位で免許証を見て、え？　って顔をしたんだ。その瞬間、俺は思いついたんだよ」

薄笑いを作りながら、『お前ら、人を刃物でめった刺しにする感触、知ってる？　興奮するんだよな』と言った。自己防衛の嘘だった。いるかどうかも知らない相手の妹の話など出していない。三人組は顔を引き攣らせ、態度を急変させた。『冗談にマジになんなよ……』と愛想笑いをし、財布を返してきた。

「一方的に絡んでおいて、恥掻いたからって、被害者ぶって告発かよ」

目の前の大山正紀たちは啞然としていた。

「こっちはそのせいでビラまでばら撒かれて、迷惑してんだよな。こうして勘違いした〝正義マン〟が襲いかかってくるしよ」

少年を監禁した直後の記憶が蘇ってくる。

「卑劣な殺人犯が！　女の子をあんなふうに無惨に殺したお前は死刑になるべきだった！」

檻の中から濃紺の制服姿の高校生が怒鳴った。正紀は思わず冷めた笑いをこぼした。

「何がおかしい！」

高校生がますます声を荒らげた。

正紀は檻の中の高校生に言ってやった。

「自分の立場を考えろよ、お前。看守に逆らって後悔するなよ」

看守の立場はこちらで、監禁されているのはお前だ。常に生殺与奪の権を握っている。

「今のうちに好きに言ってろよ」高校生は怯《ひる》まなかった。「俺がここから出られたら、真っ先に何をするか分かるか？」

「何だ？」

「お前に仕返しをする」

「……まだまだ威勢がいいな。やれるもんならやってみろ。そのうち反省と謝罪の台詞を述べるようになるさ」

監禁されてなお、大口が叩けるのには恐れ入った。だが、数日も経てば、死を意識して謝罪しはじめるだろう。

「それが嫌なら、俺を殺せよ。そうしなきゃ、俺はお前を付け狙い続けるからな」

高校生は言い放つと、檻の中から鉄格子を蹴りつけた。威嚇でもするかのように、ガン、ガン、ガン、と何発も。

「そんな感情的になるなよ」

正紀は服をまくり上げ、自分の腹部を見た。複数のあざが刻まれている。

「また暴力を振るうのか？」

家から出たときだった。女児を惨殺した〝大山正紀〟だと信じ込んだ高校生に襲撃された。いきなり殴り倒され、起き上がる間もなく腹部に蹴りを何発も受けた。

正紀は護身用に隠し持っていた唐辛子スプレーを吹きつけ、怯んだ相手にスタンガンを食らわせた。気絶した高校生を見下ろしているうち、思い知らせてやりたい、という復讐心が芽生えた。

何者でもない自分の虚無な人生に嫌気が差し、自殺を考えて森へ踏み入ったことがある。そのときに大型動物を閉じ込めておくような檻が放置されているのを見つけた。それを思い出し、まだ撤去されていないなら利用できる、と考えたのだ。

家の車庫から親の車を出し、高校生をトランクに閉じ込め、ここまで運んできた。そして――檻に監禁したのだ。

「……お前みたいな殺人鬼は何発殴っても足りないんだよ！」

正義を妄信した高校生ががなり立てた。暴力を正当化する人間の醜悪さに吐き気がした。

「暴力で正せると思ってんのかよ」

高校生に言ってやった。

「お前が言うな！」高校生が唾を撒き散らした。「クズは痛みで学ぶんだよ！」

「遺族に代わって復讐してるつもりか。お前に何の権利があるってんだよ。自分の立場をわきまえろよ」

正論を叩きつけても、高校生は自分が正しいことをしていると信じて疑わず、「お前には絶対に罪を償わせてやるからな……」と息巻いた。

正紀は目の前の二人の大山正紀を睨んだ。

「犯してない罪なんか償わされてたまるか」

二人の大山正紀は、半信半疑の顔でかぶりを振っていた。

「急にそんな話をされても――」

「免許証でも見るか？」

「免許証……」

長身の大山正紀はオウム返しにつぶやいた。

免許証を見せてやってもいいが、そこまでサービスしてやるつもりはなかった。

横目で見ると、雨ざらしになっている高校生は、怯えと驚きを混在させた目をしていた。青白い稲光が木々を染め、遅れて雷鳴がこだまする。

正紀は檻の格子を蹴りつけた。

「分かったかよ。ネットの告発を信じて、俺が正義の鉄鎚を下してやる、なんて意気込んで、お前は無実の人間を襲った」

「嘘だ……」

「嘘じゃねえよ。お前はネットに踊らされて、罪のない一般市民を襲った犯罪者なんだよ」

「犯罪者……」

「いきなり暴力振るってるんだから、傷害罪だろ」

高校生は目を泳がせながら反論した。

「あ、あんたが犯人を騙《かた》ったからだろ。俺を監禁してからも、ずっと〝本物〟を演じて――」

〝大山正紀〟が殺人事件を起こしたことで、何者でもない自分も何者かになれた。教室でもずっと空気だったのに、犯人の実名がネットにあふれてからは、クラスメイトたちに意識されるようになった。だが、〝大山正紀〟が有罪判決を受けて事件が終わると、また空っぽの人生に逆戻りした。派遣先の職場でも空気だ。だから、〝大山正紀〟が出所し、また世間で名前が注目されるようになったことは嬉しかった。何者でもない自分に、楽に日が当たるのだから――。

〝本物〟と間違われて襲われるようなデメリットは想像しなかったが、世の中に存在してもしなくても何の影響もなく、誰からも関心を持たれないより、ましだ。

正紀は二人の大山正紀を見た。

「あんたらも俺をボコりに来たんだろ？　同類なんだろう？」

「い、いえ……」長身の大山正紀が当惑混じりに答えた。「俺たちは違います。違うんです」

〝本物〟ではないと分かったからか、敬語になっていた。

「何が違うんだよ」

「それは――」

〝本物〟だったらしてやろうと思っていた行為があるのだろう。自分とは違い、大山正紀の名前を拒絶しているようだった。犯人に恨みを持っている。世間話をするために捜していたはずがない。

「俺を叩きのめしたかったか？　〝大山正紀〟に人生を狂わされたと思って、復讐したかったんだろ」

長身の大山正紀は地面を睨みつけた。雷鳴に続き、土砂降りの雨音を破るような雷鼓が轟く。

「図星だろ」

彼はかぶりを振りながら顔を上げた。

「暴力なんて、決して――」

「どうだか」

悪名で悩むくらいだから、元々、綺麗な名前だったのだろう。透明人間のような孤独の中、悪名を得て初めて存在が知られた自分とは違う。

「俺らは〝本物〟を捜していたんです。自分たちの苦しみをぶつけたくて……」

嘘臭い。

犯人の〝大山正紀〟に恨み節をぶつけて何になる？　それで自分たちの状況が変わるわけでもないだろう。まあ、他の大山正紀たちが何をしようと自分には関係ない。

ただ、何人もの大山正紀の存在は、名前のおかげで何者かになれた自分の存在を薄めてしまいそうで、落ち着かない気分にさせた。

「〝本物〟を見つけたいなら、もっと信憑性のある情報を探せよ」

長身の大山正紀が言いわけがましく反論した。

「他には手がかりが何もなかったんです。それで、ツイッターの告発に飛びついてしまって……」

「俺はロリコンじゃねえ。マジモンなら他にいただろ」

「他に？」

「ネットを捜したんじゃねえの？　見落としてるんだな」

長身の大山正紀が興奮した表情で一歩を踏み出した。濡れた前髪が額に張りついている。

「あなたは何か見つけたんですか！」

食いつきぶりで確信した。やはり何か思惑があるのだ。

「タダじゃ、教えられねえな」

長身の大山正紀が眉を顰めた。

「……何が望みなんですか」

正紀はびしょ濡れの顔を手の甲で拭うと、高校生を睨みつけた。

「口止め――だな」

襲撃され、復讐心で檻に監禁したまではよかったが、正直、引き際を見失っていた。懇願されたからといって、鍵を開けて、じゃあな、というわけにいくか？　結局、何日も監禁してしまった。

二人の登場は、解放の口実になる。だが、解放して逮捕されたくはなかった。

「でも――」長身の大山正紀は檻を見た。

自分たちが口をつぐんでも、こいつが通報したら――。そう危惧したのだろう。

正紀は檻の前でしゃがみ込み、鉄格子を握り締めた。大雨に打たれる高校生を睨みつける。

「警察にタレ込むか？」

高校生は半泣きの顔を横に振り立てた。頬を流れ落ちる雨が涙のように見えた。

正紀は鉄格子に顔を近づけた。

「俺は失うものはないんだ。元凶が誰だったか、忘れるな」

高校生が縋るように、二度三度と顎を縦に振る。

正紀は立ち上がり、二人を振り返った。

「後はあんたらの返事次第だな」

二人の大山正紀は顔を見合わせ、長身のほうが答えた。

「分かりました。彼を解放するなら、何も見なかったことにします」

「……今だけ、口だけ、じゃねえのか？」

「俺らは――むしろ大事《おおごと》になってほしくない立場ですから」

口調は真に迫っていた。信じていいかもしれない。

正紀は首を回した。

「じゃあ、教えてやるよ。〝本物〟の手がかりだろ」

「はい」

「事件が起きたころ、子供に執着してる大山正紀がいたよ。ツイッターで小火《ボヤ》事騒ぎがあったんだよ」

「ボヤ――ですか？」

「犯人の実名が出る前にアカウントを削除してたけどな。アーカイブは残ってたよ」

「そんな話、知りません」

「あんたらは自分の名前から目を背けてたから、見つけられなかったんだろ」

『愛美ちゃん殺害事件』が起きた当時、ネットで〝大山正紀〟の名前を検索して楽しんでいた。

誰もが自分の名前をつぶやいている。誰からも名前を呼ばれないような孤独な学校生活を送っていた自分が、初めて社会に存在している実感を覚えた。

そんなとき、『大山正紀』の実名アカウントが炎上した過去の騒動を知った。

「女性差別発言でアカウントが晒されて、ロリコン発言が発掘されて、ちょっと炎上したんだよ。その騒動でアカウントを削除したから、〝大山正紀〟の名前が週刊誌で暴露されたときにはもう誰も覚えてなくて、結びつけなかったみたいだな」

長身の大山正紀は緊張した顔をしていた。唾を飲み込んだのだろう、喉仏が上下した。

「それが——〝本物〟」

正紀は唇を緩めた。

「それは自分たちで確かめろよ」

25

大山正紀は第四回の『〝大山正紀〟同姓同名被害者の会』を主催すると、昨日の出来事を全員に報告した。今回は記者を除いた六人で集まっている。

「監禁って——」茶髪の大山正紀が愕然とした顔で、現実を否定するようにかぶりを振った。

「マジですか?」

記者に連絡しなかったのは、警察沙汰を避けたかったからだ。監禁事件として通報されたら困る。

「はい」正紀は答えた。「〝本物〟だと信じて襲ってきた高校生を返り討ちにして、森の檻に監禁していたんです」

「洒落にならないですね。高校生は？」

「約束どおり解放されました。その後は俺らと一緒にタクシーで町へ戻って、そこで家に帰しました」

「でも――」団子っ鼻の大山正紀が心配そうに言った。「その高校生が通報したら、僕らの立場、悪化しますよね。また大山正紀が事件を起こした、って」

「殺人犯の〝大山正紀〟じゃなかったんでしょ」茶髪の大山正紀が言った。「また、とは思われないんじゃ――」

　希望にしがみつくような声だった。

「僕らは殺人なんて犯してないのに、同姓同名ってだけで、嫌悪されたり、同一視されたりしてるじゃないですか。そんな中でまた大山正紀が監禁事件を起こしたとなったら――」

　大山正紀のイメージが地に落ちる。

　彼の危惧はよく分かる。

「一応大丈夫だと思います」正紀は言った。「その高校生も無実の人間を襲った負い目があるようで、大事にはしたくないみたいです」

「でも何日も帰宅しなかったら、親が騒いで、もう警察沙汰になってるんじゃ――」

「それも心配ないはずです。一人暮らしで、普段から学校をサボって遊び歩いていたらしいので」

　帰りのタクシーの中で彼から話を聞いている。家庭環境だけでなく、気持ちも――。

――ツイッターでみんなが怒りまくっていたから、〝大山正紀〟をボコボコにしたら英雄《ヒーロー》になれると思ったんです。反省がない奴に〝世間の怒り〟を思い知らせてやりたかったんです。

悪人を叩くことは正義だ。ならば、現実《リアル》に私刑を加えて何が悪い――？　そういう思考だろう。

コロナが世界で蔓延しはじめ、日本で非常事態宣言が出たときは、〝自粛警察〟がトレンドになった。自粛しない店に対し、脅迫の貼り紙をしたり、罵倒したり、集団でデモを行ったり――。

私刑を加える集団だ。

私刑――か。

それはどこまで許されるのか。

相手が自粛しない店なら？　相手が差別的な失言をした有名人なら？　相手が不起訴になった犯罪者なら？　相手が出所した殺人犯なら――？

正紀は自問した。胸の内でもやもやと渦巻く感情はあったが、答えは出なかった。

「結局、無駄骨だったな」細目の大山正紀が荒っぽく椅子に尻を落とした。「捜すのに苦労したのによ」

徒労感はある。だが、〝本物〟だと信じ込んで尾行したからこそ、その大山正紀が取り返しのつかない事件を起こす前に食い止められたのだ。前向きにとらえよう。

細目の大山正紀が舌打ちした。

「あー、ムカつく！　こちとら、コロナで仕事失って散々イライラしてんのによ」

彼のことを知るきっかけを摑んだと思い、正紀は訊いた。

「以前は何のお仕事を――？」

「……キャバの黒服だよ。夜の仕事が軒並み苦しくなって、首切られて、追い打ちかけるように〝大山正紀〟の出所だよ。再就職しようにも、前職と名前を色眼鏡で見やがる」

「そうだったんですか」

「〝本物〟を見つけてやっと人生を取り戻せると思ったのによ。承認欲求こじらせた偽者かよ」

承認欲求――。

悪名を喜ぶ人間がいるとは思わなかった。自分たちはその悪名にこそ苦しめられている。

そういえば、社会を騒がせる大事件が起きると、自分が犯人だと名乗る電話が警察にかかってくることもあるという。世の中には悪名でも欲しがる人間がいるのだ。

正紀は自分の定時制高校時代を思い出した。

コンビニでバイトしているとき、たまたま同姓同名の話になり、『大山正紀』で検索した。『愛美ちゃん殺害事件』の犯人の名が公になる前だったから、色んな大山正紀がヒットした。そのうちの何人かは後に『〝大山正紀〟同姓同名被害者の会』で顔を合わせた。

サッカーで活躍している大山正紀、研究の分野で注目されている大山正紀――。

何者でもない自分に対し、名前がある大山正紀たち。同じ名前なのになぜこうも違うのか。そんな惨めさを感じた。

そう、自分は何者かになりたかった。何者かにならなければ、今の世の中では存在しないも同然だった。

誰からも目を向けられない苦しさや孤独感は、知っている。だが、自分は悪名を喜ばなかった。猟奇殺人犯と同姓同名という理由で注目されることを望まなかった。何者でもなかった自分がこんな形で何者かになってしまったことに動揺し、苦しんだ。

大山正紀の名前は呪いだった。犯人が生きているかぎり、一生纏わりつく呪い――。

悪名でも嬉しいのか。

そんなに何者かになりたいのか。

いや――と思う。考え方は逆なのかもしれない。

悪名でも欲するほど孤独で虚無の人生――。

あの大山正紀は社会で存在が認められてこなかった、社会の犠牲者の一人なのかもしれない。

現代社会で人々は共感を求めて必死になっている。映える写真を投稿して〝いいね〟の数を競う。大勢が聞きたい意見をツイートしてリツイート数を稼ぐ。過激な発言で注目を集める。自分の投稿や発言に共感してもらえれば、承認欲求が満たされる。それがたとえ一時だとしても……。

悪名を振りかざした大山正紀も、そんな人々と同じなのだ。

そう考えたとき、正紀ははっとした。

今の自分はどうなのか。大山正紀の名前に呪われ、日々の生活で苦しんでいるという〝被害者〟の立場に酔ってはいないか。〝被害者〟の立場であれば、周りから同情され、誰も傷つけることなく何者かになれる――。

『被害者の会』を結成したのも、自分が中心となって人々に注目されたい欲求が心の奥底になかったか。

正紀はかぶりを振った。

違う。自分は本当に苦しんでいる。今の状況から救われたいと心底願っているのだ。

正紀は深呼吸し、彼らに言った。

「犯人の〝大山正紀〟を突き止める手がかりはまだあります」

全員の目が集まる。細目の大山正紀が「本当かよ」と疑《うたぐ》り深そうに訊いた。

正紀は森で聞かされた話を説明すると、スマートフォンを操作し、テーブルに置いた。

「本当にアーカイブがありました。これです」

スマートフォンには、炎上騒動が纏められたサイトのアーカイブが表示されている。

正紀は人差し指で画面を撫でてスクロールした。

『冬弥』というアカウントが晒し上げられていた。プロフィール欄には『飯娘／金髪ロリは嫁／オタ／アニメ／ゲーム／ロリの泣き顔は至高！』と書かれている。

「経緯を説明すると、そもそも、この『冬弥』の炎上がきっかけです」

発端は一つのツイートだった。『愛美ちゃん殺害事件』の犯人の実名が出ていない時期だ。

『おっさんと美人の女性なら、美人の淹れたお茶のほうが嬉しいし、美味しいと思うのが当たり前だと思うんだけど、女友達にそう言ったら、人間性を疑われて、差別だってキレられたあげく、相互フォローのリア垢で陰口叩かれた……陰険すぎて女怖い（震え声）』

『冬弥』のツイートを見つけた人間が批判と共に共有《リツイート》し、瞬く間に拡散した。

『考え方古すぎ！　昭和脳』

『女性蔑視　最低のクソ男じゃん』

『アニメが好きなら表に出てくんな』

『あなたの存在は女性を不幸にするので、現実の女性には一生関わらないでください』

『自分が非常識な女性蔑視発言をしたくせに、それを批判されたら、陰険すぎて女怖い、とか、馬鹿だろ。死ね！』

叩きつけられる罵倒の数々――。

炎上した結果、『冬弥』の過去のツイートも次々と掘り起こされた。

ソーシャルゲームの〝ガチャ〟で幼い少女のキャラクターが出たときのツイート――。

『ついに出た！　悲鳴ボイスに萌える　#飯娘』

そして、現実世界の女児に言及したツイート――。

『今日は公園でもリアルロリと出会った。萌えた！』

犯罪傾向を感じるツイートが発覚したことにより、批判が津波となって押し寄せた。

『こいつ、ツイート調べたら、「幼女」とか「ロリ」とか、すげえ。現実でも事件起こすんじゃねえの？』

『社会に出てくんなよ』

『部屋に引きこもってろ』

『アカウント削除まで追い込め！』

『お前は差別主義者だ。お前が存在するかぎり、私たちはこの先お前を批判し続ける。覚悟しろ！』

『控えめに言って死んでほしい』

愚痴ツイートが炎上して注目された結果、問題の女友達の目に留まったらしい。『冬弥』のアカウントに『正紀だろ、お前。なに匿名であたしの悪口言ってんの？』と返信《リプライ》があったのだ。その結果、『大山正紀』の実名アカウントが特定された。

本名がバレたため、『大山正紀』はアカウントを削除した。犯人の実名が出たのはそれからしばらくしてからだった。

騒動の流れを確認した茶髪の大山正紀は、「こいつは間違いなく黒ですよ」と断言した。

女児に執着があった大山正紀――。

そんな大山正紀が何人もいるだろうか。偶然で片付けるのは難しい。

正紀は続けた。

「この炎上では住所特定の動きもあったみたいです」

正紀はスマートフォンの画面をタップした。ページが変わる。

『大山正紀』の過去のツイートの中から、住所の特定に繋がりそうなツイート――風景が写り込んでいる画像など――が集められていた。

「でも――」団子っ鼻の大山正紀が言った。「これが〝本物〟だとしても、今は別の町に住んでるんじゃ？　近所の人間には『愛美ちゃん殺害事件』が知られてるでしょうし」

「仮にそうだとしても、転居先を突き止められるかもしれませんし、調べる価値はあります」正紀は画面の文章を指差した。「見てください。場所はもうかなり絞られてます」

実名アカウントの中で、大山正紀は『久しぶりに母校の小学校に来た。可愛い女の子が縄跳びで遊んでた』とツイートしていた。校庭の写真が添付されている。プライバシーに配慮したらしく、女の子の顔はピンク色で塗り潰してあったが、ネットの〝特定班〟が目をつけたのは風景だった。校庭のフェンスの向こう側に写り込んだ景色から小学校の名前を突き止めている。

次に『冬弥』のアカウントのツイートが注目されていた。

『近所に可愛い女の子がいるメイドカフェがオープンした。ご奉仕してほしい！』

『猫耳装着必須はさすがに恥ずかしかった』

添付されているメニューの写真には、口にするのも恥ずかしい料理名が並んでいる。

〝特定班〟は、件《くだん》の小学校の近辺で、そのツイートの日付と近い時期にオープンしたメイドカフェを突き止めていた。メニューが一致したため、確定情報だった。他にも、場所に言及したツイートを手がかりにし、大山正紀の住所を絞っている。

だが、特定作業はそこで止まっていた。〝大山正紀〟の名前が出る前の炎上騒動なので、おそらく〝特定班〟の興味はすぐ別の事件に移ったのだろう。

細目の大山正紀がスマートフォンの画面を指差した。

「特定作業、俺らで引き継ごうぜ」

26

不吉を象徴するように鉛色の雲が重く垂れ込めていた。寒風が庭の裸木の枝々を震わせている。虫が這い回るような音を立てながら赤錆色の落ち葉が砂地を舞っていく。

大山正紀は築年数を経たアパートの前に立ち、同志たちを見た。誰の顔にも興奮の高ぶりが見え隠れしている。記者にはまだ無断で行動している。

住所特定の手がかりは、千個以上遡った時期のツイートにあった。美少女フィギュアが並ぶ棚を撮影した写真の中に、窓が写り込んでいたのだ。カーテンが半分以上閉まっていたが、そこから外の景色が確認できた。

決定打となったのは、個人酒店の看板だ。名前で検索したらホームページが見つかり、店の住所が記載されていた。後は地図アプリを使って、店の看板がその角度で写るアパートを捜すだけだった。

「大山——ですよ」

茶髪の大山正紀が一〇一号室の表札を指差した。『大山』と書かれている。

ツイッターで女児への執着を見せていた大山正紀のアパートを突き止めた。犯人の〝大山正紀〟は犯行当時、両親と三人暮らしだったという。今も親が残っているのだろうか。

「どうします？」

正紀は面々を見回した。団子っ鼻の大山正紀が緊張を抜くように白い息を吐き、言った。

「親に接触するのはどうでしょう？　犯人の〝大山正紀〟の情報を何か得られるかも——」

細目の大山正紀が鼻で笑った。

「馬鹿だな、お前。親が教えるわけねえだろ。引っ越してないなら、群がるマスコミの質問攻めにうんざりしてるはずだからな」

「訊いてみなきゃ分からないじゃないですか。縁を切ってたら、庇う理由はないですし」

「絶縁状態ならなおさら関わりたくねえだろ。俺らみたいな素性も分からない人間に話すかよ」

至極もっともだ。

アパートまでやって来たものの、どうすべきか、簡単には結論が出なかった。

正紀はアパートの向かい側にあるカフェを指差した。

「とりあえず——腰を落ち着けて作戦会議といきますか。アパートは逃げませんし」

細目の大山正紀は不満そうに唇を歪めた。だが、反対はしなかった。

全員でカフェに移動した。コーヒーの香りに混じって、木のにおいが漂うレトロな内装で、花が開くような形のガラス製ペンダントライトが天井から吊り下がっている。

暖房が利いており、団子っ鼻の大山正紀は「暖かいですね」と言いながら黒のダウンジャケットを脱ぎ、椅子の背に掛けた。

正紀は自分もコートにすればよかったと思った。ニットのセーターは気軽に脱いだり着たりしにくい。

テーブル席に全員で座った。表の道路に面した壁は一面がガラス張りだから、アパートを監視できる。

立地のせいで繁盛していないのか、客は他におらず、口髭のマスターがときおり物珍しそうな一瞥を向けてくる。だが、スローテンポのジャズがBGMになっていて、よほど大声で話さないかぎり会話を聞かれる心配はない。

正紀はコーヒーを飲みながら、同志たちに意見を募った。茶髪の大山正紀がミルクを掻き混ぜながら口火を切る。

「誰かになりすますのがベターじゃないですか？」

中肉中背の大山正紀が「たとえば？」と訊く。

「そうですねえ。区役所の人間とか、元同級生とか。敵意がないと思ってもらえる人間がいいかもしれないですね」

「簡単には信じてもらえないですよ。信憑性がある理由を考えないと、突っぱねられるんじゃないですか」

「……難しいですね」

コーヒーで休憩しながら、案を出し合った。だが、一時間以上話し合っても名案は出なかった。

そのときだった。

「おい！」

細目の大山正紀が正紀を肘で突っついた。

正紀は彼の視線の先を見た。アパートの一〇一号室の前に青年が背を向けて立っていた。手の動きを見ると、ドアに鍵をかけているようだ。背は百七十センチほどで、チェック柄の上着を着ている。

「あれって、まさか――」

団子っ鼻の大山正紀が喉を鳴らした。

「本人……」正紀は彼の言葉を引き取った。

細目の大山正紀は「マジかよ……」と目を剝いている。「まだ同じアパートに住み続けてんのかよ」

「考えてみれば、十代の後半はずっと少年刑務所に入っていて、親も遺族に賠償金を払ったりしていたら、お金がないでしょうし、ここに住み続けるしかなかったのかもしれませんね」

「なるほどな。二手に分かれて調べるか」

「二手？」

「奴を尾行するグループと、アパートを調べるグループだ。親と同居してるなら、今のうちに話を聞けるし、してなきゃ、アパートを調べられる」

サッカー部だった大山正紀が困惑顔を見せた。

「調べるって――？」

「部屋から証拠を見つけんだよ」

「いやいや、それはまずいですよ。住居侵入になりますし……。俺は逮捕されたくありません」

「ビビってんなよ。俺らは後がねえんだよ。お前は人生を取り戻したくねえのかよ」

サッカー部だった大山正紀は視線を落とした。膝の上で拳を握り締めている。

「ほら、のんびりしてたら行っちまうぞ」

細目の大山正紀がアパートのほうに顎をしゃくってみせた。〝大山正紀〟が歩いていく。

「俺は――尾行側で」

サッカー部だった大山正紀が言った。他には茶髪の大山正紀と団子っ鼻の大山正紀が尾行班を選んだ。

「急に帰宅しはじめるとか、ヤバかったら電話します」

サッカー部だった大山正紀を筆頭に、三人が店を出ていった。

正紀は残った二人を交互に見た。

「どうします？」

「……チャイム鳴らすしかないだろ」

正紀は全員分の代金を払ってカフェを出た。暖房に包まれた店から外に出ると、寒暖差で凍えるような寒さを感じた。手のひらをこすりながら道路を渡る。

細目の大山正紀がアパートに近づき、一〇一号室のチャイムを押し込んだ。音が鳴ったが、室内から反応はなかった。二度、三度と鳴らした。

物音一つしなかった。人がいる気配はない。

〝大山正紀〟は一人で住んでいるのだろうか。息子の逮捕後、両親は逃げてしまったのかもしれない。

細目の大山正紀はアパートの側面へ回った。ついていくと、彼は窓に顔を近づけていた。

「……何か見えます？」

窓のカーテンは閉まっていた。よく見ると、数センチの隙間があり、そこから室内の様子が窺える。電気が消えているせいで、部屋は闇に閉ざされていた。

「外からじゃ、無理だな」

細目の大山正紀は舌打ちすると、周辺を見回した。前庭に踏み入り、花壇からレンガを持ってきた。

「ちょ、ちょっと……」中肉中背の大山正紀が慌てた。「それで何を――」

「部屋を調べるって言ったろ」

「ほ、本気だったんですか」

「当たり前だろ。何で嘘をつくんだよ？」

細目の大山正紀が窓ガラスに左の手のひらを添え、右手のレンガを振りかぶった。

「あっ、それは――」

正紀は制止しようとして手を伸ばした。だが、摑む前に彼の手首が振り下ろされた。レンガがガラスに叩きつけられ、隅が割れた。ガラス片を落とすように何度か軽く叩く。

――引き返せない状況に陥ってしまった。

正紀は愕然として彼の行動を見つめるしかなかった。

細目の大山正紀がぎざぎざの穴から腕を差し入れ、内側の鍵を回した。窓をスライドさせ、振り返る。そして――満足げに口元を緩めた。

「さ、奴が帰ってくる前に調べようぜ」彼は靴を脱ぐと、窓から身を乗り入れた。「ガラスが危ねえなあ。玄関で待っててくれ」

二人で玄関に回ると、彼が内側からドアを開けた。

「ほら」

正紀は躊躇した。

踏み入ってしまったら、住居侵入になる。警察に逮捕される事態は避けたい。だが、相手が犯人の〝大山正紀〟なら――大事になるのを避けて通報しないだろう。

「俺たちの名前を――人生を取り戻すんだろ」

細目の大山正紀が言った。切実な声だった。

正紀は深呼吸し、覚悟を決めて玄関に入った。靴を脱ぎ、部屋に上がる。リビングルームには白いソファが向き合うように置かれていた。壁付けの本棚には、漫画やライトノベルがぎっしりと詰まっている。壁には、等身大のタペストリー——制服姿で、ピンク髪の美少女キャラクターが描かれている——が飾られていた。正面には薄型テレビがあり、その横の机にデスクトップパソコンが置かれている。

細目の大山正紀はためらわずパソコンを起動させた。だが、パスワードで保護されていた。彼は「クソッ」と毒づき、電源を落とした。

「駄目か。パソコンを調べりゃ、児童ポルノとかあると思ったんだけどな」

細目の大山正紀は、机に飾られた美少女フィギュアを取り上げた。小学生くらいのキャラクターだ。逆さまにしてスカートの中を確認する。

「刑務所にいても更生してねえじゃん。こんなもんに執着してよ。ロリコンだろ。ツイッターでもロリ好きを公言してたな」

中肉中背の大山正紀が後ろからおずおずと言った。

「まだ犯人だって決まったわけじゃ——」

「何甘っちょろいこと言ってんだよ。ヤバさぷんぷんだろ」

「……このくらいは今時普通じゃないですか？」

「何だよ？」細目の大山正紀は蔑む目で嘲笑した。「お前もオタクかよ」

「い、いや、別に——」

細目の大山正紀は鼻を鳴らすと、室内を見回し、おもむろに押入れの引き戸を開けた。畳まれた布団の横に、段ボールの小箱が置かれている。

「怪しいよな、こういうの」

彼は段ボールの小箱を取り出し、開けた。中には——小学生の女の子が魔法少女に変身して闘うアニメのキャラクターが描かれた同人誌が何冊も収められていた。

表紙には『可哀想は可愛い』という文言と共に、泣き顔の少女が描かれていた。


大山正紀は他の二人と〝大山正紀〟を尾行していた。

——奴が『愛美ちゃん殺害事件』の犯人なら、必ず正体を暴いてみせる。

〝大山正紀〟が入ったのは——保育園だった。『ほしまち保育園』と書かれた看板が立てられている。前庭の先に二階建てでコンクリート製の建物があった。

正紀は電信柱の陰からその様子を窺いながら、他の二人と顔を見合わせた。

〝大山正紀〟はなぜ保育園に入っていったのか。出所したばかりで子供がいるはずもない。

まさかと思う。

三十分ほど見張っていると、保育園の建物から〝大山正紀〟が十人ほどの子供たちと現れた。両手で二人の女児の手を引き、百メートルほど離れた公園へ連れていく。

遊具で遊びたがる女児の脇を抱えてブランコに乗せてやったり、抱っこしてやったり——。

子供たちは「先生、先生！」とはしゃいでいる。

〝大山正紀〟は保育園で働いている！

悪名高い本名と前科を隠しているのだろう。保育士バイトなら資格はいらなかったはずだ。保育士不足が問題視されている時代だから、保育園としては渡りに船で雇い入れたのかもしれない。『愛美ちゃん殺害事件』の犯人とは露知らず……。

〝大山正紀〟は女児たちと遊んでいるが、明らかに肉体的な接触が多かった。危機感を覚えた。〝大山正紀〟の正体を保育園に伝えて、注意喚起するべきではないか。

正紀はスマートフォンを取り出し、構えた。遠くから一枚、ズームして一枚、写真を撮った。貴重な証拠になる。

写真のデータを残留組に一斉送信した。

自分たちの名前を――自分たちの人生を取り戻すことも大事だが、今は第二の愛美ちゃんを生まないことが最優先だ。仄暗い欲望の火がまだ燻《くすぶ》っているからこそ、女児と触れ合える保育士バイトの仕事を選んだのは間違いない。

正紀は他の二人とアパートに戻った。三人と合流し、成果を報告し合った。

「〝本物〟認定するんですか？」

正紀は同志たちに訊いた。全員で話し合う。

「間違いねえだろ。こんなロリコンの大山正紀が世の中に何人もいてたまるかよ」

「でも、確証はまだ何もないですよね」

「もう充分じゃないですか？」

「僕はそうは思いません」

「俺は〝本物〟だと思います。顔写真を公表しましょう」

「この前の誤認もありますし、慎重になるべきです。別人を晒し上げたら取り返しがつきませんよ」

長い時間議論したものの、結局、〝大山正紀〟をどうするか、すぐに答えは出なかった。

27

大山正紀は木製ベンチに座り、公園内ではしゃいでいる保育園児たちを眺めていた。寒空の下でも元気いっぱいだ。

警戒されずに女児と接することができる保育士バイトの仕事は、小児性愛者《ペドフィリア》には天職だ。

正紀は手のひらで唇を撫でた。付着した唾は、ジーンズにこすりつけて拭った。

園児の中で一番可愛いのは誰か、吟味した。下半身を高ぶらせてくれそうなのは——。

正紀が目をつけたのは、花柄のワンピースを着た女児だった。冷風になびくサラサラの黒髪には、ヒマワリの髪留めをしていた。可愛らしいウサギの耳付きのイヤーウォーマーをしており、小動物のような印象がある。どことなく愛美ちゃんの面影があった。

女児は無垢な笑顔を弾けさせ、跳ね回っていた。

「レナちゃん、こっちで遊ぼ！」

友達が呼ぶも、女児は首を横に振った。

「あたしは砂遊びする！」

女児はスコップで小山を作り続けている。

今は他に大人の姿はなかった。近所の人間も出歩いていない。チャンスは今しかない。

正紀はベンチから腰を上げると、女児に近づいた。内心の思惑を押し隠し、不安を一切与えない笑みを作って話しかける。

「レナちゃんは先生が好きかい？」

尋ねると、女児は笑顔のまま「うん！」と大きくうなずいた。

正紀は自然と唇が緩むのを感じた。

「そうか。先生のことは大好きか」

「大好き！」

「本当に先生が大好きなら、ちゅ、ちゅーをするべきじゃないかな？　ちゅーって分かる？」

「分かるよ。おやすみする前、パパとママにする」

「いい子だね。じゃあ、先生にもしてみようか」

正紀はスマートフォンを取り出し、動画撮影のためにカメラを起動した。

欲望を抑えるな。

我慢など必要ない。

本能のままに行動しろ。

自制が利くならそもそも刑務所には入っていない。性的な趣味嗜好はそうそう変わるものではない。

「先生のことが大好きなら、ちゅー、できるよね？」

28

『〝大山正紀〟同姓同名被害者の会』を開くと、大山正紀は全員を順に見た。

記者は咎める眼差しをしていた。

「なぜあんな勝手なことを――」

大山正紀たちは顔を見合わせた。

「……写真の件ですよね？」サッカー部だった大山正紀が深刻な顔で答えた。「大騒ぎになってます」

中肉中背の大山正紀がかぶりを振った。

「僕は何もしてないですよ！」

全員が同調してうなずく。

「しかし、この『会』の名前が出てますよね？」

〝大山正紀〟のアパートを捜索してから二日後のことだった。『殺人犯・大山正紀の現在の姿』として、公園で女児と戯れる写真がネットに晒し上げられたのだ。

当然、大騒ぎとなった。

元々ネットでは〝大山正紀〟捜しが過熱していた。結局なりすましだったあの大山正紀を本物だと信じている者が大多数で、犯歴を誇示していると思い込み、社会的制裁を求める声があふれていた。そこに降って湧いた写真――。

大炎上しないはずがない。

「誰かがネットにアップしたんですか？」

正紀は全員に訊いた。

大山正紀たちは揃って首を横に振った。誰一人として認めなかった。

正紀は全員の表情を探った。

事実を隠しているのは誰なのか。二日前に撮影して『〝大山正紀〟同姓同名被害者の会』で共有した写真がネットに出回っているのだから、『会』に参加している自分以外の五人のうちの誰かの仕業としか考えられない。

一体誰が先走ったのか。サッカー部だった大山正紀、茶髪の大山正紀、団子っ鼻の大山正紀、中肉中背の大山正紀、細目の大山正紀――。

誰かが勝手に写真をネットに流した。写真をどうするか、とりあえず保留する、という結論に至ったはずなのに、独断で行動した者がいるのだ。

ネットでは保育園の名前を特定しようとする動きが加速していた。時間の問題だろう。

『大山正紀から女の子を守れ！』

『保育園に警告しなきゃ、また女の子が殺されるぞ！』

『大山正紀を社会から隔離しろ！』

『一時的に男性保育士全員の仕事を停止すべき！』

『一刻も早く保育園を突き止めろ』

『大山正紀には命で償わせろ』

SNS《ツイッター》で大勢が気炎を吐いていた。マグマのように噴出する怒り――。

「遅かれ早かれこうなっていたんです」団子っ鼻の大山正紀が言った。「後はネットの奴らに任せておきましょう。保育園まで特定して制裁を加えてくれますよ」

細目の大山正紀が彼を睨みつけた。

「お前が晒したのか？」

「……僕じゃありません」

「どうだか」

「本当です」

「まだ確証がねえだろ」

「でも――」団子っ鼻の大山正紀は視線をさ迷わせた。「あなたも〝本物〟だって確信してたじゃないですか」

「関係ねえよ。まだ様子見の段階だろ。何で勝手に晒した？　騒動を知ったら逃げちまうぞ」

「だから僕じゃないですって」

「じゃあ誰なんだよ！」

細目の大山正紀は全員を見回した。誰もが無言だった。

保育園で働く大山正紀が〝本物〟ならば、素顔を公表するという目的は達成されたことになる。彼が逃げてしまったとしても、それはそれで構わない。

正紀は記者に顔を向けた。

「どうしましょう？」

記者は無精髭を撫でた。

「……一度、当人の姿を見ておきたいですね。アパートの場所へ案内してくれませんか」

「それは構いませんが――」

「反対だ！」細目の大山正紀が嚙みついた。「奴は放置するべきだ。俺らがアクションを起こす必要なんてねえ」

「いや」記者が言った。「何かアクションを起こすわけではなく、状況の把握です」

「慎重であるべきだ」

「これほどの騒動になったら、もう慎重に行動する意味はありません。むしろ、〝本物〟にぶつかったほうが同姓同名の問題を世間に周知できます」


全員で電車に乗って移動し、保育園で働く大山正紀が住むアパートへ向かった。凍てつく空気が張り詰めた中、血の色の夕日が建物や樹木の影を長く伸ばしている。

「ここです」

正紀はアパートを指差した。

「あなた方が侵入したのは――」

記者が歩きはじめたので、正紀はアパートの側面へ案内した。先日割った窓ガラスは――早くも交換されていた。警察沙汰にはなっていないのだろうか。犯人の〝大山正紀〟としては、やはり警察に極力関わりたくないのだ。何も盗られていなければ、一一〇番は避けるだろう。

警察が動いていないなら、助かる。

「留守でしょうか」

記者は窓ガラスに顔を近づけ、様子を窺った。カーテンを透過する電気の光はない。

「仕事中かもしれないですね」

「危険ですよね」中肉中背の大山正紀が眉間に深い皺を作った。「こうしているあいだにも奴は保育園で女児と接している。本当に更生していたなら、保育園を職場に選ばないだろう。――」

「また事件を起こされたら、僕らの立場は――」

他の大山正紀の顔に不安が蔓延する。

「俺らから保育園に警告すべきじゃないですか」

茶髪の大山正紀が言った。

その選択肢も考えなければいけない。少年犯罪を犯した前科者の社会復帰を邪魔しているとのそしりを受けようとも、多少の批判を覚悟で正義の声を上げることも必要ではないか。

細目の大山正紀が苛立ち紛れに反論した。

「何度も言わせんなよ。性急すぎる」

「時間がありません」茶髪の大山正紀が言い返した。「明日にも――いえ、今日にも最悪の事態が起こる可能性もあるんです」

「絶対的な物証を摑むまで様子見すべきだ」

「様子見していて被害が出たら本末転倒です。児童虐待と同じですよ。少しでも怪しいと思ったら、即通報。それが被害を未然に防ぐんです」

「娘と散歩中の父親が通報されて不快な思いをさせられたり、子育てネタを投稿した女の有名人が虐待疑惑で嫌がらせの通報をされたり――。最近は一方的な通報が問題になってるだろ」

「通報はどんどんすべきです。それで被害がなかったなら、笑い話で済ませばいいじゃないですか。周りの人たちが子供にそこまで目配りしてくれているのは、親として心強いんじゃないですか？」

「独身だろ、お前。説得力ねえよ」

「それはお互い様じゃないですか。とにかく、俺は保育園に警告すべきだと思います」

細目の大山正紀は「勝手にしろよ」と吐き捨てた。「後悔すんなよな」

正紀は彼を見た。

「あなたは何か知っているんですか？」

「は？　何かって何だよ」

「いえ。何だか思わせぶりなので……」

「知るわけねえだろ」

細目の大山正紀はそっぽを向き、もう反応はしなかった。

茶髪の大山正紀が力強く言い放った。

「じゃあ、警告する方向で決定ですね」

反対意見はなかった。

「行きましょう」

全員で保育園へ向かおうとしたときだった。

「あっ！」サッカー部だった大山正紀が声を上げた。「奴が帰宅しましたよ！」

全員が同時に顔を向けた。

通りの向こう側から歩いてくる〝大山正紀〟――。隣には背の低い女性の姿があった。セミロングの黒髪で、地味な顔立ちだ。ベージュのコートに黒のロングスカート。

「女連れかよ」細目の大山正紀が吐き捨てた。「幼女趣味のくせに大人の女をたぶらかしてんのか？」

中肉中背の大山正紀が言った。

「でも、雰囲気は幼いですよ」

女性は小柄なので、体形的には中学生にも見える。交際相手の好みからも趣味嗜好が分かる。

「危ないですよね」茶髪の大山正紀が心配そうに言った。「あの女性も下手したら犠牲に――」

保育園で働く大山正紀は、アパートの部屋に女性を連れ込んだ。カーテンが閉められた窓が明るむ。

正紀は記者を見た。

「犯人には姉妹もいなかったですよね？」

「はい。一人っ子です」

「じゃあ、あの女性は姉や妹じゃないですね」

「俺らで助けましょう！」茶髪の大山正紀が決然と言った。「正体を教えて警告しないと！」

女性が過去の罪を知りながら付き合っているとは思えない。彼女のためにも警告は必要だ。

交際相手が女児を惨殺した猟奇殺人犯だと知ったら、女性も戦慄するだろう。女性を救った後、保育園にも警告すれば、第二の犠牲者が出るのを防げる。

どうすべきか話し合った結果、前回のカフェで女性が出てくるのを待つことにした。

カフェで小一時間過ごしたときだ。アパートの部屋から女性が出てきた。猟奇殺人犯のアパートに連れ込まれたが、とりあえずは無事だったようだ。

「チャンスですよ」茶髪の大山正紀が声を上げた。「行きましょう」

全員で立ち上がり、会計をしてカフェを出た。ショルダーバッグを提げた女性はアパートの敷地を出ると、通りを歩きはじめた。

「すみません！」

茶髪の大山正紀が声をかけると、女性が「え？」と振り返った。数人の男を目にして顔に警戒心が宿る。

「な、何なんですか……」

年齢的にはおそらく二十代だ。しかし、改めて間近で見ると、やはり顔立ちは幼い。制服を着たら中学生にも見えるだろう。保育園で働く大山正紀が目をつけた理由はそこだ。

茶髪の大山正紀が軽く手を上げ、無害をアピールした。

「あっ、俺らは怪しい者じゃありません」

「そんなこと言われても――」

女性は救いを求めるように左右を見た。

「あなたが付き合っている男の話です！」

彼女が騒ぐ前に正紀は慌てて本題に入った。他の全員がうなずく。

女性が不審そうに目を細めた。

「い、一体何なんですか」

正紀は同志たちを窺った。単刀直入に切り出すか、遠回しに探りを入れるか――。

迷ったすえ、曖昧な物言いは無駄だと結論づけた。

「……あなたは男の正体、ご存じですか」

「正体?」

「そうです。男の名前に聞き覚えありませんか」

女性は眉根を寄せ、首を捻った。

「男は本名を名乗ってますよね」正紀は言った。「表札にちゃんと苗字がありますし」

「は、はあ……」

「〝大山正紀〟」

女性の顔に当惑が浮かぶ。

「それって殺人事件の――?」

「そうです、そうです。俺らはあなたに警告しに来たんです」

女性は胡散臭いものでも見るような眼差しで全員を見回した。

「……何が言いたいのか、全然分かりません」

「あなたが一緒にいる〝大山正紀〟は、その事件の犯人です」

女性の表情は変わらなかった。〝大山正紀〟の名前を聞きながら、『愛美ちゃん殺害事件』と結びつけなかったのだろうか。その鈍感さに疑問を抱いた。

「六歳の女の子を惨殺した猟奇殺人犯なんです。早く離れないと、あなたも危ないです」

「あのう……」女性はためらいがちに口を開いた。「あなたたちは何か勘違いしているんじゃ……。彼は大山正紀じゃありません」

「いや、大山でしょ」

「もしかしたら――」団子っ鼻の大山正紀が口を挟んだ。「苗字はそのままで、名前だけ偽ってるとか」

女性は緩やかにかぶりを振った。

「私は彼と六年以上付き合っているんです」

「え？」

「彼は犯罪なんてしていません」

「いや、でも――」正紀は愕然としながら言った。「ツイッターアカウントから突き止めたんですよ、ここを」

スマートフォンを取り出し、画面を見せた。七年前に炎上した『大山正紀』の本名のアカウントが表示されている。

女性の瞳が揺れた。

「これ――。彼じゃありません。私の、ア、カ、ウ、ン、ト、です、」

「でも、名前が――」

「これは大山正紀《まさのり》じゃありません。私の本名――大山正紀《まさき》なんです」

29

大山正紀《まさき》は自分を取り囲む男たちを見回した。野球帽を被った一人以外、同年代――二十代だろう。彼を猟奇殺人犯の〝大山正紀〟と勘違いし、〝正義の制裁〟を加えるつもりで行動している集団だろうか。

感情で他人を吊るし上げる人々の恐ろしさは、身に染みている。

「……本当にあの男は〝大山正紀〟じゃないんですか」

男の一人が動揺した顔で訊いた。

「違います」

彼との出会いは、七年前の公園だった。女友達との約束まで時間を潰しているときだ。

公園で遊んでいる保育園児たちを見かけた。ワンピースの女の子が近づいてきて、「これ、あげる」と泥団子を差し出してきた。お礼を言いながら受け取り、むしゃむしゃ、と食べる真似をした。女の子が笑顔を弾けさせた。

その様子を見ていたのが保育士の男性だった。「すみません……」と恐縮しながら頭を下げた。

――子供は好きですから。無邪気で、天使ですよね。

――そうなんです。本当に可愛らしいです。

彼のほほ笑みに惹かれ、心にもない台詞を返した。

——どうせなら、子供に関わる仕事に就きたかったなあ、って思っています。

すると、彼は嬉しそうに言った。

——目が離せなくて大変ですけど、楽しい仕事ですよ。自分には天職だと思ってます。

その後はしばらく彼と楽しく話した。

彼に再会したのは、ツイッターが炎上した後だった。アカウントを削除してから、公園にふらふらと足を運んだ。

オタクで、人とのコミュニケーションが苦手で、美人でもない自分にも、彼は笑顔で話してくれた。胸の内を吐き出し、慰められるうち、好意を抱くようになった。

数ヵ月後、彼に告白され、付き合うようになった。彼はオタク趣味も認めてくれる。自分を偽る必要がなく、堂々としていられる。そんなことは初めてだった。今はアパートで同棲している。

正紀は目の前の男たちを睨み返し、彼の名前を伝えた。〝大山正紀〟とは一文字も一致しない。

男たちは困惑顔を見合わせている。

殺人事件の犯人の名前が〝大山正紀《まさのり》〟だと報じられたとき、自分とは読み方が違う同姓同名だと気づき、嫌な感じを覚えた。だが、所詮は男が起こした事件で、女の自分が忌避されることはなかった。

七年前に削除した実名アカウントの炎上騒ぎが掘り返され、彼氏が犯人の〝大山正紀〟に間違われるとは思わなかった。

「マジであのツイッターはあんたのか？」

刃物で切れ込みを入れたように目が細い男が訊いた。口調には苛立ちが滲み出ている。

「美人の淹れた茶のほうがどうのとか、書いてたろ。アカウントは男じゃないのか?」

――そのことか。

当時は、女性差別として炎上するとは思いもしなかった。脂ぎったおじさんか、綺麗な女性か、どちらか選べと言われて、おじさんが淹れたお茶をあえて望む女性がいるか。

不動産屋を一緒に訪ねた女友達も、日ごろ「美容院で担当がおじさんだと鳥肌が立つ」「お洒落なお店でおじさんが接客に現れたら萎える」と言っていた。価値観を共有していると思っていたから、〝共感ネタ〟のつもりの発言で、公然と人格を全否定されると思わなかった。

彼女は男との食事で割り勘ばかりだったことに苛々していたから、虫の居所が悪く、八つ当たりの生贄にされたのかもしれない。

細目の男が半信半疑の顔をしていた。

「アニメのツイートばっかで、美少女、美少女、って」

彼はオタク文化を全く知らないのだろう。そういう趣味の知り合いが周りにいないのだ。女のオタクは全員、BL《ボーイズラブ》の方向に向かう、と思い込んでいるに違いない。

普段、仲がいい同性のオタク仲間たちは全員美少女ゲームが大好きで、二次元の可愛い女の子に大興奮する。美少女キャラクターを愛でている。むしろむさ苦しい男キャラの登場を嫌っている。だから部屋には二次元の美少女キャラクターのタペストリーやポスターがたくさん貼ってある。

「美少女キャラを思う存分楽しむ権利は、男だけのものじゃなく、女にもあるはずです。女は美人に嫉妬して陰険にいじめるとかよく思われがちですけど、可愛い女の子が嫌いな女はほとんどいませんよ。それに、犯人のアカウントなら、タイミング的に、逮捕されてから留置場の中でアカウントを消したことになるんじゃないですか？」

「犯罪的な内容もあったろ。嗜虐趣味で――」

「フィクションと現実を混同しないでください」

リアルと性癖・趣味嗜好は別物だ。二次元のキャラクターだからこそ、女の子の泣き顔を可愛いと思う。保育士の彼が可愛がっているような現実《リアル》の女の子の泣き顔は見たくない。炎上する前は、ネットで女オタ同士、可愛い美少女キャラクターの同人誌の話で盛り上がっていた。

「彼はオタクじゃないですけど、そんな私の趣味も理解してくれています」

「じゃあ、部屋のグッズは――」

「え？」

正紀は相手が口にした言葉を聞き逃さなかった。先日、アパートの窓ガラスが割られていた。盗まれたものはなく、迷ったすえ、警察沙汰にするのは諦めた。面倒事を嫌ったのだ。

「まさか、部屋に侵入したのって――」

細目の男は失言を悔やむように目を逃がした。側溝を見つめて下唇を嚙んでいる。

「……犯罪ですよ」正紀は低い声で言った。「ガラスも割って……。警察を呼びますよ」

「ま、待ってください！」背が高い別の一人が焦った顔で割って入った。「それは本当に申しわけなく思っています。俺らは彼のほうを〝大山正紀〟だと思い込んでいて、その証拠を手に入れようとして……やりすぎてしまったんです」

他の数人が揃って「すみません」と頭を下げる。

苛立たしげな顔で突っ立っているのは、細目の男、ただ一人。彼は頭髪を掻き毟った。

「クソッ」

正紀は男たちを睨みつけた。

「そもそも、あなたたちは何の権利があってこんなことをしてるんですか。〝正義の人〟ですか？犯人や犯人の家族をネットで晒し上げて楽しんでる人でしょ」

「違います」背の高い男が答えた。「俺らは社会正義とか義憤とか、そんな曖昧な思想や感情で行動してるわけではありません。きわめて個人的な苦しみがあって……」

「苦しみ？」

男たちの顔に躊躇が浮かぶ。だが、間を置き、背の高い男が諦念混じりに答えた。

「……実は俺らは大山正紀なんです」

正紀は意味が理解できず、男たちを順に見た。

「同姓同名なんです。同じ名前の〝大山正紀〟が事件を起こしたせいで、社会で色んな被害を受けている人間の集まりです。自分たちの人生を救うために犯人の〝大山正紀〟を捜しているんです」

男は『〝大山正紀〟同姓同名被害者の会』の存在と目的を語った。信じられない話だった。

目の前に何人も同じ名前の人間が集まっている。それはどことなく異様で、気持ち悪く感じた。

顔も体形も服装も違うのに、同じ人間が別人の皮を被っているような――。

そう考えた瞬間、全身に鳥肌が立った。それは直感的なものだった。

――別人の皮を被っている。

正紀は男に訊いた。

「全員が同姓同名だって確認済みなんですよね？」

「一応、互いに身分証明はしました」

正紀は深呼吸すると、想像してしまった可能性を口にした。

「……この中にあなたたちが捜している〝大山正紀〟がいたら？」

30

戦慄を伴った電流が背筋に走った。

大山正紀《まさのり》は立ち尽くしたまま、絶句した。自分たちの中に犯人の〝大山正紀〟が――？

そんな可能性があるだろうか。

全員が大山正紀であることは確認し合ったが、それは犯人の〝大山正紀〟であることを否定はしない。

いやいや、と首を振る。

正紀は同志たちの顔を窺い見た。彼女の言葉を引き金にし、一瞬で疑心暗鬼が広がっていた。

「俺は違うぞ」細目の大山正紀が真っ先に否定した。「免許証で年齢を確認したろ。犯人より年上だ」

「俺も違いますよ、もちろん」

サッカー部だった大山正紀も断言した。

他の大山正紀たちも口々に否定する。

団子っ鼻の大山正紀が嫌悪感丸出しの顔でつぶやいた。

「仲間を疑うなんて……」

全員が否定しても、頭の中に芽生えた疑念は振り払えなかった。

『〝大山正紀〟同姓同名被害者の会』は、ネットを使って存在を告知した。だからそれを見た大山正紀たちが集まってきた。犯人の〝大山正紀〟も告知を目にしていたとしたら――。

だが、わざわざ『〝大山正紀〟同姓同名被害者の会』に入り込むメリットがあるだろうか。

自分が犯人だとしたらどう考えるだろう。

――自分の知らない場所で同姓同名の人間たちが集まっている。

それは漠然とした不安を掻き立てるかもしれない。気になり、正体を偽って顔を出してみようと考える可能性もある。

もしそうだとしたら、『〝大山正紀〟同姓同名被害者の会』が〝大山正紀〟捜しをはじめたときは、さぞ焦っただろう。犯人にしてみれば、何としてでも阻止したいはずだ。

正紀は記憶を探った。

〝大山正紀〟捜しに否定的だったのは誰だ？

多数決を取ったとき、反対派だったのは、研究者の大山正紀、サッカー部だった大山正紀、家庭教師の大山正紀――。その三人だ。だが、表向きは賛同しておいて、裏で狡猾に立ち回って妨害するほうが得策だと考えたなら、賛成派の中にいるかもしれない。

誰もが疑わしく思える。〝大山正紀〟が紛れ込んでいるかどうか確認する方法はないのか。

正紀はふと思い立ち、スマートフォンを取り出した。全員の写真を撮影しはじめる。

「な、何を——」

動揺と困惑の声が上がる。

「遺族や警察関係者なら犯人の顔を知っているはずです。犯人の〝大山正紀〟じゃないなら、確認されても平気ですよね？」

31

都内の住宅街に洋風の邸宅が建っていた。アイアン製の門の横に御影石の門柱があったが、くぼみに表札は嵌まっていなかった。好奇の眼差しに晒されることが耐え難かったのだろうか。

「ここ——ですか」

大山正紀は記者を一瞥した。

「はい。遺族の方がお住まいです」記者は腕時計を確認した。「約束の時間より二、三分早いですが……。伺いましょう」

記者が門柱のチャイムを鳴らした。二人でしばらく待つと、玄関ドアが開いた。

顔を出したのは、頬がこけ、唇が薄い中年男性だった。年齢は四十代半ばだったはずだが、ずいぶん老けていた。絶望的な諦念が染みついている。

テレビの記者会見で何度も目にした遺族――愛美ちゃんの父親だ。彼は門の前まで近づいてくると、唇を引き攣らせるようにして口を開いた。

「電話の――？」

「はい」記者は名乗ると、門ごしに名刺を差し出した。「突然のお電話にもかかわらず、お時間を作ってくださってありがとうございます。ご遺族の方の無念は想像もできません」

父親は苦悩を噛み締めるように、小さくうなずいた。脇に垂れた拳がぎゅっと握り締められた。

「実は私たちは〝大山正紀〟を追っています」

父親は噛み締めた歯の隙間から、蒸気のように息を吐き出した。怒りと憎しみを噴出させたようにも見えるし、罵倒の言葉を辛うじて呑み込むために感情を抜いたようにも見える。

「……どうぞ」

父親は返事も待たずに踵を返した。

遺族の自宅に招じ入れられるとは思っていなかったので、正紀は戸惑った。だが、記者は無言で父親の後をついていった。職業柄、被害者や遺族に接し慣れているのだろう。

案内されたのは、八畳ほどの和室だった。遺族の心の中のように空虚で、ほとんど何もない部屋――。和簞笥などの最低限の家具があるのみで、奥に仏壇がある。

父親は畳にあぐらを掻いた。肩が強張《こわば》っていた。両手で太ももをぐっと握っている。

正紀は記者と並んで正座した。

父親の瞳には、憎悪に似た怒りが浮かび上がっていた。少年刑務所から出所した〝大山正紀〟を待ち伏せし、自ら復讐を果たそうとして取り押さえられていた姿が脳裏に蘇る。

「奥様は——？」

記者が慎重な口ぶりで尋ねた。

「……三年前に離婚しました。長女は一人暮らしをしています」

「そうでしたか。存じ上げず、申しわけありません」

「いえ……」

記者は仏壇を見据えた。

「お線香を上げさせていただいても構いませんか」

父親は唇を噛んだまま、黙ってうなずいた。

記者は腰を上げると、仏壇の前の座布団に正座した。線香を上げて手を合わせるあいだ、息苦しいほどの沈黙があった。

正紀は記者と入れ替わって仏壇の前に座った。仏壇に置かれた遺影には、女の子が笑顔で写っている。

犯人の〝大山正紀〟にめった刺しにされた犠牲者——。

線香のにおいが生々しく死を伝えてくる。

遺族と被害者を前にしていると、自分たちの苦しみが取るに足らないもののように思え、落ち着かなくなった。

苦しみは相対的ではないと頭では分かっているものの、感情の部分がそれを否定する。

正紀は手を合わせ終えると、元の場所へ戻った。

父親は目を細め、視線を畳に落としている。

「大山正紀は——社会に存在してはいけないんです」

相手を焼き殺しそうな憎しみと怒りが噴きこぼれていた。向かい合っているだけで、その激情にあてられそうだった。

犯人の〝大山正紀〟に向けられている感情だと承知していても、父親は同姓同名の人間を区別していないから、加害者として遺族の前に正座している気分に陥った。

感情が揺さぶられる。

「犯人は——長女と同じ高校に通っていました」

初耳だった。

だが、記者はあまり驚いていないようだった。すでに情報を得ていたのだろうか。

「マスコミは伏せてくれていました。長女は事件とは無関係ですし、面白おかしく報じられたくなかったんです。同じ高校の生徒に妹を殺され、長女は学校に行けなくなり、結局、転校しました。大山正紀は長女の人生も滅茶苦茶にしたんです」

〝大山正紀〟——。

犯した罪によって、大勢を傷つけ、大勢の人生を狂わせた。

法律上で罪を償ったとして許されたならば、一体誰が遺族の無念を晴らすのか。世間だ。世間しかない。犯人の〝大山正紀〟は——世間に殺されても仕方がないのだ。

正紀は膝の上で拳を固めた。

「私たちも同じ気持ちです」記者が言った。「犯人が反省しているとは思えません。更生しているとも思えません。犯人の〝大山正紀〟には社会的な制裁が必要と考えます」

「当然です」

「私たちは〝大山正紀〟かもしれない人間の写真を持っていまして……。確認していただけないかと」

父親は出所した今の〝大山正紀〟の顔を見ている。

記者はスマートフォンの画像ファイルを開き、「これです」と順に見せはじめた。『〝大山正紀〟同姓同名被害者の会』の参加者の顔写真が表示されていく。

遺族の中年男性は首を振りながら画面を凝視していたが、やがて「あっ！」と声を上げた。

「こいつです！　こいつが大山正紀です！」

スマートフォンの画面に表示されているのは、サッカー部だった大山正紀だった。

32

『〝大山正紀〟同姓同名被害者の会』には、前回の参加者のうち唯一、一人だけ――サッカー部だった大山正紀が参加していなかった。

大山正紀は昨日の話を全員に伝えた。記者と二人で遺族を訪ね、顔写真を確認してもらったところ、サッカー部だった大山正紀が『愛美ちゃん殺害事件』の犯人だと断言したのだ。

「まさか、あいつが――」

細目の大山正紀が失態を悔やむように拳を握り締めていた。もっと早くに気づいていたら叩きのめしてやったのに、と言いたげだ。

「なりすまし、い、い——ってことですよね」

団子っ鼻の大山正紀が言った。

サッカーで活躍していた大山正紀が猟奇殺人の犯人なら、実名を暴露した週刊誌が触れていただろう。『サッカーに打ち込んでいた少年を何が殺人に駆り立てたのか?』と。

サッカーで活躍していた大山正紀と、先日まで『会』に参加していた大山正紀は別人のはずだ。

以前の〝大山正紀〟との会話が蘇る。

数人のグループに分かれて女子バレーの話をしていたときだ。〝大山正紀〟が『何を話してるんですか?』と寄ってきた。茶髪の大山正紀は——。

『イタリア代表のスパイクが恰好いいな……って』

たしかそう答えた。〝大山正紀〟はそれだけで理解し、『そのままポイントになったスパイク、何発もありましたもんね』とすぐさま話に乗ってきた。当時は何の違和感もなかった。

だが——。

なりすましと分かってから思い返すと、違った。

サッカーに青春時代を捧げていたなら、スパイクという単語を聞いたら靴《スパイク》のほうを連想するのではないか。サッカーのイタリア代表の選手が履いているスパイクの恰好良さで盛り上がっている、と考えるはずだ。

しかし、〝大山正紀〟は真っ先にバレーの話題だと考えた。サッカーに関心がない〝大山正紀〟だったからこその反応だ。

初顔合わせのとき、〝大山正紀〟はサッカー経験に触れて自己紹介した。『プロを夢見ていたんですが、〝大山正紀〟が事件を起こしたせいで、同級生からも変な目で見られて、チームメイトからも仲間外れにされるように……っていうか、フリーなのにパスを出してもらえなかったりして、やってらんねえな、って』

語った体験談は嘘だったのだろう。その後、『サッカーのほうにも影響ありました？』と話を振ったとき、〝大山正紀〟は何も語りたくないと言わんばかりの表情を返してきた。『愛美ちゃん殺害事件』の影響で失ったサッカーの話題を嫌っているのだと思ったが、実はボロを出すのを恐れていたのではないか。

〝大山正紀〟捜しにも反対するはずだ。

「連絡は取れねえのかよ？」

細目の大山正紀が正紀に顔を向けた。

「……今朝から何度も電話とメールをしてるんですが、反応がありません。遺族に顔を確認されると分かった時点で、もう正体を隠し通せないと悟ったんでしょう」

「クソッ！」

細目の大山正紀はテーブルに拳を叩きつけた。お茶を注いだコップが揺れる。

「でも、顔写真は手に入れましたよ」茶髪の大山正紀がとりなすように言った。「写真は撮ったんだから、後はそれを公開したら目的達成ですよね？」

記者は難しい顔つきをしていた。

「……今はタイミングが悪いかもしれません」

「どうしてですか」

「今、無実の保育士の男性が犯人として拡散されていますよね？　ネットでは誰もが犯人の〝大山正紀〟だと信じ込んで、保育園を特定しようと躍起になっています。そんな状態で『これが〝大山正紀〟だ』と暴露しても、信じてもらえるかどうか……」

たしかにそうかもしれない。よほどの根拠がなければ、ネットの人々の思い込みは覆せないだろう。

正紀はふと思い立ち、提案した。

「遺族の証言があれば、〝本物〟だと証明されます」

記者は渋い顔をした。

「……それは最終手段にしておきたいですね」

「名案だと思うんですけど」

「もちろん、遺族の証言があれば、犯人だと証明できます。しかし、遺族の手を借りて〝大山正紀〟の顔を晒したら、遺族の復讐という構図があまりに前面に出すぎて、本来の目的――凶悪犯と同姓同名の人々の苦しみ、という問題が脇へ追いやられてしまいます」

本来の目的は、自分たちが犯人と同一視されない状況を作ると同時に、同姓同名の人間の苦しみを人々に知ってもらうことだったはずだ。

何より――。

遺族の父親と顔を合わせた者としては、苦しみと怒りに囚われ続けている彼を巻き込みたくなかった。頼めば喜んで証言してくれるだろうが、それが正しいこととは思えない。

正紀は下唇を噛み締め、うなだれた。陰鬱な沈黙がしばらく室内を支配した。

記者が無精髭を撫でながら口を開いた。

「サッカーをしていた本物の大山正紀さん――。どなたか彼の情報を持っていますか？」

正紀は顔を上げた。

「なぜですか？」

「いえね、そもそもなぜ、犯人がわざわざ『会』に参加する必要があるんでしょう……。それになぜ彼になりすましたのか、気になりまして。何か意味があったのか、たまたまの思いつきなのか――。なりすまされた側から話を聞けば、何か手がかりを得られるかと思ったんです」

サッカーで活躍していた大山正紀になりすました理由――か。

考えてみれば、かなりリスクがある方法ではないか。『〝大山正紀〟同姓同名被害者の会』には色んな大山正紀が集まっていた。サッカー部だった大山正紀を名乗っても、本人が参加していたら嘘は一発でバレてしまう。

いや、待てよ――。

奴は全員が素性を明かした後で――高校サッカーで活躍していた大山正紀がこの場にいないと確信してから――、サッカー経験の話をした。〝大山正紀〟が自己紹介したのは最後だった。なぜか。

――自己紹介はあなたから右回りにしていきましょう。

自己紹介の流れになったとき、〝大山正紀〟がそう提案したからだ。

自分の自己紹介が最後になるようコントロールした――。

嘘の経歴を考える時間のゆとりが欲しかったのかもしれない。確信的な言動だろう。巧妙だと思う。だが、すぐには思いつかず、その場にはいない大山正紀になりすますことにした――。なりすましが突発的な思いつきなら、サッカーで活躍していた大山正紀が存在していることを以前から知っていたことになる。

正紀はスマートフォンでネットを検索した。

入力した単語は――。

『大山正紀　サッカー　高校』

それでも上位に表示されるのは、『愛美ちゃん殺害事件』関連の記事やブログやスレッドばかりだった。

駄目――か。

諦めかけたものの、名案が閃《ひらめ》き、詳細検索の欄で日付を指定した。『愛美ちゃん殺害事件』が起きる前を選択する。すると、サッカーで活躍している高校生の大山正紀の記事が数件、ヒットした。

順番に確認すると、三つ目の記事の中に大山正紀の顔写真が掲載されていた。

『〝大山正紀〟同姓同名被害者の会』に参加していた〝大山正紀〟とはやはり別人だった。

なぜもっと早く顔を調べなかったのか。

無念が押し寄せる。だが、他の大山正紀の情報は、犯人の〝大山正紀〟の名前に全て押し流され、探し出すのは困難だったし、当時はそこまで確認する必要も見出せなかった。

記者は画面を覗き込み、うなずいた。

「高校が分かれば、調べる手段はいくらでもあります。住所が分かったら一緒に訪ねましょう」

「それにしても――」茶髪の大山正紀が思い出したように言った。「保育士の顔写真をネットに流したの、結局誰だったんでしょう？　『会』の中に本物がいたなら、完全に勇み足でしたよね」

推測はある。

「おそらく犯人の〝大山正紀〟です」正紀は答えた。「俺たちに自分の素顔を暴かれたくないから、身代わりにしようとしたんです」

茶髪の大山正紀は「あっ」と声を漏らした。

「別の大山正紀を本物として晒せば、自分は安泰ですからね。まあ、結果的には大山正紀じゃなかったんですが」

内側から妨害されていたのだ。

「クソッ」細目の大山正紀が頭髪を激しく掻き毟った。「踊らされちまった」

着信があったのはそのときだった。

正紀はスマートフォンを取り出した。見覚えのない電話番号だ。

緊張が一瞬で全身に伝染した。

もしかして犯人の〝大山正紀〟が――。

正紀は他の大山正紀たちに目配せした後、緊張が宿る指で通話ボタンを押した。

「はい、大山です……」

応じると、間を置いてから聞こえてきたのは――女性の声だった。

「『被害者の会』の大山正紀さん？」

怒気が籠った声音だったので、一瞬誰なのか分からなかったが、先日の大山正紀《まさき》だと気づいた。何かあったときのために電話番号を一方的に教えていたのだ。

「あ、はい、そうです」

正紀は答えながら、他の面々を見やり、無言で首を横に振った。失望が広がる。

「ちょっと訊きたいことがあるんですけど――」

声は明らかに敵対的だ。何か問題があったのだろうか。

「何でしょう……？」

正紀は恐る恐る訊いた。

「彼氏の件なんですけど、あなたたち、何かしました？」

「え？　意味がちょっと……」

彼女は躊躇した後、静かな怒りが籠った声で答えた。

「保育園の女の子の様子が変で、急にキスしてきたんだそうです。彼氏が、どうしたのって訊いたら、知らない人に先生が好きならキスするように言われたって」

何の話か全く理解できなかった。

「ま、待ってください。意味が全然――」

「誰かがそそのかしたんじゃないですか？　タイミングを考えたら、他に思い浮かばないんですけど」

まだ状況が摑めないものの、適当に受け流していい話でもなさそうだった。

「確認して折り返すので、待ってもらえますか」

彼女は渋るように息を吐いたが、「分かりました」と電話を切った。

正紀は一息つくと、他の大山正紀たちを見回し、電話の内容を説明して聞かせた。

誰もが首を傾《かし》げて当惑する中、一人だけ——細目の大山正紀が気まずそうに視線を外していた。

「何かやったんですか？」

正紀は迷わず追及した。曖昧な物言いでは誤魔化されそうな気がした。

細目の大山正紀は苛立たしげに天井を仰ぎ、うなった。だが、やがて観念したように嘆息した。

自分のスマートフォンを操作してテーブルに置いた。画面を人差し指で突っつく。

「これだよ、これ」

画面を覗き込むと、保育士の男性の頬にキスをする女児の写真が写っていた。

「これは——？」

「隠し撮りしたんだよ」

茶髪の大山正紀が眉を顰め気味にした。

「ちょっと不健全なシーンじゃないですか、これ。女児のほうからっていっても、赤の他人の男に——」

細目の大山正紀はぽつりと言った。

「……俺が仕向けた」

数人が「は？」と彼を見た。

「俺が仕向けたんだよ。犯人の〝大山正紀〟が保育士になってるって信じてたから、女、女児を言い、い、いくるめてキスさせたんだ」

救われるんだよ、確実に」

「どういう意味ですか」

「女児と性的接触をしてる姿を撮れば、決定打になるだろ。奴が刑務所《ムシヨ》に舞い戻ったら、俺らは救われるんだよ、確実に」

——先生のことが大好きなら、ちゅー、できるよね？

保育士が一人をトイレに連れて行っている隙に、彼は公園で遊んでいる女児にそう囁きかけたという。

茶髪の大山正紀が不快そうに咎めた。

「小さな子にそんなことをさせるなんて……許されませんよ！」

「キスくらいでガタガタ言うなよ」

「キスくらいって——。素顔を晒し上げることで目的は達成できるんです。そんなことする必要ないじゃないですか」

「それだけじゃ弱いだろ。素顔が広まっても、所詮、ネットの狭い世界だろ。犯人と間違われるたび、ネット上の写真を見せて、『ほら、これが犯人の顔です。どうです？　俺とは別人でしょ』とか説明すんのかよ。用意が良すぎて逆に疑われんじゃねえか？」

「それは——」

茶髪の大山正紀は言いよどんだ。

「犯人がまた逮捕されたら、そんな面倒なこと不要なんだよ。分かるだろ？　外の世界にいねえんだから、俺らが疑われる心配がねえんだよ」

「でも、だからって——」

「ガキのほっぺにちゅーがそんなに問題かよ？　子供のころに大好きな先生の頬にキスしたら、トラウマになんのか？　大人になったら覚えてもいねえよ」

　正紀は釈然としない思いを抱えていた。

　自分たちの人生を救うために、何の関係もない女児を利用する――。それは正しくない。

　そもそも、女児から頬にキスしている写真を公開し、ネットで犯人の〝大山正紀〟への怒りが噴出して逮捕まで繋がったとしても、微罪ではないか。大人のほうから手を出していないなら、一体何の罪に問う？　任意の事情聴取で終わったら一時の安寧だ。犯人の〝大山正紀〟はすぐに外の世界に戻ってきてしまう。

　そう考えたとき、正紀は恐ろしい可能性に思い至った。膝から戦慄が駆け上ってくる。

　正紀は細目の大山正紀を見つめた。緊張で喉が渇き、ごくりと唾を飲み込んだ。

　想像もしたくない可能性――。

　だが、思い浮かんでしまったらもう否定はできなかった。意を決して口を開く。

「あなたの目的は、犯人の〝大山正紀〟から手を出させることだった」

　細目の大山正紀が目を剥いた。

「あなたは女児にキスをさせることによって、犯人の〝大山正紀〟の欲望に火を点けようとしたんです」

　彼は絶句したまま立ち尽くしていた。反論がないことが何よりの証拠だった。

　正紀はぐっと拳に力を込めた。拳を振り上げたい衝動を懸命に抑え込んだ。

「あなたがしたことは犯人の〝大山正紀〟と同じですよ。罪のない女児を生贄にしようとしたんですから」

犯人の〝大山正紀〟が女児に抱いているのが性的な欲望ではなく、猟奇的な衝動だとしたら、第二の愛美ちゃんが生まれる。成人してから女児を惨殺したら、今度は容易に外に戻ってこられないだろう。二十年か、三十年。あるいは無期懲役。裁判員の心証次第では、死刑もあり得る。顔写真も公開されるだろう。

つまり、同姓同名の大山正紀たちは完全に救われる。犯人の〝大山正紀〟の第二の猟奇殺人によって。

彼が急に保育士の晒し上げに反対しはじめたのは、第二の事件が起こるまで時間稼ぎをしたかったからだ。晒されて騒動になり、保育士が消えてしまったら、自分の工作が無意味になる。

細目の大山正紀は非難の眼差しを一身に浴びていたが、萎縮することなく睨み返していた。

「結果的には何もなかったんだからいいだろ」

「結果論で許されることじゃありません」正紀ははっきりと言った。「あなたのやり方は度が過ぎています」

「綺麗事言うなよ。綺麗事で世の中が変わんのか？　今、ネットで何人が真剣に同姓同名の苦しみを考えてる？」

〝大山正紀狩り〟を告発したときは、同姓同名の人間が冤罪で襲われる事件に注目が集まった。だが、記事の中で訴えた同姓同名の苦しみに関しては、一時的に話題になった程度で、すぐ消えた。所詮は他人事なのだ。

本当なら、自分たちの苦境を理解しない人々や、関心を示さない人々に対し、『一緒になって声を上げてくれない人間は、加害に加担している加害者だ！』と暴論を吐きたい。だが、そう主張してしまったら、世の中の何百何千という社会問題に対して、声を上げていない自分たちも同じ論理で逆に責められる。全ての社会問題に等しく声を上げることは不可能だ。

　では一体どうすればいいのか。どうすれば人々に自分たちの苦境を理解してもらえるのか。

「もう誰も考えてねえだろ。善人を気取りたい人間が一時だけSNS《ツイッター》で共感を示して、同情して、終わり。何のムーブメントも発生してねえ。偏見や差別と闘うには、時に暴力的な行為も必要なんだよ」

　目的達成のためには他人の犠牲も利用する――という傲慢と独善を感じた。

「それは違います」

「どう違う？　俺は現実と闘ってんだよ。闘う覚悟もない奴が達観して批判すんなよ」

「……俺も当事者です」

「甘っちょろいんだよ。エセ平和主義者が。酒飲んで対話したら戦争も起きないし、全世界は平和になる、とかお花畑なことを考えてるタイプだろ？　世の中を変えるためには犠牲は付き物だろ。声を上げて闘ってる人間の前じゃ、邪魔なんだよな」

「小さな女の子を生贄にすることが闘いですか？」

　彼のやり方を認めるわけにはいかなかった。

　遺族の父親の悲嘆を目の当たりにした今、同じように悲しむ人間を生みたくなかった。犠牲は現実なのだ。単なる名前でも記号でも数字でもない。

「いつだって事件を起こした犯人が全面的に悪だろ。女にスキンシップされたからって、興奮してレイプしたら、誰の罪だ？　被害者の女じゃないだろ」

「それとこれとは――」

「違いを説明しろよ、ちゃんと。スキンシップした女や、スキンシップをそそのかした知人に落ち度があるなんて言ったら、批判を浴びるぞ。責任転嫁だ。セカンドレイプだ」

「詭弁です、そんなの」

「だからちゃんと反論しろって。詭弁って言や、何でも詭弁になるわけじゃねえからな」

正紀は気圧されながら、救いを求めて周りを見た。全員が細目の大山正紀に嫌悪感を抱いていることを確信し、一呼吸置いた。気持ちが落ち着いた。

「俺はこのやり方に反対です。あなたはもう『会』には参加しないでください」

「は？　被害者の俺を排除すんのかよ」

「あなたはもう加害者です」

細目の大山正紀は、眼光で射殺さんばかりに正紀をねめつけた。しばらく睨み合いが続いた。

だが、周囲から刺さる批判の目に負けたのか、彼は「綺麗事で後悔すんなよ」と吐き捨てて部屋を出ていった。

大山正紀《まさき》に真相を伝えるのが憂鬱だった。

33

刷毛《はけ》で刷いたような雲が夕焼けで橙色《だいだいいろ》に染まっている。遠くから烏《からす》の鳴き声が聞こえてきていた。

大山正紀は深く息を吐くと、二〇四号室のチャイムを鳴らした。在宅であることを願う。記者が、サッカーで活躍していた大山正紀の住所を突き止めた。アパートで一人暮らしをしているという。

だが、二回目を鳴らしてから二分以上経っても反応はなかった。寒風が吹きつけ、枯れ葉がガサガサと前庭の砂地を走っていく音がするだけ――。

茶髪の大山正紀が「どうします？」と訊いた。

「……しばらく待ちましょう」

正紀は答えると、時間を潰せそうな場所がないか、周辺を見回した。建て売りの住宅が並ぶ中、三棟のアパートが建ち並んでいる。他には不動産屋、鍼灸院《しんきゅういん》、歯科医院――。カフェやファミレスの類いはなかった。

少し歩かなければいけないかもしれない。

「来るとき、喫茶店、見かけましたよ」

団子っ鼻の大山正紀が言った。

「じゃあ、そこに行きますか」

全員で歩き出そうとしたとき、道路の向こう側から歩いてくる青年の姿があった。夕日を背負い、左手でボストンバッグを持ち、右手で網《ネット》に包んだサッカーボールを担いでいる。

もしかして――。

待っていると、青年はアパートにやって来た。鉄製階段を上り、二〇四号室の前にたむろする大山正紀たちを見て立ち止まった。困惑顔で眉を顰めている。

「あのう……」

青年が警戒した声で話しかけてきた。だが、言葉はそこで途切れた。

「……大山正紀さん？」

正紀は先に質問した。青年には、高校時代の記事に掲載されていた顔写真の面影があった。

青年は警戒心をあらわにしたまま、五人を眺め回した。

「そうですけど……あなたたちは？」

正紀は廊下に居並ぶ同志たちを一瞥し、サッカーで活躍していた大山正紀に向き直った。

「実は――俺たちも大山正紀なんです」

サッカーで活躍していた大山正紀は、眉間の皺を深くし、胡散臭げに目を細めた。

「全員が大山――正紀？」

「そうなんです」

「どういうことなんですか？」

サッカーで活躍していた大山正紀が訊いた。

正紀は深呼吸した。

「俺たちは『〝大山正紀〟同姓同名被害者の会』の人間です」

サッカーで活躍していた大山正紀は、首を捻った。聞き覚えもないようだった。

「ご存じない？」

「すみません、全然。『同姓同名被害者の会』って――？」

「ここじゃ落ち着いて話せませんし、下りませんか」

二人がすれ違うのがやっとの廊下では、全員が一列に立っている。話し場所には適さない。

サッカーで活躍していた大山正紀はうなずき、鉄製階段を下りた。前庭にボストンバッグを置く。

正紀は彼と向き合った。記者と他の大山正紀たちも並んでいる。

「それで――？」

サッカーで活躍していた大山正紀が話を促した。

「順に説明します」

正紀は事情を語った。『〝大山正紀〟同姓同名被害者の会』を結成した理由。集まったメンバー。記者の提案で決まった目的――。

サッカーで活躍していた大山正紀は、ネットからサッカーボールを取り出して右足の靴底で押さえ、前後に軽く転がしながら話を聞いていた。

「犯人の素顔を――ネットで晒し上げるんですか」

彼は自分の足元を見つめている。まぶたを伏せ気味にしているので、表情が窺い知れない。

「そうです」正紀はうなずいた。「犯人の素顔が公になれば、俺たちの人生は救われるんです」

「救われる……」

「はい。〝大山正紀〟が事件を起こしてから、俺たちの人生が歪みはじめたんです。あなたもそうじゃないんですか？」

サッカーで活躍していた大山正紀は顔を上げ、爪先でボールを跳ね上げた。膝でリフティングし、両手でキャッチする。

「俺は――」

彼は何かを言いかけ、言葉を呑み込んだ。息を吐き、ボールを砂地に落として踏みつける。そして――ボールを凝視した。しばらく無言だった。

「人生に影響はあったはずです」正紀は言った。「俺はあなたの記事を見ました。サッカーでハットトリックして、勝利して、インタビューされてました。でも、名前は犯人の〝大山正紀〟に押し流されて……」

サッカーで活躍していた大山正紀は、爪先でボールを小さくリフティングした。

「あなたも苦しんだんじゃないですか？」

問い詰めると、彼はボールを高く浮かせ、肩でリフティングした。ボールは体の一部のように自由自在だ。背後から夕日を浴び、絵になっている。

「影響は――もちろんありましたよ」

サッカーで活躍していた大山正紀は、リフティングをやめた。靴底でボールを踏み締める。

「サッカーの名門大学に進学し損ねました」

正紀は黙ってうなずいた。

やはり――と思う。大山正紀なら誰もが何かしら人生に悪影響があったはずだ。進学や就職など、重大な岐路に立っていた者は特に。

団子っ鼻の大山正紀が進み出た。

「犯人に憎しみがあるなら、あなたも僕たちと一緒に人生を取り戻しませんか」

「大山正紀は全員、同志です」中肉中背の大山正紀が言った。「犯人の素顔を公にするんです」

茶髪の大山正紀が決意的な顔でうなずく。

サッカーで活躍していた大山正紀は、全員の顔を順番に見た。真っすぐな眼差しをしていた。

「それで本当に――救われるんですか?」

「もちろんです!」団子っ鼻の大山正紀が力強く言った。「だからこそ僕たちは闘っているんです!」

「……犯人を晒して、本当に何か変わるんでしょうか」

「変わります。そうすれば自分たちの人生はもっと――」

「良くなる?」

「はい!」

「……でも、それって同姓同名の人間の存在をより意識させる結果になりませんか?」

「意味が分かりません」

「同姓同名の人間が世間に登場して苦しみを訴えて、注目を浴びれば、大勢が大山正紀の名前を意識します。結果的には名前に好奇の目が集まって、逆効果になるんじゃないか、って思うんです」

「そんなことは——ないはずです。声を上げなきゃ、現状は何も変わらないんです」

「そのとおりです」記者が言った。「世の中に存在するのは、分かりやすい差別や偏見だけじゃないんです。一目で被害が分かる問題には、誰もが関心を示します。著名人が訴え、賛同を集めます。本当に根深いのは、誰もが一瞥すらしない場所に存在する差別や偏見なんです」

サッカーで活躍していた大山正紀の眉間の縦皺がさらに深まった。唇を真一文字に結び、黙り込む。

「差別に反対する人間でさえ、無自覚に抱いている偏見はいくらでもあります。私はそういう部分に光を当てたいんです」

サッカーで活躍していた大山正紀は、記者を見返した。

「あなたは——本当に俺たちのことを考えてくれているんですか？　新しい社会問題を作り出すために俺たちを利用しようとしているんじゃないですか」

記者はわずかに眉を顰めた。

「声を上げて問題化して、差別や偏見を表から排除したとしても、それで解決なんでしょうか？」

「……もちろん解決ではありませんが、大事なことです」

「やり方を間違えれば、反感を買います。反感を抱く人々を増やす行為が全ての人を救うわけではありません。人の心や感情までは強制できないんです。表立っては良識人を装いながら、でも、内心では偏見や差別心を持っている人々が増えたら、それは抗議や社会問題化の失敗ではないでしょうか？」

「では、黙っているべきだと？」

「そうは言いません。でも、〝私刑〟の同調圧力で口を封じても、対立が深まって、悪化するだけだと思うんです。世間の非難が怖くて黙っているだけで、多くの人々の心の中では偏見も差別心も強まっているとしたら――」

「何が言いたいんですか？」

「疑心暗鬼になります。自分の周りに起きた全てを疑うようになります」

「疑心暗鬼？」

「はい。俺は大学のスポーツ推薦の話がなくなったとき、〝大山正紀〟が事件を起こしたせいだと思いました。猟奇殺人犯の悪名を背負った選手をチームに迎え入れたくないんだ、って。事実は分かりません。監督の心の中は決して見えないからです。だからこそ、俺は監督を疑い、憎み、理不尽だと嘆きました」

　同じだ――。

　正紀は、自分が就職活動で不採用続きだったころを思い返した。転職を試みたときも、一度は採用の言葉を貰いながら、コロナを理由に反故《ほご》にされた。〝大山正紀〟が少年刑務所から出てきて世間が騒ぎはじめた時期だったから、名前のせいだと確信した。

　サッカーで活躍していた大山正紀は続けた。

「俺の代わりにサッカー推薦で入学したのは、ライバル校のエースでした。そいつは天皇杯でJ1チーム相手に活躍して、プロ入りし、すぐにレギュラーを獲りました。才能があったんです」

「でも――」正紀は口を挟んだ。「それはあなたが名前で排除された可能性を否定しないはずです」

「そうですね。それはそうです。でも、名前を憎んで、ずっと〝被害者意識〟を持っていたら、全てを悪意で見ることになります。それこそ偏見ではないですか？　告白して断られたら、相手がどんな理由を口にしても、名前のせいじゃないか。友達と疎遠になったら、相手が忙しいって説明しても、名前のせいじゃないか。オーディションに落ちたら、自分の能力不足のせいじゃなく、名前のせいじゃないか。昇進できないのも、評価が他の人より低いのも、何もかも名前のせいじゃないか――」

彼の紡ぎ出す言葉が胸に突き刺さる。

否定できない自分がいた。

「自分に都合の悪いことが起こるたび、『俺の名前が原因なんだろ』『偏見があるんだろ』『差別してるんだろ』って相手を非難する人間と付き合いたい人がいますか？　そんなやり取りに疲れた相手が離れていったら、やっぱり名前のせいで差別された、って自分に言い聞かせて、相手を憎んで――。その繰り返しです」

綺麗事のように聞こえるが、声には切実な感情が滲み出ていた。彼自身、この七年間で苦しい体験をしてきたのだろう。そのことが容易に分かる。

「普通の友人知人が周りから去ったとき、残るのは――」彼は大山正紀たちを眺め回し、言いにくそうに続けた。「怒《いか》れる人たちです。怒りの輪の中に閉じこもったら、どんどんそれが増して、怒りをぶつける先を探すようになります。標的がなくなるたび、新しい標的を探すんです」

『〝大山正紀〟同姓同名被害者の会』を全否定された気がした。反発心が込み上げそうになり、それこそ彼が今指摘している問題ではないかと気づいた。

「怒れる人の周りには怒れる人しか集まってきません。SNS《ツイッター》がまさにそうでしょう？　俺たちは世間の怒れる人々に追い詰められたんじゃないんですか？」

記者は渋面を作っていた。

「……『エコーチェンバー現象』に陥っていると？」

共鳴室現象《エコーチエンバー》――。

聞いたことがある。SNSなどで同じ主張の者同士が集まり、互いの主張を肯定し合ううち、その主張が絶対的に正しく、常識だと思い込み、他の主張を一切認めなくなる現象だ。偏った意見に囲まれ、偏った意見ばかり目にする閉鎖的なコミュニティは、必ず攻撃的になる。

「そういう専門用語は分からないですが、俺の正直な気持ちです。色んなことがあって、そう思うようになったんです」

否定したくても否定できない。

『〝大山正紀〟同姓同名被害者の会』がまさにそうだった。反対派を追い出し、肯定派で固まった。自分たちの目標も行動も正当化し、突っ走った――。

その結果が彼の暴走ではなかったか。

細目の大山正紀は、罪もない女児を生贄にしようとした。

「で、でも！」正紀は拳を握り固めた。「だったら俺らはどうすればよかったんですか？」

サッカーで活躍していた大山正紀は、首を横に振った。

「分かりません」

「分からないって――。犯人に憎しみはないんですか？」

問うと、彼の瞳に翳《かげ》りがよぎった。

「……穏やかじゃない感情はもちろんありますよ。あいつが殺人事件さえ起こさなければ――って。でも、被害者意識に囚われて、怒りや憎しみで生きたって、人生は取り戻せないんです」

「でも――」

「犯人の素顔を世間に晒すことで人生を取り戻せるのか、俺には分かりません。事件が起きて、犯人が同じ大山正紀で、自分の名前が猟奇殺人犯に乗っ取られたとき、サッカー推薦の話がぽしゃって、夢を失って、絶望して……」

犯人の〝大山正紀〟に名前を奪われ、人生を台なしにされた苦しみはみんな共感できる。

「でも、結局のところ、奴は俺たちの人生に踏み入ってはいないんです」

正紀ははっと胸を打ち抜かれた。

サッカーで活躍していた大山正紀は、大きく息を吐き、言った。

「俺が――俺たちが大山正紀であることは変えられないし、犯人が大山正紀であることも変えられないんです」

彼の言葉が胸の中でぐるぐると渦巻く。

「世の中に救わなければいけない被害者は大勢います。でも、〝被害者〟にされたことで、そこから抜け出せず、いつまでも前を向けずに苦しみに縛られている人間もいると思うんです。誰もが〝被害者〟の立場で居続けたいわけじゃないんです」

彼はもう靴底でボールを押さえてはいなかった。寒風が吹き、ボールがわずかに転がった。

「だから俺は『会』には参加しません」サッカーで活躍していた大山正紀はきっぱり言い切った後、後頭部を掻いた。「まあ、恰好つけたこと言いましたけど、俺もずいぶん悩みました。色んなものを憎みましたし、理不尽だと思って、誰かや何かに八つ当たりしたり——。今でも悩むことがあります。でも、俺はそんな負の連鎖には囚われたくなくて、必死で前を向いているんです」

彼の気持ちは痛いほど伝わってきた。

だが、できるなら彼の協力を得たかった。少しでも心を動かせる話はないか。何か——。

正紀はふと思い出し、言った。

「犯人はあなたになりすましていました」

サッカーで活躍していた大山正紀が「え？」と当惑を見せた。

「犯人はあなたの経歴を騙って、『会』に入り込んでいたんです」

「俺の経歴——？」

「そうです。正体に気づいたのは、姿を晦《くら》まされてからです。奴は直接的にあなたの名前を奪っていたんです」

サッカーで活躍していた大山正紀は、渋面を作った。

「だからあなたを訪ねたんです。あなたと話せば、何か手がかりが分かるかも、って思って」

「……俺は何も関係ないですよ。犯人と接点なんてないですし、突然そんな話をされても困ります」

正紀は少し考え、メモ帳にメールアドレスを書きつけた。その一枚を引き千切り、差し出した。

「……何ですか？」

サッカーで活躍していた大山正紀は受け取らず、メールアドレスに視線を落としている。

「犯人の連絡先です」

「なぜそんなものが？」

「『会』の主催者として、参加者全員と連絡を取るためにメールアドレスを交換していたんです。捨てアドだったみたいで、俺がメールを送っても反応がありません。もしかしたら、あなたなら反応があるかも——と思いまして」

サッカーで活躍していた大山正紀は苦笑した。

「何の接点もないのに、反応なんてあるとは思えません」

「駄目もとでも——」

「俺は関わりたくありません」

「奴との糸はもうこのメアドだけなんです。どうか協力を——」

正紀はメモを無理やり押しつけた。

34

大山正紀は玄関にサッカーボールを放置すると、部屋に上がった。ボストンバッグから汚れたユニフォームを取り出し、洗濯機に突っ込む。

洗濯しながら『〝大山正紀〟同姓同名被害者の会』のことを考えた。参加者たちは犯人の素顔を世間に晒すべく活動しているという。

洗濯機が回っているあいだ、部屋へ行き、受け取ったメモ用紙と睨めっこした。

自分になりすましていた犯人の〝大山正紀〟――。

なぜ自分だったのか。

気にならないと言えば嘘になる。

だが、それよりも大きな疑問は――。

犯人の〝大山正紀〟はなぜ『〝大山正紀〟同姓同名被害者の会』に参加したのか。動機が謎だった。彼は同姓同名の被害者ではなく、加害者ではないか。

正紀はスマートフォンを取り出し、新規メール作成画面を開いた。メモのアドレスを見ながら文字を打ち込んでいく。

そして――。

自分の素性を告白し、『〝大山正紀〟同姓同名被害者の会』でのなりすましを知っている、と伝える。そのまま送信しようかと思ったが、考え直し、今の気持ちを書きつけた。

正紀は『送信』を押した。

精神力を使い果たしたような疲労感だった。魂が抜けそうな嘆息が漏れる。

きっと返信はないだろう。

――何をしているんだか。

正紀は苦笑いすると、洗濯機に戻った。もう洗濯は終わっていた。ユニフォームを取り上げると、汚れが落ち、真っ白になっていた。

そのとき、部屋のほうでスマートフォンが着信を告げた。

まさか——。

正紀は部屋に駆けつけ、スマートフォンを取り上げた。犯人の〝大山正紀〟からの返信だった。

内容を読みながら思案する。

犯人の〝大山正紀〟から返信があったことを彼に報告すべきか。

『〝大山正紀〟同姓同名被害者の会』の主催者の連絡先は知っている。執拗に懇願され、別れ際に電話番号を交換した。

正紀は思い悩んだすえ、主催者の大山正紀には電話をかけず、犯人の〝大山正紀〟に『会って話をしよう』とメールした。

35

大山正紀は、赤黒く変色した絨毯《じゅうたん》が敷かれた廊下を歩いていた。木製扉は開きっぱなしで、壁紙は剝がれた皮膚のようになっている。

歩を進めるたび、絨毯に散らばるガラス片が靴の下で割れた。廊下の隅には赤色の枕が落ちている。

決着《ケリ》をつけてやるのだ。自分の人生を取り戻すために。自分の人生の償いをさせるために。

大山正紀は歩きながら、客室を覗き込んだ。窓ガラスがないせいで雨曝《あまざら》しとなった部屋には、かびが生えたソファやベッドがあり、その周りにゴミが散乱していた。天井は今にも剝がれ落ちそうだ。

三灯の真鍮《しんちゅう》のシャンデリアは、天井から鎖が外れ、辛うじて電気コードでぶら下がっているようなありさまだ。

かび臭く、打ち捨てられた部屋は自分の人生そのものだ。

大山正紀のせいで高校時代は最悪だった。個人を表す文字でしかない名前に振り回され、自分という存在を失った。

大山正紀はまた廊下を歩きはじめた。割れた窓ガラスの穴から冷風が吹き込んでくる。

階段に着くと、一段一段、上った。死刑執行への階段を上っているような錯覚に囚われる。

死刑が執行されるのは誰なのか。

十四階建ての最上階まで上がるには、相当な体力と時間が必要だった。

大山正紀は肩で息をしながら、廊下の突き当たりの鉄扉を押し開けた。そのとたん、風圧に全身を押された。

血の色の夕焼けが一帯を赤く染める中、屋上に進み出た。石畳は大部分がひび割れている。継ぎ目から雑草も生えていた。

大山正紀は鉄柵に近づき、景色を一望した。

四方八方にだだっ広い原っぱが広がっている。本来は見晴らしがいい場所に建てられたホテルだったのだろう。

――全てにケリをつけるには相応《ふさわ》しい場所だ。

心音はわずかに速まっている。

自分の人生を変え、どん底まで突き落とした大山正紀――。

相まみえたら、ぶつけたい想いは山ほどある。心が殺されていても、感情はまだ残っていた。

大山正紀が世の中に他に一人も存在しなければ、どんなによかったか。比較することも、されることもなく、唯一の大山正紀として、生きていけたのに――。

名乗った瞬間に大笑いされる〝キラキラネーム〟でも、同姓同名の人間に人生を支配されるよりはましだった。同じ世界に他の大山正紀が存在したことで、自分の人生が自分のものではなくなったのだ。

たった一つの人生を他人に横取りされたような感覚――。

今からでも遅くない。人生を奪い返してやるのだ。

腕時計を睨みながら待つと、屋上の出入り口の鉄扉が軋み、ゆっくりと開いた。

姿を現したのは――大山正紀だった。

大山正紀は大山正紀と向かい合った。身を切る風はナイフのようで、切り裂かれているうち、神経が研ぎ澄まされていく。

自分はもう充分すぎるほど苦しんだ。苦しめられた。大山正紀によって。

だから――復讐する。

「正直、呼び出しに応じるとは思わなかったよ」

相手は肩をすくめた。

「……お前のせいで、どんなに苦しんだか。同じ名前のせいで、人生は散々だった」

大山正紀は積年の苦しみを全て吐き出した。元凶の大山正紀に叩きつけなければおさまらなかった。

「――お前が生きているかぎり、一生、苦しめられるんだ」

相手は鼻で笑った。

「自分の人生の責任を他人に投げるなよ。責任転嫁したって、何も変わらないんだよ」

「お前が人生を滅茶苦茶にしたんだ！」

「自分の人生が冴えないのは、お前自身のせいだろ。努力不足なんだよ。俺は努力してたんだよ」

「何が努力だよ。お前がしたのは人の人生を踏みにじることだけじゃないか。悪はお前だろ」

相手は目を細めた。

「お前は――何も分かってないんだよ。自分だけが完全な被害者だって思ってんのか？　俺だって苦しんでる」

「それは――人殺しだからだろ」

「そうじゃない。毎日学校でどんな思いをしていたか、お前は知らない。俺のことなんか、何も知らない」

「知るわけないだろ！　六歳の女の子を惨殺してる時点で、お前はもう絶対悪なんだよ」

「……だったら何だよ。恨み節をぶつけるためにわざわざ呼び出したのか？」

大山正紀は、ふーっ、と息を吐いた。緊張が絡みつき、どこか金臭い。

「アリバイを――作ってきた」

相手の目玉がこぼれ落ちそうになった。喉仏が小さく上下したのが見て取れる。緊張が伝染した。

大山正紀は今の状況も、今までの感情も、全て吐き出しながら一歩、歩を進めた。

相手が気圧されたように後ずさる。

「お前が生きてるかぎり、人生を取り戻せないんだ」

さらに一歩。

「人生を取り戻すんだ」

今度は相手が一歩も下がらなかった。その分、距離が詰まった。

数年で鬱積した憎悪が殺意に変わり、胃の中を熱くする。心臓は太鼓の乱打のように乱れ狂っている。

一歩、二歩――。

大山正紀が呼び出しに応じたときから覚悟は決めていた。時間が経っても、今の今まで殺意は薄まらなかった。

「お前さえいなければ――！」

大山正紀は大山正紀に摑みかかった。相手のほうが身長が高く、力もある。だが、臓腑を焦がす怒りと勢いで押し切るつもりだった。胸倉を絞り上げて一気に押していく。

錆びた鉄柵に二人揃ってぶち当たり、ぎしっと軋んだ。

「こ、この野郎！」

大山正紀たちは激しく揉み合った。

――負けるか。負けるもんか。

「この――」

腹に膝蹴りを食らった。腰が折れ曲がり、踵《かかと》が浮き上がる。だが、手は離さなかった。距離を取られたら勝ち目はないことくらい百も承知だ。

畜生、畜生――。

人生を返せ！

僕に償え！

償え！

大山正紀は死に物狂いになった。屋上じゅうに響き渡る叫び声を発し、押し込んでいく。

大山正紀の背中が鉄柵で反り返る。

このまま、このまま――。

大山正紀の手のひらが顎を押し上げた。鮮血に染まったような雲が視界に広がる。

胸に衝撃が叩きつけられた。拳の感触だった。一発、二発、三発――。

鈍痛に耐えかね、後退する。大山正紀はその隙を逃さず、入れ替わった。今度は逆に鉄柵を背負った。

大地から吹き上げる冷風がうなじから後頭部を撫でる感触に、戦慄した。十四階下で待ち構える死が実感を伴って迫ってくる。

大山正紀は後ろ手に鉄柵を握り締め、咆哮《ほうこう》した。アドレナリンが体じゅうを駆け巡る。

――殺されたら一生負け犬のままだ。

大山正紀は大山正紀の顔に爪を立てた。思いきり引っ掻く。

相手がうめき、怯んだ。

大山正紀は危機を脱しようと暴れ狂った。互いの体が鉄柵にぶつかったまま、入れ替わる。

そのときだった。

「あっ――」

大山正紀は大きく体勢を崩し、十四階から地上へ落下した。

36

大山正紀は薄暗い自室でベッドに腰掛けた。胸の内で渦巻く感情を持て余し、自分でも制御がきかなかった。心臓が早鐘を打ち、こめかみがどくどくと脈打っている音が耳障りだ。

深く息を吐き、気持ちを落ち着けようと努める。

正紀はベッドの上に放り投げてあるリモコンを取り上げ、テレビを点けた。薄闇の中に青白い画面が浮かび上がる。映ったのは、男女のアイドルが協力して料理を作るバラエティだった。

チャンネルを替えていく。

ニュース番組で指を止めた。首都高で発生した玉突き事故だ。十二名の死傷者が出たという。

興味は全くなかったものの、観続けた。玉突き事故のニュースが終わると、女子中学生の自殺事件が報じられた。ＳＮＳ上で同級生から悪口を書かれ、首を吊ったという。女性コメンテーターが神妙な顔で『言葉は時に肉体的な暴力よりも人を深く傷つけるんです』と語っている。

いじめ――か。

人の心を殺すには言葉で充分だ。だが、心を殺されたことへの復讐が正当化できるのか。

ニュース番組は、関東圏の地震の報道に変わり、医療の分野の発展を報じる特集で終わった。

大山正紀の転落死を報じるニュースはなかった。

正紀はチャンネルを替え、他のニュースを探した。だが、目当ての事件は報じられていなかった。

テレビを消した。突然画面の光がなくなったため、室内が真っ暗闇に包まれた。

闇に目が慣れるまでしばし時間がかかった。

自首――か。

大山正紀は目を閉じ、肺から絞り出すように息を吐き出した。

あれが公《おおやけ》になったらどうなるのか。

考える。考えてしまう。

正紀はベッドに仰向けに倒れ込んだ。闇の中で天井を睨みつける。

悶々とした想いが頭の中を駆け巡った。同姓同名であることは、これほど人を苦しめるのか。

他の同姓同名の人間の罪が巡り、人生を歪ませていく――。

思考の海に浸かるうち、脳が疲労し、睡魔が襲ってきた。まぶたが落ち、うとうとしはじめたとき、蜂の羽音のようなバイブ音が耳に入ってきた。

意識が覚醒し、正紀は上半身を起こした。丸テーブルの上で黄緑のライトが点滅しながら揺れ動いていた。

正紀は手を伸ばし、スマートフォンを取り上げた。『大山正紀』の名前が表示されている。

迷ったすえ、電話に出た。

「はい……」

「あ、もしもし」

「何ですか?」

「すみません。様子伺いに電話を」

後ろめたさがあるせいで、何もかも知られているような不安を覚える。

「期待しているようなことは何もないですよ」

「そう――ですか」

地の底まで沈んでいきそうな落胆の声――。

「大丈夫ですか?」

「……はい、平気です」

「とてもそうは聞こえませんが」

相手は自嘲の籠った苦笑いと共に言った。

「後悔しているんです」

「後悔? なぜですか」

「もっと早くに正体に気づいていたら、その場で捕まえてやれたのに――って。逃がさなかったのにって」

「捕まえて何をするつもりだったんです？」

「捕まえていたら、動画に撮ってやりました。罪を自白させて、その様子を公開するんです。隠し撮りした顔写真の公開よりセンセーショナルですし、大騒ぎになるはずです。『会』の存在を知らしめれば、同姓同名の苦しみにも目を向けてもらえます。第二の俺たちを生まずに済むんです」

　動画の公開――か。

　自分たち大山正紀を救う方法は他にもある。

　彼が大山正紀たちを救いたがっているなら――。

「どうしました？」

　伏せる部分と話せる部分を吟味する。

　正紀は覚悟を決めて口を開いた。

「実は犯人の〝大山正紀〟と――連絡が取れました」

「本当ですか！」

「メールを送ってみたら返信があったんです。待ち合わせ場所を指定されて……。会いました」

「え？」

「本人と会ってきました」

　はっと息を呑む音が聞こえた。

「……嘘でしょ。どうして一人で会ったんですか」

咎める口ぶりだった。

「個人的に話したかったんです」

「勝手なことを……。俺たちの人生が懸かっているんですよ。素顔を公開して、平穏な生活を取り戻すために俺たちは――」

「一対一《サシ》だからこそ、聞けた話もあります。メディアでも全く報じられなかった犯行の動機です」

「動機って……。そんなもの、何の意味があります？　小さい女の子に欲情する猟奇的な変態でしょう？」

「それが違ったんです」

「じゃあ、なぜ？」

犯人の〝大山正紀〟から直接聞いた話が蘇ってきた。

発端は高校一年生のころのいじめだったという。

〝大山正紀〟は教室で絵を描いていたことで目をつけられ、男女数人のグループからあらゆる悪口を浴びせられ、罵倒されるようになった。

『えー、何これ？　キモイ絵！』

『うわ、裸じゃん』

『何？　女の裸描いてんの？』

『ヤバッ！』

『変態じゃん。こんなの教室で描いて、セクハラじゃん。セクハラ、セクハラ、セクハラ！』

『こういう萌えってやつ？　キモイから消えてほしいんだけど』

自尊心を踏みにじられ、人格も全否定され、日々、心が殺されていく。

クラスメイトたちも見て見ぬふりだったたという。登校する前は、胃が破れそうに痛み、動悸で心臓が押し潰されそうだった。頭の中をぐるぐる回る罵倒の言葉――。一度でも浴びせられた誹謗中傷は、心に傷となって刻まれ、決して癒されることはない。

正紀は犯人の〝大山正紀〟から聞いた話をした。

「今時そんなオタク趣味くらいで――」

「ネットなんかを見たら分かるじゃないですか。今の時代、自分の嫌悪を社会正義に置き換えて、誰もが誰かを裁いて袋叩きにしたがってます」

「それはまあ……。俺たちもネットの悪意は思い知ってます。目にしているだけで自分の魂まで汚されるような……」

「心の醜さを競い合うように口汚く誰かや何かを批判してばかり。犯人の〝大山正紀〟が受けたいじめは現実の延長線上ですよ」

「あるいは、ネットのいじめが現実に持ち込まれているのか――」

「そういうことです。でも、事はそう単純でもなかったみたいで……」正紀はスマートフォンをぐっと握り締めた。「犯人の〝大山正紀〟が言うには、自分もあんたたちと同じだった、と」

「同じ？」

「なぜ教室でおとなしく絵を描いていた〝大山正紀〟がいじめの標的になったのか――」正紀は一呼吸置いてから言った。「彼にも同姓同名の犯罪者がいたからです」

電話からは「は？」と間の抜けた声が返ってきた。「何を言ってるんですか。同姓同名の殺人犯に苦しめられているのは、俺たちですよ」

「言ってみれば、これは同姓同名の連鎖なんです」

「何の話だか全然――」

「実は、当時、女子児童にわいせつ行為をして逮捕された大山正紀がいたようです」

電話の向こう側が一瞬だけ沈黙し、「あっ」と声を上げた。

「そのニュース、見た記憶があります！　逮捕されたのは小学校の教師ですよね。二十代前半の」

「よく覚えてますね」

「『愛美ちゃん殺害事件』の犯人の名が公になる前、バイトの同僚の女性と同姓同名の話になって、自分の名前で検索したことがあるんです。色んな大山正紀がヒットしたんですけど、その中に性犯罪者の大山正紀もいて――」

「最悪ですよね、それは」

「その事件は大きく報道されたわけじゃないし、数多くの性犯罪事件の一つとして注目はほとんどされていなかったみたいです。当時の俺は、『この大山正紀には勝ってる』って優越感を覚えたんです」

その感覚はピンとこなかった。『愛美ちゃん殺害事件』が起きるまでは同姓同名を意識したことはないし、自分を――自分の名前を唯一無二だと感じていた。

だが、自分より活躍している有名な大山正紀がいたとしたら――。

想像してみると、理解できる気がした。世界で戦う有名サッカー選手と同姓同名の、他競技の新人プロ選手がその悩みを吐露した記事を見たことがある。高校のころは、名前負けしていることに負い目を感じ、名前で注目されることが嫌だったという。だが、努力して自信を摑むにつれ、その名前を受け入れ、今では一発で覚えてもらえる、とプラスに転じたのだ。

正紀は犯人の〝大山正紀〟の話を続けた。

「小学校教師の大山正紀がわいせつ事件を起こして、それが地元に近かったせいで、〝大山正紀〟の高校でも話題になって、犯罪者予備軍扱いされていじめられるようになったんです」

「名前のせいで……」

大山正紀なら誰もがその苦しみは想像できる。

「いじめは日増しに残酷になっていったんです。〝大山正紀〟はいじめの中心の女子に恨みを募らせて、奪われた自尊心を取り戻すために反撃を試みたそうです。カッターナイフを握り締めて」

「カッターナイフって――」

「自分が言葉で傷つけられた痛みを思い知らせてやろうと考えたようです。でも、いざ本人と向き合ったら腰が引けてしまって、何もできなくて……」

「それがなぜ六歳の女の子に刃が向くんですか」

「……いじめ加害者の女子の妹だったからです」

電話の向こうで大山正紀が絶句した。彼はごくっと喉を鳴らし、震えを帯びた声で言った。

「たまたま目をつけた女の子じゃなかったんですか」

「俺もずっとそう思っていました」

――お姉ちゃんと一緒に仲良く飼い犬の散歩をしてたとか、子供向けの雑誌で読者モデルをしてたとか、将来の夢はお花屋さんだったとか、どうでもよくね？

『愛美ちゃん殺害事件』が起きたとき、被害者の情報ばかり報道されており、友人が憤っていた。

当時はそんな情報を聞き、純粋で可愛い女の子だから変態に目をつけられたのだと思った。

「でも違ったんです。いじめられ続けた恐怖で本人に逆らえなくて、思い詰めたすえの犯行だったんです。それで思い知らせようとして、小さな妹を標的にしたんです」

「そういえば、遺族の方が、犯人は長女と同じ高校だった、と」

――悪いのは僕をいじめた加害者だろ。僕がどれほど傷つけられたか。性的にも侮辱されて……。だからやるしかなかったんだ。やらなきゃ、僕は死ぬしかなかった。

犯人の〝大山正紀〟は血反吐《ちへど》を吐くような口調で、まるで呪詛《じゅそ》のように吐き出した。

本人から真相を聞かされたときは、衝撃で言葉を失った。

だが、ひどいいじめを受けたからといって、何の罪もない女の子に刃を向けることが正当化できるわけではない。誰かに傷つけられたからといって、誰かを傷つけていいわけではないのだ。

〝被害者〟は批判や攻撃や加害の免罪符ではない。

何かで自分が傷ついたことを理由に他者を罵倒している人間が多いSNSに浸かっていると、麻痺しそうになるが……。

逆恨みの復讐が何を生むのか。

「……事情は分かりました」相手が嘆息と共に言った。「でも、犯人の〝大山正紀〟に同情の余地があって、被害者の側面があるとしても、あいつの事件のせいで俺たちの人生にも影が落ちているんです。これで終わりにはできません」

正紀は深呼吸した。

「俺たちの人生に関しては、もう心配はいらないはずです」

「なぜ？」

「……決着です」

「決着って——。どういう意味です？」

「……終わったんです。ニュースに注意していたら、すぐに分かると思います」

相手に問い詰められる前に、正紀は電話を切った。すぐに大山正紀からの着信が三度、四度と続いた。だが、応じずにいると、諦めたらしく、もうかかってこなかった。

——そう、廃ホテルでの転落事件が公になれば、彼も今の言葉の意味が理解できるだろう。

37

鼻を刺すようなアルコール臭がする病室の中、薄緑のカーテンを明るませる陽光で大山正紀は目覚めた。

ベッドサイドテーブルに手を伸ばし、手鏡を取り上げた。ベッドで仰向けに寝転がったまま、手鏡を顔の前に持ってくる。鏡に映っているのは、目元が腫れ、頬に傷跡が残った顔だった。あまりにみっともない風貌だ。

しばらくすると、二十代らしき新人の女性看護師が病室にやって来た。同室の男性患者――大学生くらいだろう――に「具合はどうですか？」と話しかけた。

「おかげさまで絶好調です！」

男性患者の声は裏返りそうになっていた。美人の女性看護師を意識しているのが丸分かりだった。白衣を着ていても、曲線的な体のラインが浮き彫りになっている。

女性看護師は男性患者の様子に一瞬噴き出しそうになったものの、何とか我慢したようで、苦笑いを向けた。

「真面目に体調を教えてください。そうしないと、本当のことが分かりませんから」

「いや、大真面目ですよ。最近はずっと体調がいいんです。優しい看病のおかげだと思います」

正紀は冷笑をこぼし、女性看護師の横顔を見つめた。

――年増すぎて全く魅力を感じない。

眺めていると、女性看護師が振り返り、「大山さん、具合はいかがですか？」と訊いてきた。

「……後頭部がずきずきして、気持ち悪いですね」

「それは吐き気ですか？」

「いや」

正紀は、訊かれるままいくつかの質問に答えた。

「――分かりました。午後からはまた検査をしますから、安静にしておいてくださいね」

正紀は「はい」とうなずき、天井を見上げた。

スマートフォンにメールの着信があったのは、女性看護師が病室を去ってから三十分後だった。

『〝大山正紀〟同姓同名被害者の会』の主催者の大山正紀からだ。電話で話したいことがあります、と書かれている。

正紀は首を押さえながら起き上がり、通話が許されている廊下の先の休憩コーナーへ向かった。

電話をかけると、主催者の大山正紀から現状の報告を受けた。

犯人の〝大山正紀〟が特定できたと教えられた。サッカーで活躍していた大山正紀になりすまし、『会』にもぐり込んでいたという。まさか内部に犯人がいるとは思わなかった。正体に気づいたときにはもう遅く、姿を消されてしまったらしい。

「――まだ犯人の〝大山正紀〟を捜すんですか？」

正紀は訊いた。

「もちろんです。ただ、二、三日様子を見ようかと思います。もうすぐ決着がつく、と言われたもので」

「決着？」

「犯人の〝大山正紀〟に接触できた大山さんがそう言ったんです。俺にも具体的なことは何も分かりません。理由は教えてくれなかったので」

「そうですか」

「でも、本人から色々と話を聞けたらしく、新情報もあります。犯人の〝大山正紀〟は、高校時代にいじめを受けていて、その加害者の妹を標的にしたそうです」

いじめ——か。

「それが犯行の動機ですか」

「はい。実はそのころ、児童へのわいせつ行為で逮捕された小学校教師がいて、それが同姓同名だったせいで、『お前も将来、同じような犯罪者になるんじゃないか』っていじめられたらしいです」

スマートフォンを握る手にぐっと力が入り、緊張が全身に伝播した。

「そう——だったんですか」

「はい。一応、進展があったので、こうして報告を」

「ありがとうございます」

「大山さんもお大事に」

電話が切れると、正紀はふう、と大きく息を吐いた。緊張は抜けなかった。

正紀は柱にもたれかかり、『〝大山正紀〟同姓同名被害者の会』のことを思い返した。

参加者たちは誰もが自分は被害者だと嘆き、傷を舐め合っていた。だが、全員が全員、共感していたわけではない。

大山正紀の名前に苦しんでいる者もいれば、自分のように名前が大山正紀だったことに結果的に感謝している者もいる。

なぜなら——。

罪を押し流してくれたからだ。

『女子児童にわいせつ行為　小学校教師（23）逮捕』

七年前に逮捕されたとき、名前が報じられた。顔写真を掲載したデジタル配信の記事もあった。不起訴になったものの、職を失い、人生に絶望した。改名について調べたこともあったが、難しそうだった。そんなときだ。『愛美ちゃん殺害事件』が起き、週刊誌によって犯人の名前が暴露された。

その結果、どうなったか。

大山正紀の名前をネットで検索しても、出てくるのは『愛美ちゃん殺害事件』の記事だけだ。

前職の経験を生かし、家庭教師になった。猟奇殺人犯の悪名のせいで偏見を持ち、心配する生徒の親もいるが、『愛美ちゃん殺害事件』の犯人とは年齢が七歳も違うおかげで、誤解はされない。

そんなとき、『〝大山正紀〟同姓同名被害者の会』の存在を知った。自分の名前が前面に出ていたため、気になって参加した。『会』では、女子児童へのわいせつ行為で逮捕された元小学校教師とバレないよう、年齢だけ偽った。五歳サバを読んだのだ。

――僕は個人で家庭教師をしています。実年齢より下に見られるんですけど、実際は三十五歳です。年齢的に僕も殺人犯の大山正紀と同一視されることはあまりなくて、ほっとしています。

幸い、正体には気づかれなかった。だが、長く関わったら、いつ何時、素性が発覚するか分からない。背後から石の塊で襲われて入院中の身なのを理由にして、『〝大山正紀〟同姓同名被害者の会』から距離を取ると決めた。

正紀は、襲われて倒れ込んだ際、アスファルトに打ちつけた顔面の傷を撫でた。〝大山正紀〟の悪名のおかげで、自分は人生を取り戻せたのだ。犯人には感謝している。

正紀は笑みをこぼすと、病室へ戻った。

38

大山正紀は部屋の中で一人、悶々としていた。『〝大山正紀〟同姓同名被害者の会』の主催者として、無力感を嚙み締める。

犯人の〝大山正紀〟の罪によって、同姓同名の人間たちの人生が狂った。人生を取り戻すには、〝大山正紀〟の素顔を世に晒し、自分たちが別人だと証明しなければならない。そう考え、『〝大山正紀〟同姓同名被害者の会』では、犯人捜しを目的にしてきた。その犯人は正体を偽って『会』に入り込み、そして――姿を消した。

サッカーで活躍していた大山正紀は、犯人の〝大山正紀〟にメールを送り、会うことに成功したという。本人から『愛美ちゃん殺害事件』の犯行動機を聞いた後、何があったのか。

勝手な行動に苛立ちが募った。連絡が取れた時点で報告してくれれば、全員で行動し、犯人の〝大山正紀〟の身柄を押さえることができただろう。

本人に直接自分たちの思いの丈を――苦しみをぶつけ、説得して謝罪の顔出し動画を撮影する。その動画の公開を『〝大山正紀〟同姓同名被害者の会』が主導すれば、犯罪者と同姓同名になってしまった人間の苦悩も世間に周知できる。被害者や遺族や加害者家族の苦しみの陰に隠れていて、誰もが気にしたこともないだろうが、現実に間違いなく存在している問題に注目してもらえる。新しい社会問題になるだろう。

そう思っていた。チャンスだったのに――。

正紀はため息を漏らした。

犯人の〝大山正紀〟は今ごろどこで何をしているのか。完全に逃げおおせてしまった。

――決着です。

電話で聞かされた言葉がふと頭の中に蘇った。単独行動を咎めたとき、サッカーで活躍していた大山正紀は『俺たちの人生に関しては、もう心配はいらないはずです』と答えた後、そう言った。

一体どういうことなのか。

決着とは何なのか。

問い詰めると、彼は意味ありげに答えた。

――終わったんです。ニュースに注意していたら、すぐに分かると思います。

説明を求めようとしたが、彼は一方的に電話を切り、かけ直してももう応じなかった。

ニュースに注目していたら『決着』の意味が分かる――ということか。それはつまり、犯人の〝大山正紀〟関連か、同姓同名被害の関連で、何かマスコミに報じられる可能性がある、ということだ。

一体何がある?

ニュースになるということは、よほどの何かがあるのだ。本当に同姓同名被害者が苦しみから解放されるのか？　人生の心配をしなくてもよくなるのか？

正紀はスマートフォンを睨み、ニュースサイトで頻繁に『更新』を押し続けた。何かが報じられるとしたら、テレビよりネットのほうが早いだろう。

だが、その日は何の報道もなかった。念のため、各チャンネルで夜のニュース番組も観たものの、大山正紀の名前が出ることは全くなかった。

諦めて就寝し、翌朝一番でスマートフォンを確認する。ニュースサイトのタイトルに目を通していく。

『詐欺グループ摘発　被害総額二十億円以上』

『育児放棄　三歳の女児が餓死』

『大学教授が男子学生にパワハラ』

『十五歳の高校生「大麻所持の現行犯」で逮捕』

一目で無関係と分かる記事は無視し、タイトルだけで一蹴できない記事は中身をチェックした。

そんなときだった。

『男性転落死　出頭した男を逮捕』

タイトルをタップし、記事を開いた瞬間――。

『25日夜、東京都××区××に住む男性が警察に、人を殺したとして出頭しました。警察によりますと、25日午後8時ごろ、東京都××区××にある警察署に男性が出頭し、

「廃ホテルの屋上で揉み合いになり、相手が転落死してしまった」と話したということです。

警察は、大山正紀さんを死なせたとして、出頭した大山正紀容疑者を傷害致死の容疑で逮捕し、事情聴取をしています。同姓同名の二人のあいだには何か事情があったものとして、慎重に捜査しているとのことです。

2021年1月26日』

正紀は唖然としながら記事を見つめていた。心音がにわかに速まり、どくどくとこめかみの血流が音を立てはじめる。

大山正紀が大山正紀を死亡させる——。

第三者が見れば、頭に疑問符が浮かぶ内容だろう。容疑者も被害者もまだ顔写真は掲載されていない。

——終わったんです。ニュースに注意していたら、すぐに分かると思います。

サッカーで活躍していた大山正紀の最後の言葉が脳内で何度も反響する。

彼の言葉の意味が今、ようやく分かった。

サッカーで活躍していた大山正紀は、揉み合いになって犯人の〝大山正紀〟を死なせてしまったのだ。だからこその決着——。

こんな形で——と思う。

〝大山正紀〟の悪夢は、同じ大山正紀が終わらせた。

だが、本当にそれで終結するのか。

大山正紀が〝大山正紀〟を死に至らしめたのだ。世間は面白おかしくニュースを取り扱い、またしても大山正紀の名前がクローズアップされるのではないか。

動機は間違いなく同姓同名の苦しみだ。サッカーで活躍していた大山正紀も、吹っ切れたように話していたが、内心では恨みと苦しみが渦巻いていたに違いない。

直接犯人の〝大山正紀〟に会ってしまえば、感情が抑えられなかったのだろう。

電話で話したとき、サッカーで活躍していた大山正紀は自首を決意していたのだ。

正紀はニュースのページを閉じた。大山正紀が〝大山正紀〟を死なせた事件は、すぐに人々の目に留まり、騒動になるだろう。同姓同名の苦しみを知らない、知っても理解できない人々は、きっと好き勝手なことを言う。

他者の苦しみへの無理解――。

正義を唱えて悪を攻撃する人々の中に、本当の意味で人の苦しみや傷と向き合っている人間がどれほどいるだろうか。

正紀は『〝大山正紀〟同姓同名被害者の会』に参加したことがある全員にメールを一斉送信した。大山正紀が〝大山正紀〟を死なせて逮捕されたニュースのリンクを添付し、次回が最後の『会』になるはずです、と締めくくった。

翌日の急遽開催だったにもかかわらず、『〝大山正紀〟同姓同名被害者の会』には他に五人が参加した。

中肉中背の大山正紀、茶髪の大山正紀、団子っ鼻の大山正紀、研究者の大山正紀、中学生の大山正紀――。入院中の家庭教師の大山正紀や、決別した細目の大山正紀からは返信がなかった。

記者からは、本業のほうが多忙で顔を出せません、という内容の素っ気ない返事が届いた。言いわけだろう。犯人の〝大山正紀〟が死亡したことで、『同姓同名問題』に関心をなくしたのだ。何しろ、目玉がこの世から消えたのだ。

罪を償って社会に戻ってきた少年犯罪の犯人の素顔を世間に晒す――という過激な手段を取れば、『〝大山正紀〟同姓同名被害者の会』は大きな注目を集める。話題性は充分だ。内側にいた記者も、当事者たちの肉声を伝えて名を揚げられる。

――新しい社会問題を作り出すために俺たちを利用しようとしているんじゃないですか。

サッカーで活躍していた大山正紀の指摘が脳裏に蘇る。それは真実を言い当てていたのではないか。

だからこそ、『同姓同名問題』に旨みがなくなったとたん、興味を失ったのだ。

「記事、ずっと見てます」茶髪の大山正紀が言った。「続報はまだ見かけないですね」

研究者の大山正紀が嘆くようにかぶりを振った。

「こんな結末を迎えるなんて……」

後悔が滲み出た口ぶりだった。

重苦しい沈黙が降りてくる。

自分たちは果たして正しい道を歩んでいたのか。同姓同名による被害を打ち明け合い、慰め合ったり、励まし合ったり――。そんな程度の動機で作った『会』だった。だが、被害者以上に怒れる記者の熱弁に突き動かされ、犯人の素顔を世間に晒すことが正義で、自分たちの人生を救うのだと思い込んだ。

その結果がこれだ。

ある種、暴力的とも言える手段に反対していた、サッカーで活躍していた大山正紀が犯人と会ってしまい、事件に繫がった。彼を巻き込んでしまった。

沈黙を破ったのは、団子っ鼻の大山正紀だった。

「でも、これで僕らは救われたんですよ。犯人の〝大山正紀〟が死んだ以上、僕らは決して本物じゃありませんから」

中肉中背の大山正紀が反論した。

「死なせたのは同じ大山正紀ですよ。しかも、同姓同名の苦しみが原因で」

「僕らの苦しみを世間に知ってもらえますよ」

「そうとはかぎらないでしょ。今度は二人とも成人しているせいで、名前が出てるんです。いよいよ、僕らの名前が知れ渡って、娯楽のように消費されるんです」

「いくらなんでもそんな……」

「ネットの人間がネタにしないと思いますか？　大山正紀が〝大山正紀〟を死なせて、しかも、被害者が前科持ちの猟奇殺人犯で、動機が同姓同名の苦しみ――だなんて、恰好のネタでしょ。まとめサイトとか、ツイッターとか、匿名掲示板とか、きっとお祭り騒ぎですよ。ワイドショーだって、実名解禁するでしょうし、嫌でも同姓同名が注目されます」

団子っ鼻の大山正紀は沈鬱な表情でうなだれた。遠からず必ず訪れる暗澹《あんたん》たる未来を想像してしまったかのように。

「しかも」茶髪の大山正紀が嘆息交じりに言った。「同姓同名の苦しみを理由にして犯人の〝大山正紀〟を死なせた大山正紀さんは、揉み合った結果の事故だって認定されたらすぐに出てきますよ。執行猶予がつく可能性だってあります。猟奇殺人犯の〝大山正紀〟は世の中に存在しなくても、そっちの大山正紀は存在するんです。俺たちが誰かに同姓同名の苦しみを語るたび、次は、犯人の〝大山正紀〟を死なせた大山正紀じゃないか、って疑われます」

可能性は充分に考えられることだった。今度は傷害致死で逮捕された大山正紀の存在がついて回る。

なぜこんなことになったのか。

犯人の〝大山正紀〟が世の中から消えることを心底願った。だが、こんな結末は望んでいなかった。どこで間違えたのだろう。取り返しのつかない結末を迎えてしまった。

「それにしても――」研究者の大山正紀がいぶかしげに言った。「私が分からないのは、二人のあいだに何があったか、です」

「というと？」正紀は訊き返した。

「話を聞くと、犯人の〝大山正紀〟と会って、女児殺害の動機が同級生たちからのいじめだって聞き出しているんですよね？　被害者の女児の姉にいじめられたって。そんな告白までするような状況でありながら、なぜ揉み合いに至ったのか」

「……分かりません。電話では何も聞かされませんでしたから。続報があったら明らかになるかもしれませんね」

サッカーで活躍していた大山正紀は、『愛美ちゃん殺害事件』が原因でサッカーの名門大学への推薦入学がなくなったという。

本人は年月を経てそんな人生を受け入れているようだったが、実際は違ったのだろうか。それとも、本人に会って話をしたら、激情が込み上げてきたのだろうか。

何も分からない。

出入り口のドアがノックされたのは、そんなときだった。

正紀は他の大山正紀たちと顔を見合わせた。不参加だった二人のうちのどちらかがやって来たのかもしれない。

「俺が出ます」

正紀は出入り口へ向かうと、ドアを開けた。

そこにいたのは――サッカーで活躍していた大山正紀だった。

正紀は唖然としたまま、何も反応できなかった。逮捕されたはずの彼がなぜ目の前にいるのか。釈放されるには早すぎる。

他の大山正紀たちもやって来ると、絶句した。幽霊でも見たような表情で固まっている。

「なぜ……あなたが？」

正紀は震える声で言葉を絞り出した。

サッカーで活躍していた大山正紀は、参加者たちを見回した。

「……『会』の開催のメールを受け取ったので。参加しようか迷いに迷って、今になりました」

手間を省くため、『被害者の会』で登録した全員に一斉送信していた。とはいえ――。

「逮捕されたんじゃ――」

「逮捕？」

サッカーで活躍していた大山正紀は、首を傾げた。

「記事を見ました。〝大山正紀〟の転落死。あなたが廃ホテルの屋上から落としてしまったんでしょう？」

「……俺じゃないですよ」

「じゃあ、一体誰が？」

サッカーで活躍していた大山正紀は深呼吸し、答えた。

「自首して逮捕されたのは、犯人の〝大山正紀〟です」

「は？」

理解不能な言葉は、未知の言語のように耳を素通りし、全く意味が分からなかった。

「……転落死したのが犯人の〝大山正紀〟じゃないんですか？」

「違います」

「犯人の〝大山正紀〟は生きているんですか？」

「そうです。事情がはっきりすれば、報道でも顔写真が晒されるかもしれません」

逮捕されたのが犯人の〝大山正紀〟――。

それが事実であるならば、大きな疑問がある。


転落死したのは一体誰なのか。

戦慄が背筋を這い上がってくる。

世の中に他に存在しているだろう『〝大山正紀〟同姓同名被害者の会』に参加していない大山正紀たちは、犯人の顔もメールアドレスも知らないから接触できない。つまり、転落死したのは『会』に参加していた大山正紀の誰か。

今回、返信もなく不参加だったのは――。

細目の大山正紀と、家庭教師の大山正紀。家庭教師の大山正紀とは、電話で話したばかりだ。

残るは――。

正紀は緊張と共に唾を飲み込んだ。嚥下《えんげ》音は胸の内側で大きく響いた。

「大山さん」正紀は言った。「あなたは三日前に犯人の〝大山正紀〟と会って話をしていますよね。転落死事件があったのは、その後ってことですか？　でも、あなたは事件のことを知っている感じでした。もしかして、廃ホテルの屋上には三人の大山正紀がいて、そこで二人が揉み合って、片方が――」

サッカーで活躍していた大山正紀は、静かに首を横に振った。

「転落死事件があったのは一ヵ月以上前です」

「は？」

「……犯人の〝大山正紀〟は、一ヵ月以上前に元同級生の大山正紀と揉み合って相手を死なせたんです」

39

『〝大山正紀〟同姓同名被害者の会』を訪ねた大山正紀は、彼らの困惑を目の当たりにし、どこから何を話せばいいか、迷った。

「とにかく、中で話を伺いませんか」

最年長の大山正紀が提案し、他の全員がうなずいた。主催者の大山正紀が「どうぞ……」と前を空けた。

正紀は会場の中央に進んだ。全員の強い視線が背中に張りついているのが感じられる。

テーブルの前で立ち止まると、振り返った。強張った顔の大山正紀たちの眼差しと向き合った。

「それで――元同級生の大山正紀っていうのは？」

主催者の大山正紀が単刀直入に訊いた。

「……順を追って説明します」正紀は言った。「四日前、みなさんが帰ってから、悩みに悩んで、犯人の〝大山正紀〟にメールを送ってみました。返事は期待していませんでした。もしかしたら、俺自身、何か行動をした、と言いわけできるように、って打算が心の奥底にはあったかもしれません。でも、本人から返事が来たんです」

「なぜあなただけに？」

「分かりません。俺が感情のままに書き殴った、意地を張ったような文章の何かが引っかかったのか、とにかく、『話をしてみたい』って返信があって……。俺は迷ったんですけど、応じました。場所は廃ホテルじゃなく、向こうが指定した公園でした。広いけど、利用者が少ない公園です」

「なぜ一人で会いに行ったんですか？」

「誰かが一緒なら現れないって言われていたので。見晴らしのいい公園を指定したのも、待ち合わせ場所に来ている人間を遠目に観察したかったからでしょうね」

主催者の大山正紀は納得しかねる顔をしていたが、黙ってうなずいた。

「俺はそこで話を聞きました。なぜ俺になりすましたのか訊いたら、犯人の〝大山正紀〟は、あんたが羨ましかった、と言いました。高校サッカーで活躍して、注目されて、人気があったからだって。同じ名前で年代が近いから、余計に意識したんでしょうね」

「……俺もそうだったから分かります」

「犯人は『〝大山正紀〟同姓同名被害者の会』の存在を知り、身分を偽ってもぐり込みました。でも、自己紹介の流れになったとき、どう答えるか悩んで、焦ったそうです。それで思いつきで俺になりすましたんです。全員の自己紹介を聞いて、俺がそこにいないことが分かったから」

――恵まれた大山正紀になりたかった。

犯人の〝大山正紀〟は切実な表情でそうつぶやいた。

実際、サッカーに専念していた高校時代は、充実した毎日を送っていた。夢もあった。夢を現実にするため、努力していた。自分の名前が日本じゅうに知れ渡る未来を夢見ていた。

「俺は自分の思いを全てぶつけました」

光が当たる場所を目指し、サッカーに青春を捧げた。だが、同姓同名の少年が猟奇殺人を起こし、人生に暗い影が落ちた。自分では決して拭い去れない影——。

非公式の約束で決定していたはずの推薦入学が反故にされ、結局、偏差値が低い普通の大学に進学した。そこで弱小サッカー部に入り、お遊びのサッカーをするようになった。自分の代わりにサッカーの名門大学に推薦入学したライバル校のエースは、天皇杯で活躍し、プロの目に留まった。そのニュースを見たときはさすがに動揺した。自分が二年、三年かけて忘れてきた夢を叶えたライバル——。

犯人の〝大山正紀〟が世に戻ってきたのは、その四年後だ。人生が崩れる恐れを抱いたが、名前に負けなかった。

——自分は自分の人生を取り戻したい。

そう考え、また夢を追いはじめた——。

「相手は『僕は違った。僕は名前に負けて苦しんだ』って。そう言って告白しはじめたんです。電話でも話しましたが、犯人の〝大山正紀〟は高校でいじめを受けていました。女子児童へのわいせつ行為で逮捕された小学校教師の名前が大山正紀で、その影響です」

——お前も将来あんな事件を起こすんだろう？

アニメが好きで、教室の片隅で女の子の絵を描いているだけで、そう決めつけられた。性犯罪者と同姓同名だから。

『〝大山正紀〟同姓同名被害者の会』に参加したのは、彼自身、高校時代に同姓同名の性犯罪者の存在で思い悩んだ過去があったからかもしれない。

「でも、同じ学校に実はもう一人、大山正紀がいたみたいで」

全員が困惑と驚きがない交ぜになった声を上げた。

「クラスは違ったみたいですけど、同じ大山正紀でもいじめられない大山正紀です」

「そんな大山正紀が……」主催者の大山正紀は複雑な表情で眉根を寄せていた。「なおさら比較して苦しんだでしょうね。同じ名前でもいじめられない大山正紀がそばにいるなら」

「そうでしょうね。結局そんな環境で苦しんで、絶望して、凶行に駆り立てられたんです」

「でも！」団子っ鼻の大山正紀が憤慨したように言った。「そんな理由で同情したりはしませんよ。誰だって苦しい思いをしてるし、人生を投げ出したくなるような絶望を味わったって、人は殺していません。心を殺されたって、我慢して生きているんです」

罪もない六歳の女の子を惨殺している時点で、絶対的な加害者だ。いじめを理由に正当化はできない。だが、もしこの事実が公になれば、世論の流れは変わるかもしれない。なぜなら——他者から理不尽な傷をつけられて苦しんでいる人々は、想像以上に世の中に多いだろうから。

——外見がダサいから。ブスだから。根暗だから。コミュ障だから。オタクだから。萌え絵を描いていたから。勉強ができないから。犯罪者と同姓同名だから。

現実《リアル》でも、SNS《ツイッター》上でも、誰かを攻撃したわけでもない人々がそんな言いがかり同然の理由で罵倒されたり、中傷されたりしている。傷つけられている。怒りに駆られた〝大山正紀〟に共感できてしまう人々は、きっと、いる。

主催者の大山正紀が訊いた。

「転落死した大山正紀っていうのは、その元同級生なんですか？」

正紀はうなずいた。

「その元同級生の話になったとき、犯人の〝大山正紀〟が『もうこの世にいない』って、口にして……。それで問い詰めたら白状しました。一ヵ月以上前、元同級生の大山正紀から連絡があって、呼び出されたそうです」

――正直、呼び出しに応じるとは思わなかったよ。

――お前のせいで、どんなに苦しんだか。同じ名前のせいで、人生は散々だった。

元同級生の大山正紀は、積年の恨みを叩きつけたという。同じ高校に通っていた同姓同名の人間が猟奇殺人を起こせば、同姓同名の性犯罪者による風評被害を免れていた大山正紀でも、さすがに悪影響はあっただろう。他の大勢の大山正紀と同じく、色んな場面で苦しんできたと思う。

『アリバイを――作ってきた』

元同級生の大山正紀は、思いの丈を吐き出した後、そう言った。

――お前が生きてるかぎり、人生を取り戻せないんだ。

――人生を取り戻すんだ。

元同級生の大山正紀は憤激に駆られ、襲いかかってきた。廃ホテルの屋上で揉み合いになり、最終的には相手が転落した。

二人目の殺人――。

犯人の〝大山正紀〟は目の前の光景に恐怖したという。今度は顔写真も報じられるだろう。簡単には社会に戻れないかもしれない。

――死体が見つかったら人生は完全に終わる。

「追い詰められた〝大山正紀〟は、偽装工作を考えたそうです。母親に連絡して、車で迎えに来てもらって、遺体を運び出したんです」

「まさか、いくら何でも……」主催者の大山正紀が否定するようにかぶりを振った。「母親が遺体の隠蔽を手伝うなんて……」

「犯人の母親は息子が猟奇殺人を起こして、世間の非難の声に耐えられず自殺未遂もしたとか。それほど追い詰められていたので、息子の再犯で動転したんだと思います」

ある日突然、猟奇殺人犯の母親になってしまった苦しみは、想像するにあまりある。世間の非難。連日のマスコミの攻勢。近所の目——。

正紀はスマートフォンを操作すると、『お気に入り』に登録していた記事を呼び出し、全員に見せた。


『20日午前8時半ごろ、「奥多摩の崖下で男性が死亡している」と通報があった。警視庁によると、男性は山道の斜面から約5メートル下で木に引っかかった状態で見つかったという。死亡していた男性は大山正紀さん(23)。母親は「2日前に『ハイキングに行ってくる』と言い残して以来、連絡が取れなくなっていた」と語っている。警察はハイキング中に誤って転落死したとみている』


「これです」

画面を覗き込んだ主催者の大山正紀は、「あっ!」と声を発した。

「この記事は知ってます。見たことがあります。死亡したのが犯人の〝大山正紀〟だったら自分たちは解放されるのに、って『会』で話したんです。まさか、これが？」

正紀は緊張を抜くように息を吐き、うなずいた。

「元同級生の大山正紀です。年齢が犯人と同じなのも、同じ学年だったから当然ですね」

「単なる事故死だとばかり――」

「犯人の〝大山正紀〟を殺すためにアリバイを作ってきたのが裏目に出たんですね」

元同級生の大山正紀は、家族に『奥多摩にハイキングに行ってくる』と嘘を話したという。犯人の〝大山正紀〟にそのことを告げてから襲いかかった。アリバイを逆手に取られたのだ。犯人の〝大山正紀〟は遺体を奥多摩の山中に運ぶと、ハイキング中の事故に見せかけるため、崖下に放り捨てたという。

主催者の大山正紀が緊張した声で言った。

「今度は名前がメディアで堂々と報じられているから、逮捕されたのが猟奇殺人犯の〝大山正紀〟だって判明したとたん、大騒動になりますよ。時間の問題です」

正紀はその可能性を想像した。

「間違いなくそうなるでしょうね。その覚悟が必要です、俺らも」

「今度こそ、顔が――」団子っ鼻の大山正紀が身を乗り出した。「報じられるはずです。顔が公になったら、僕らは別人だと証明できます。必ずしもマイナスばかりじゃないですよ」

異論を唱えたのは最年長の大山正紀だった。

「顔写真、出るでしょうか。社会に戻った元少年犯罪者が成人してから再犯したとき、メディアは慎重になる気もします。正当防衛が認められたら、無罪の可能性もありますし、なおさら」

全員が黙り込んだ。

今回の自首は、大山正紀の名前だけが日本じゅうに広がる結果に終わるかもしれない。

「犯人の〝大山正紀〟はなぜ自首を？」

茶髪の大山正紀が訊いた。

「……警察も甘くはなかった、ということです。遺体が発見されたときは、親の証言もあって事故死と発表されて、メディアでもそう報じられたんですが、死亡現場が別だった可能性を疑って警察も捜査していたみたいです」

「その情報はどこから？」

「本人です。犯人の〝大山正紀〟が出所してから、その関連の情報を調べまくっていた証拠が被害者のパソコンから見つかったらしくて、犯人の〝大山正紀〟のもとにも警察が来たそうです。疑われていることを知って、捕まるのも時間の問題だと考えていたんです。だから自首する、と俺に話したんです」

全員が納得したようにうなずいた。

「ところで――『会』の中で襲われた大山正紀さんがいますか？」

主催者の大山正紀は話の転換に戸惑ったようだが、すぐに「家庭教師の大山さんが襲撃されて入院しました」と答えた。

「その大山正紀さんは犯人の〝大山正紀〟が襲ったそうです」

「え？　なぜ？」

「彼が言うには、家庭教師の大山さんは、例の、わいせつ事件を起こした小学校教師だったそうです」

　全員が驚きの声を上げた。

「その小学校教師は年齢を偽って『会』に参加していたらしいです。わいせつ事件を起こした大山正紀に囚われた高校時代を過ごしていたから、犯人の〝大山正紀〟は、『会』で顔を見たときにすぐ気づいたそうです。逮捕時の顔写真を見ていたみたいで、怒りがぶり返してきて、復讐で襲った、と」

「そうだったんですか……。七年前にネットで目にしたときは記事を開かなかったので、俺はその小学校教師の顔写真は見てませんでした」

「見ていたらあなたも気づいたかもしれませんね。その小学校教師だと気づいたのは犯人の〝大山正紀〟だけだったんですね」

「……そういえば、家庭教師の大山さんが襲われた話を報告したとき、犯人の〝大山正紀〟は、電車で背中に貼り紙をされたって告白したんです。〝大山正紀狩り〟って単語も出して……。たぶん、自分の犯行を世の中の暴走のせいにしようとして、貼り紙を準備してきたんですね」

　まさに、同姓同名の連鎖だ。

　主催者の大山正紀がまぶたを伏せたまま、ぽつりと言った。

「俺たちは――どうなるんでしょうね」

　正紀は歯を噛み締め、ふー、と息を吐いた。

――名前に囚われた人生。それが終わるのだろうか。犯人の〝大山正紀〟の逮捕によって。

分からない。

ＳＮＳでは今も、毎日のように誰かが誰かを傷つけている。自分が傷ついたから、不快だったから、憤慨したから、という理由でその行為を正当化して。自分の正しさを微塵も疑わず。自分の正しさが他の誰かを呪い、苦しめ、傷つけている可能性を想像もせず。

同姓同名に支配される人生とは、一体何なのか。誰に罪があるのか。罪を犯した人間か。同姓同名の人間を犯人と同一視する人々か。名前に負けてしまった自分自身か。

大事件を起こした人間の悪名に打ち勝てないのは、当然だ。ネガティブなニュースほど記憶に残る。

「……俺は〝大山正紀〟が事件を起こしてから、ずっと考えてきたんです」正紀は言った。「人はみんな、他人を攻撃しすぎなんですよ」

コロナの蔓延で自粛を余儀なくされてから、理性や道徳《モラル》で抑えていた人の攻撃性があふれ出した気がする。公務員、自営業者、フリーランス、芸能人、スポーツ選手――。誰かが自分たちの苦難を訴えただけで袋叩きに遭う。笑顔の写真一枚が炎上する。

そんな時期に少年刑務所から出てきた〝大山正紀〟は恰好の標的だった。

「犯人の父親と誤認された無実の会社役員も、差別的なツイートをしたとして炎上した大山正紀《まさき》さんって女性も、冤罪だった保育士も、ＳＮＳ《ツイッター》で誹謗中傷を浴びました。〝大山正紀〟は、高校時代にアニメ絵を描いていたってだけでいじめられました。そこの彼も――」

正紀は、中学生の大山正紀を見た。聞いた話によると、同姓同名を理由にしたいじめに苦しんでいるという。

「一番怖いのは、自分には誹謗中傷していい人間を決める権利がある、と信じている人間たちです。言葉の暴力の残酷さを訴えていた人間も、自分が許せない罪を犯したと感じた相手には、いとも簡単に暴力的な言葉を吐きます。相手が人殺しならオーケーですか？　性犯罪者なら？　差別的な発言をした人間なら？　暴言を吐いた人間なら？　不倫した芸能人なら？　不健全な漫画を描いた漫画家なら？　街頭インタビューで反感を買う発言をした一般人なら？　誰なら誹謗中傷で自殺に追い込んでいいんですか」

「自殺に追い込んでいるわけじゃない、ってみんな言いますよ」主催者の大山正紀が言った。「自分は許せないことを批判しているだけだって」

「そうでしょうね。でも、それは、大勢から批判されている人間がたまたま自殺しないでいてくれただけです」

「たまたま――」

「発言や趣味や不倫で炎上して、大勢から責められた人間が、結果的に自殺していないだけにすぎないんですよ。批判する正当性が自分にあると思い込んで責めている相手が生きてくれているから――自殺しないでくれているから、〝人殺しの罪〟を背負わなくて済んでいるだけなんです」

　人間性を全否定する批判の数々が、人を殺すほどの凶悪性を持たないはずがない。

「自分が中高生のころを思い出してください。悪ふざけもしたし、ブラックジョークも言ったし、不謹慎なことも言ったはずです。そんなの一度も言ったことがないなんて言い切れる人は、たぶん覚えてないか、自覚がないんですよ。そんなものです。ＳＮＳがこんなに当たり前になって、そういう一つの失言で人格を全否定される時代になりました。それまでどれほど善行をしていても、たった一つの発言で悪人として袋叩きに遭うんです」

　主催者の大山正紀が黙ってうなずいた。

「許すことを許さない時代です。一緒に責めないと、助長してる、加担してる、って言われて叩かれるから、叩かれたくなくてそのときの生贄を叩いている人も大勢いると思います。それっていじめの構造ですよね。集団が嫌いな人間をいじめていて、一緒になっていじめないと次は自分が標的になる――」

「そのとおりだと思います。俺も昔は同じようなことを考えたことがあります」

「今は頑張った話をしても叩かれる時代です。俺も経験があるんです。母は俺の夢を応援して、毎日、栄養バランスを考えた手料理を作ってくれていました。高校サッカーで俺が活躍して、母がインタビューされてそんなエピソードを語ったら、ネット有名人の批判をきっかけにＳＮＳ《ツイッター》で叩かれました」

『美談にするな。不愉快』

『母親が頑張ることは当たり前じゃない。キモイ』

『他の母親が強要されたらどうする？』

『この記事は世の中の母親を苦しめる。悪影響だ』

　たった一人の糾弾のツイートが伝染病より早く広範囲に蔓延し、大勢に負の感情を感染させる。

　怒り、憎しみ、悲しみ――。

「栄養士の資格がある母が俺のためにしてくれた愛情を批判されて、俺も傷ついたし、母自身も傷つきました。記事で悪影響が――なんて言う前に、その発言で誰が傷つくか、考えてほしかったです。そんな攻撃的な世界にうんざりで、俺は二、三年前にネットから離れたんです。それで雑念に振り回されず、目標に向かって前向きに努力するようになりました」

「そうだったんですね」

「俺たちは、そんな人々の〝悪意〟からそろそろ抜け出すべきだと思うんです。人を死に追いやる言葉に正義なんてないんです」

大山正紀――。

正紀は同姓同名の面々を眺め回した。

――彼らは自分だ。

だが、自分ではない。同姓同名で、クローンのように思えたとしても、生い立ちも、生年月日も、両親も、友達も、価値観も、考え方も、得意分野も苦手分野も、何もかも違う、別個の人間なのだ。

正紀は小さく息を吐いた。

自分の周りにいた人たちも、おそらく誰かの同姓同名だ。そういう意味では、日本じゅうのほとんどの人間が同姓同名なのだ。被害者の津田愛美ちゃんと同姓同名の女性もいるだろう。連日〝自分の死〟が報じられる気分は決してよくはなかったはずだ。他の事件より感情移入してしまったのではないか。

「俺は――」正紀は口を開いた。「今、本気でサッカーをしているんです」

大山正紀たちが「え？」と声を上げた。

「正直、プロを目指すには色々出遅れてますけど、Ｊ２のチームのセレクション――入団テストのことですけど、受けたんです。一般公募は滅多にないんですけど、高校時代の監督の紹介で、挑戦できたんです」

「それで――それで結果は？」

主催者の大山正紀が縋るような眼差しで訊いた。いや、むしろ追及のニュアンスがあった。その答えが自分を救うと信じているかのように――。

「『練習生』になれました。給料はないんですけど、練習に参加してプロ契約を目指す立場です」

「プロ――」

「中澤佑二のような例もあるんです。DF《ディフェンダー》ですけど、練習生からプロになって、Jリーグで活躍して、日本代表まで上り詰めました。努力次第で未来は開かれているんです」

努力して結果を出せば、悪名を吹き飛ばすことだって――。

「俺は悪名を消してみせます」正紀は決意を胸に言った。「何年かかっても、俺は俺の名前で生きていきます」

偏見や疑念の目で見てくる人間も存在したが、大学サッカー部のチームメイトは変わらない態度で接してくれた。そんなチームメイトたちと話すうち、自分は他人の名前に囚われていると思い至った。プロ選手の夢を応援し続けてくれていた母親の励ましもあった。

母親は、妊娠したとき、赤ん坊が生まれてくることをどれほど楽しみにしていたかを語ってくれた。名前は一ヵ月以上、考え抜いたという。そして――『人の踏み行う（守るべきことを守って行動する）べき道』を意味する『紀』と『正しさ』を組み合わせて『正紀』と付けた。

そう、同じ名前でもそこに込められた想いはきっとそれぞれ違う。そういう意味では、同姓同名でも唯一無二なのだ。

大山正紀たちの視線が集まっていた。

「全員で悪名を消しませんか。一人では無理でも、全員ならどうですか？　大山正紀全員で、自分たちの名前を取り戻すんです。時間はかかるかもしれません。でも、各々が努力し続けて、少しずつでも悪名を薄れさせていけば、大山正紀もポジティブな名前に変わるかもしれません」

「俺たち次第……」主催者の大山正紀がつぶやく。

「はい。前向きに努力するんです。犯人の顔写真とか、そういう過激な方法じゃなく」

「賛成です」最年長の大山正紀が力強く言った。「私も自分の研究の分野で結果を出してみせます」

大山正紀が力を合わせれば、いつか、きっと――。

茶髪の大山正紀と団子っ鼻の大山正紀、中肉中背の大山正紀が敢然とうなずいた。

少年の大山正紀はおずおずと――しかし、揺るぎのない口調で言った。

「僕も、中学で立ち向かいます」

名前――。

曖昧でありながら、容易に切っても切り離せないもの。人は同姓同名の人間に潜在的な違和感や気味の悪さを覚えるが、話してみれば、実は共通の趣味を持った者同士よりも深く通じ合えるのかもしれない。

晴れ晴れとした気分だった。〝大山正紀〟に名前を穢されてからの数年間で、初めて霧が消え去り、視界が開けた気がする。

未来が――見えた。

エピローグ

大山正紀は留置場の中であぐらを掻き、鉄格子をねめつけていた。

サッカーで活躍していた大山正紀と公園で会った記憶が蘇る。彼からのメールには、意地なのか、数年間の苦しみの吐露の後、名前に負けずに生きている、と書かれていた。それで興味を持った。名前に苦しんだ人間としては、彼は特別だった。だから、話をしてみたいと思ったのだ。会って想いを吐き出し、自首の覚悟を決めた。

少年時代の前科は、今回の事故にどう影響するだろう。正当防衛が認められるだろうか。過失致死に問われるだろうか。

元同級生の大山正紀――。

近親憎悪とも言うべき感情が互いにあった。同じ名前で、同じ学校で、同じ学年で、同じマンション――。

正紀は自分が事件を起こしてからの、ある騒動を思い返した。社会に戻ってから、興味を引かれて当時のことを調べたのだ。発端は近所の人間のツイートだった。

『近所のマンションの前にパトカーが何台も停まって騒々しいんだけど。何か事件でも起きたのかな？』

マンションとその前に停車する数台のパトカー、制服警察官の姿を撮影した画像付きだ。同じ人物が『ヤバ！　昨日の警察の写真、例の「愛美ちゃん殺害事件」関連だったっぽい。近所に犯人が住んでたとか、怖すぎ！』と発信した。

その結果、ネットの有象無象が住所を特定したのだ。庭の樹木の隙間から二〇六号室の表札――『大山』の文字が写っている――を撮影した画像も出回った。二〇六号室が『愛美ちゃん殺害事件』の犯人の家だと思い込み、父親の職場も晒し上げられた。

それは誤認だった。二〇六号室に住んでいるのは、同級生の大山正紀一家だった。

ネットの人間たちは二階で大山の姓を最初に見つけ、犯人の住所だと思い込んだのだ。四階の表札も確認していたら、同じマンションに大山姓が二つあることに気づいただろう。

そう、同じ高校に存在した二人の大山正紀は、同じマンションに住んでいたのだ。実際に警察が来たのは四〇五号室だった。

『大山正紀の父親を尾行した。父親は「高井電気」に勤めてる。母親は部屋から出てこないから、専業主婦の可能性あり！』

『「高井電気」のＨＰの役員名簿発掘。本名は大山晴正。年齢は四十八歳。猟奇殺人犯大山正紀の父親はエリートの勝ち組だった。たぶん年収一千万超え。マジ許せねえよな』

『こいつか、テレビで他人事みたいなクソコメント喋ってた父親は！』

『猟奇的な性犯罪者を育てそうな顔してんな。倫理観も道徳心も常識も持ち合わせてないクソ親』

『このまま平穏に暮らせると思うなよ！　殺人犯を育てた親がよ。震えて眠れ！』

父親の新聞のインタビュー記事――『息子には私のようになってほしいと思い、自分の名前の一文字を継がせました。文字どおり〝正しい行い〟をし、他者を思いやりながら、素晴らしい人生を歩んでほしいと思っています』――も槍玉に挙がった。

『これで父親確定だな。息子にも〝正〟の字が入っていることを認めてる』

ネット上にあふれるコメントは、全て同級生の大山正紀とその家族に向けられていた。だが、数日後、同級生の大山正紀の父親が勤める『高井電気』が公式に声明を発表し、流れが変わった。

『このたび、津田愛美ちゃんが殺害された事件に関しまして、彼女のご冥福をお祈りすると共に、ご遺族の方々へのお悔やみを申し上げます。なお、当社役員の大山晴正は、逮捕された少年とはインターネットで書き込まれているような血縁関係などは一切ありません。ご理解のほどをよろしくお願いいたします』


結果的にはこのデマ騒動により、自分の両親は救われた。犯人の家族を特定しようとする動きにブレーキがかかったからだ。近隣の住民には知られており、引っ越しを余儀なくされたが。

サッカーで活躍していた大山正紀に語った話が蘇ってくる。

同じ高校に通っていた二人の大山正紀――。片方が転落死し、片方が生き残った。

本当は、いじめられていたオタクのほうの大山正紀が転落死し、女子たちと一緒に彼をいじめていたほうの大山正紀が生き残った。

冴えない小中学校時代だった。女子からモテることもなく、話をした経験もほとんどない。委員会や何かの作業で一緒になったとき、事務的な会話を交わすだけ。

高校生になったら変わりたいと思ったが、雰囲気を変えても、中身は変わっていない。

そんなときだった。同じ学年に同姓同名の生徒がいる、と知ったのは。

クラスの人間に訊いて遠目に確認すると、教室の片隅でおとなしく絵を描いている典型的なオタクだった。

——同一視されたくない。

心底そう思った。〝大山正紀〟がモテない人間の名前のようになるのが嫌だった。

自分だけでも、と願った。そこで、差をアピールするようになった。

——同じ大山正紀でも、あいつとは違う。俺は違う。

オタクの大山正紀との差をアピールし、女子の味方をし、女子が喜ぶような意見を主張した。

心にもない台詞もモテたい一心で口にした。やがて、オタクの大山正紀を悪者に仕立て上げ、自分を善人に見せる方法を学んだ。もう一人のほうを否定することで、安全な地位を確保したのだ。

『俺、こういう萌え絵ってやつ？　受け入れられないんだよな、生理的に。世の中にはさ、健全な作品が山ほどあるじゃん。そういう名作に接するべきだよ』

『二次元で満足できずに性犯罪とか、勘弁な。これ以上、大山正紀が罪を犯したら、俺の名が穢れるからさ』

『女の子が嫌がる趣味、持たないほうがいいよ。自分が悪いんだからさ。反省して改めろよな。お前の絵で傷ついた彼女たちには批判する権利があるんだよ』

他人の倫理観を責めれば、冴えない自分も立派な人間になった気がした。周りもそう思い込んでくれる。実際、オタクの大山正紀を否定すればするほど、同じ価値観を持つ女子たちから共感を得て、称賛された。今まで女子から見向きもされなかった自分が急に褒めそやされるようになったのだ。

学んだことがある。誰かや何かを批判しない優しい女子には、何を共感しても大した効果はないが、誰かや何かを批判している女子には、その主張に共感すればそれだけで称賛された。ちょろいな、と思った。

『さすが大山君だよね。こっちとは大違い』

『萌え絵とか描いてるオタクのほうとは大違いだよね』

『大山君はいいこと言うよね』

『女の子の気持ちを分かってる！』

『私たち傷ついてるんでーす。かわいそー』

『自分の非を自覚してない奴とは違うよね』

尊敬の眼差しを浴びれば浴びるほど興奮した。誰かを生贄にし、悪として責めれば、ちやほやされる。それには同姓同名の大山正紀が最適だった。

比較され、相手が落ちる分、余計に差が開く。

——自分の人生が冴えないのは、お前自身のせいだろ。努力不足なんだよ。俺は努力してたんだよ。

廃ホテルの屋上でオタクの大山正紀から詰め寄られたとき、そう言い返した。

——同姓同名の人間の罪は同姓同名の人間が受け継ぐ。

自分はわいせつ事件を起こした小学校教師の大山正紀とは違うと信じてもらうため、好印象を作る努力をしていたのだ。オタクの大山正紀を生贄にして否定したのも、そうだ。差を作り出すためにいつも隣の教室へ足を運んだ。

オタクの大山正紀は、高校時代、自殺未遂までしたという。そのあげく、いじめてきた相手を襲おうとして叶わず、『カッターナイフを持ってか弱い女子を狙うヤバイ奴』としてホームルームで吊るし上げられて糾弾され、登校拒否に陥って引きこもりへ——。

いじめられたくなければ、彼女らに迎合すればよかった。これからは心を入れ替えてまともな絵を描きます、と謝れば、批判も中傷もされなかっただろう。

——俺はそうした。

自分がターゲットにならないよう、徹底的に媚を売った。彼女たちがどんな暴論を吐こうと肯定し、賛同し、本当の自分をひた隠しにした。だからいじめられることはなかった。むしろ、立派な男子として称賛された。

好かれるために心にもないことを言ったり、誇張したり、相手の意見に合わせたり——。それくらい多かれ少なかれ誰でもしているはずだ。

全てに狂いが生じたのは、オタクの大山正紀をいじめていた女子が妹の話をしたせいだった。

『あたしさ、小学生の妹がいるから心配！　雑誌に写真が載るくらい可愛いし、目をつけられたらどうしよ』

興味を示すと、妹の写真を見せてくれた。読者モデルをしているだけあって、たしかに可愛かった。姉とは違って。

姉のように誰かをいじめているわけでもない、六歳の妹の無垢な笑顔に魅了された自分がいた。幼い女の子に惹かれていることを悟られないよう、表向きは『……ああ、これは近づけちゃヤバイね。こっちの大山正紀は同じような事件、起こすかもしんないしさ』と常識人を装った。

衝動を抑えようと努めたものの、我慢できず、妹――愛美ちゃんに声をかけた。トイレに連れ込んだところで抵抗され、脅しのはずの凶器を思わず取り出していた。

我に返ったときには全てが終わっていた。

出所後に知った話だと、殺人犯を出した高校は大騒動だったという。マスコミも生徒にインタビューを試みた。生徒たちが犯人の印象を語っていた。

『クラスでも浮いていて、友達はいませんでした』

『いわゆるオタクで、アニメや漫画に嵌まっていて、二次元のキャラクターだけが友達みたいなタイプかな』

『小さな女の子への執着心は凄かったですね』

『現実の女の子が苦手なのは伝わってきました。絶対に目も合わせなくて、用事で話しかけても、どもって』

『不気味だったので、クラスの皆も関わりを避けていました』

生徒たちが語っていたのは、オタクの大山正紀の印象だった。

誇張や捏造もあったが、意図的な嘘ではないだろう。襲われた女子生徒の話は、カッターナイフの事件が知れ渡っていたのだ。

一人の大山正紀は殺人容疑で逮捕され、もう一人の大山正紀はいじめで不登校になっていた。二人とも学校にいなかったから、混同する生徒がいたのも無理はない。

大して仲良くもない他クラスの生徒たちには、六歳の女の子を惨殺した大山正紀はオタクのほうだったという思い込みがあったのだ。いかにもやらかしそうな奴だったから。

答えありきで、報じたい内容に沿った意見を集めるインタビューを行ったから、マスコミも間違いに気づかなかったのだ。不自然さを感じても無視したのだろう。

サッカーで活躍していた大山正紀は、いじめられたオタクの大山正紀の復讐による殺人だと信じ込んでいた。名前に負けなかった彼には、語り部になってほしかった。だから――会った。

殺人を犯した〝大山正紀〟は被害者の姉にいじめられていた、という〝物語〟を誰かが証言すれば、その情報はSNSで〝事実〟として瞬く間に拡散する。断定的に話せばいい。それっぽく語られた〝物語〟を目にしたら、真実である根拠が何一つなくても鵜呑みにする人間は大勢いる。『愛美ちゃん殺害事件』でいい加減なデマがどれほど事実として広まったか。真実を訴える声は掻き消され、人々の頭の中には、〝そうあってほしい物語〟だけが残る。愚かな風潮だと思う。

正紀は目を閉じた。静かに呼吸する。

だが――。

たとえ、世間の誰一人信じなくても構わなかった。そもそも警察には一切通じないだろう。そんなもの、二の次だった。世間を欺くつもりで自分を偽ったわけではない。

少年刑務所での七年間があふれ出てくる。

衝動的に事件を起こしてしまったことを後悔している。反省もしている。心の中で何度も詫びの言葉を唱えた。だが、内心では更生することが怖かった。

更生してしまったら、いかに身勝手極まりない非道な犯罪だったか自覚してしまう。罪深さを思い知らされてしまう。

欲望を抑えきれず、高ぶる感情のまま犯行に手を染めたのだ。責任転嫁も正当化も一切できない大罪――。

あまりに重すぎた。心が押し潰されそうなほどに。

果たして自分はそれに耐えられるだろうか。

だから少しでも救いが欲しかった。救いがなければ、更生することが許されない気がした。

もし自分があのオタクの大山正紀だったら――。

同姓同名――。同じ大山正紀なら被害者性の強いほう、同情されるほうへなり代わりたかった。

世間ではなく、自分の心を欺きたかった。

自分の罪にほんの一握りでも、同情の余地があったなら――。更生しても許されるのではないか。自分自身、更生することを許せるのではないか。

正紀は目を開けた。眼前に鉄格子がある。

自己中心的と罵られてもいい。

自分は――許されたかった。
許されなければ、社会で生きていけない。

社会に戻って最初にすることは決まっていた。

出所後に話した弁護士は、〝前科ロンダリング〟目的での改名は認められにくいが、今回のように少年でありながら実名が公表されてしまった、という事情は考慮されるかもしれない、と教えてくれた。社会にこれほど悪名が広まっていることを理由に申し立てたら、裁判所に改名が認められる可能性がある。

すぐに改名を申し立てなかったのは、オタクの大山正紀を死なせてしまったからだ。当時はその罪で逮捕される未来がひたひたと迫っていた。改名してから逮捕されたら、成人しているのでその名前が報じられる。改名前の実名も出回るだろう。

意味がない。

だからこそ改名の申し立ては、オタクの大山正紀を死なせた罪が許されて釈放されてからにしよう、と考えた。

『〝大山正紀〟同姓同名被害者の会』の参加者たちがその名前に苦しんでいる中、自分は――忌むべきこの名前を捨てるのだ。

今度こそ、綺麗な名前で生きていく。

正紀は名前から解放されたいと願った。

＊本書は「小説幻冬」二〇一九年一〇月号〜二〇二〇年七月号の連載に、
加筆・修正を加えたものです。

参考文献
『憲法から考える実名犯罪報道』飯島滋明編さん（現代人文社）
『少年事件の実名報道は許されないのか
——少年法と表現の自由』松井茂記著（日本評論社）
『実名報道の犯罪』東山麟太郎著（近代文芸社）

本作品の法律的な部分をチェックし、アドバイスをくださった
弁護士の方、裁判官の方のご協力に感謝いたします。

下村敦史 しもむら・あつし

一九八一年京都府生まれ。二〇一四年『闇に香る嘘』で江戸川乱歩賞を受賞し、デビュー。数々のミステリランキングで高評価を受ける。一五年「死は朝、羽ばたく」が日本推理作家協会賞（短編部門）の、一六年『生還者』が日本推理作家協会賞（長編及び連作短編集部門）の候補になる。ほか『真実の檻』『告白の余白』『黙過』『悲願花』『サハラの薔薇』『法の雨』など、重厚な社会派ミステリからノンストップエンタメまで幅広い分野で著作多数。

同姓同名

二〇二〇年 九 月一五日　第一刷発行
二〇二〇年一〇月一五日　第二刷発行

著者　下村敦史
発行人　見城徹
編集人　森下康樹
編集者　宮城晶子
発行所　株式会社 幻冬舎
〒一五一-〇〇五一東京都渋谷区千駄ヶ谷四-九-七
電話　〇三-五四一一-六二一一（編集）
〇三-五四一一-六二二二（営業）
振替　〇〇一二〇-八-七六七六四三
印刷・製本所　中央精版印刷株式会社

Printed in Japan ISBN978-4-344-03678-9 C0093
幻冬舎ホームページアドレス https://www.gentosha.co.jp/
この本に関するご意見・ご感想をメールでお寄せいただく場合は、comment@gentosha.co.jp まで。